Hans Haid

Mythos und Kult in den Alpen

Gedankt sei den vielen Fotografen, die für dieses Buch Fotos erbracht haben, insbesondere Gianni Bodini aus Schlanders, der für dieses Buch forschend und fotografierend durch die Alpen gezogen ist, auch als „Botschafter" im Verein Pro Vita Alpina.

Gedankt sei dem Übersetzerteam, insbesondere dem Tiroler Schriftsteller und Dolmetsch Xaver Remsing.

Gedankt sei allen wichtigen Vermittlern und Helferinnen, den Freunden und Freundinnen rundum, von Sergio Arneodo in San Lucia bis Hans Wielander in Schlanders, insbesondere aber den Pro-Vita-Alpina-Müttern: Anna Ratti am Malojapaß und Brunamaria Dal-Lago-Veneri in Bozen mitsamt der Volksmusikforscherin (und Gattin) Gerlinde Haid.

Pauschal danke ich allen Poeten, Musikern, Musikantinnen, Wurzelsuchern, Wallfahrern, Kräutersammlerinnen, Expertinnen, den Hirten und Hirtinnen auf allen Almen und Alpen.

Hans Haid

Mythos und Kult in den Alpen

Ältestes, Altes und Aktuelles über Kultstätten und Bergheiligtümer im Alpenraum

Edition Tau

Abbildungsverzeichnis

Für die zur Verfügung gestellten Fotos danken wir folgenden Fotografen:

Bätzing, Werner (Bern): 47(2), 49, 217.
Bodini, Gianni (Schlanders): 21, 25, 27, 28, 33, 52, 53, 68, 69, 71, 73, 74, 78(3), 79(2), 84, 85, 86, 90, 102, 107, 113, 120(2), 121, 128, 130, 132, 133, 134, 135, 137, 144, 155, 164, 165, 190, 209, 224, 225, 227, 229(2), 232.
Bodini, Luigi (Ligurien): 48, 216.
Gruber, Karl (Bozen): 153.
Haid, Gerlinde und Hans (Volders/Sölden): 89, 110(2), 111, 123, 127, 145, 202, 203, 204.
Haid, Wolfgang (Sölden): 14, 15, 175, 177.
Harrer, Heinrich (Hüttenberg): 211, 241.
Höhne, Ernst: 54.
Institut für Ur- und Frühgeschichte (Wien): 162, 241.
Lukan, Karl (Wien): 119, 195.
Mantl, Norbert (Nassereith): 154.
Menara, Hanspaul (Bozen): 238.
Merisio, Pepi (Bergamo): 93.
Michell, John: 76, 236(1).
N.N.: 213.
Öfner, Josef: 178, 179.
Rastl, Albert (Bad Aussee): 140, 141
Retter, Wolfgang (Lienz): Titelbild, U4, 80, 82, 87, 97, 105, 124, 129, 189(3), 206, 207.
Spini (Sondrio): 118.
Tirol-Werbung (Innsbruck): 189(1).
Torbrügge, Walter: 169(2), 237(2).
Tribus & Triendl (Oberperfuß): 185.
Tüting, Ludmilla (Berlin): 177.
Valazza, Adolf (Gröden): 239.
Wielander, Hans (Schlanders): 10, 19, 31, 33(2), 88, 94, 98, 100, 215.

Die verwendeten Zeichnungen und Grafiken stammen aus:

Savli/Bor: Unsere Vorfahren. Die Veneter: 12, 160, 161(2), 162.
Mandl: Felsritzbilder in Österreich: 42, 43, 221.
Priuli, Ausilio: Felszeichnungen: 51(2).
Pelerinages en Savoie: 109.
Gernd, Helge: Vierbergelauf: 116
Petiti, Riccardo: Sentieri perduti: 142.
Bernardini/Levati: Longo le strade del sale: 147.
Gemeinde Großarl/Salzburg: 221(2).

BIRICZ-VERLAGS- + HANDELSGES.M.B.H. & CO. KG.,
MATTERSBURG – BAD SAUERBRUNN
UMSCHLAGENTWURF: GERRI ZOTTER
TYPOGRAPHIE UND LAY-OUT: PETER FEIGL
DRUCK: LANDESVERLAG-DRUCK GES.M.B.H., LINZ

ISBN 3-900977-08-9

Inhaltsverzeichnis

„In der ersten Vorstellungsgruppe erscheint ein bestimmter Berg oder ein Gebirge animistisch personificirt. Es wird als ein mit übernatürlichen Kräften ausgestattetes Individuum aufgefaßt, als ein der menschlichen Seele verwandter Geist, der jedoch stärker und mächtiger ist als eine menschliche Seele.

Der Berg ist ein Dämon oder beherbergt einen Dämon, der auf der Spitze oder im Innern des Berges wohnt und dem entsprechend einen gewissen Theil desselben, mit Allem was sich darin und darauf befindet, als sein Eigenthum in Anspruch nimmt oder vor fremden Angriffen schützt.

Daher dürfen gewisse Berge gar nicht oder nur unter bestimmten religiösen Ceremonien betreten werden. Man darf auf denselben nicht ausspucken oder andere respectwidrige Handlungen verrichten. Wer Kräuter sammeln oder Minerale holen will, hat den Berggeist zu entschädigen ...

Eine andere Ehrenbezeigung für dieselben ist die Errichtung von künstlichen Steinhügeln ..."

Ferdinand Freiherr von *ANDRIAN*, 1891

Vom Ältesten

Das sind die großen älplerischen Ereignisse:
Die Suche nach den starken Quellen, das harte Leben, die drohenden Berggefahren mit Lawinen, Muren, verschüttete Häuser, ins Tal gerissene Schafe, von Lämmergeiern dezimierte Herden, aus dem Kar herausbrechende Todesgefahren für Dorf und Menschen.
Immerfort haben sie sich den extremen Berggefahren ausgesetzt, seit Jahrhunderten. Immer haben sie den extrem gefährlichen Todesarten VOTIVGABEN geopfert, haben nirgendwo so hundserbärmlich und grausig fluchen können. Diese Bergler mit den harten Pratzen, den scheinbar harten Herzen, den noch viel härteren Dickschädeln. Sie haben selten das Zarte gesucht. Sie haben es noch viel seltener gefunden.
Immer schien alles rauh und hart. Immer ausschließlich von Gefahren bestimmt: von Lawinen, Lämmergeiern, Muren, dem Waldsterben, dem Bannwaldtod, den verdreckten Fernern mit Schiwachs und Abschaum. Immer wieder sind es diese Bergler, die am meisten Angst haben und deswegen die eifrigsten Votivtafel-Aufsteller, Marterlsprucherfinder, Totenkopfanmaler in ihren zahlreichen Ossuarien zu Hallstatt, Längenfeld und anderswo sind.
Lawinen, Muren, ins Tal gerissene Dörfer, unabwendbar scheinende Gefahren haben ihr Leben bestimmt, haben ihre Wallfahrten bestimmt, ihre gelobten Feiertage unabwendbar in die Jahresabläufe hineingemeißelt. Immer sind sie den Berggefahren ausgesetzt. Niemand außer ihnen ist so den Naturgefahren der Berge ausgesetzt wie die hoch oben lebenden Bergler.
Nur in den Küsten neben dem Meer haben Menschen ähnlich extreme, naturbezogene Erlebnisse und Traumvorstellungen.
Die Bergler der rätischen Alpen haben niemals Krieg geführt.
Solange unsere geschichtlichen Quellen zurückreichen, sind sie niemals auf Nachbarn losgegangen. Sie haben immer nur ihre Felsennester verteidigt, ihre kargen Bergtäler zu schützen gesucht.
Keine Sage, keine einzige mündliche Überlieferung, kein Bergmärchen, keine Alpengeschichten künden von angriffslustigen Älplern. Immer haben sie sich nur dann mit allen Mitteln gewehrt, mit Waffen und großer Schneid, wenn sie angegriffen wurden. Es genügte ihnen, die Gefahren der Berge, der Lawinen, Muren, Feuersbrünste, Gletscherseeausbrüche einigermaßen ertragen zu können und dann alle Kraft in die Wiederherstellung verschütteter Häuser, Gebäude, Stallungen, Almbauten zu stecken, unablässig wieder zu arbeiten und der sogenannten Natur wieder ein Stück sogenannter Kul-

„In der Errichtung der Steinhaufen haben wir die älteste und ursprünglichste Form aller Monumente zu erblicken ... Es ist einer der Züge, welche durch das ganze menschliche Geschlecht gehen ...“
(Richard *Andree* im Jahre 1878)

Steinsetzungen, wie hier der *Steinmann* oberhalb von Kortsch im Vintschgau, sind zu Abertausenden in den Alpen und in anderen Gebirgen der Welt anzutreffen. Diese Steinfiguren können mehrere hundert, sogar bis viertausend Jahre alt sein. Sie werden bis in die Gegenwart immer wieder neu errichtet – hauptsächlich als Wegweiser, als touristische Kennzeichnungen von Übergängen und Jöchern.

tur abzutrotzen. Wobei es da keinen Unterschied geben kann zwischen Natur und Kultur. Hier sind Kultur und Kult ident. Gefahr bewirkt Kult. Abhängigkeit bewirkt den Kult. Kultur ohne Kult ist anderswo schwer möglich. In den Bergen, auf den hochgelegenen Älplerbehausungen überhaupt nicht. Dort sind sie eins. Weil sie eins sind mit der Natur.
Das heißt, sie waren eins.
Bis in die Zeiten, bis in die Tage, als der winterliche Massentourismus ihre Bergdörfer erobert hatte, bis sie sich selbst aufopferten.
Wehe also diesen neuen Berglern, die alle bisherigen Schranken, alle Überlegungen, alle Weisheiten, alle durch Gefahr erfahrenen Weisheiten um des Geldes willen beiseite schoben. Wehe den kurzsichtigen Profitdenkern!
Aber sie werden wieder Martertäfelchen an den Straßen aufstellen, wenn sie vergebens um Vermehrung der Nächtigungen gebetet und geopfert haben, wenn sie ihre großen Bettenburgen und Lasterhöhlen mit Skibar, Dirndlkeller, Trachtenmusikkapellen nicht mehr füllen können. Dann kriechen sie wieder zu Kreuze, erbauen Felskapellen auf den Jöchern, errichten Schneemadonnenhöhlen, kriechen an allen saisonfreien Wochenenden zur wiederentdeckten Madonna im Schnee, opfern den Zehent ihrem Lawinenheiligen, ziehen an saisonfreien Sonntagen in Scharen mit fetten Geldwampen in ihren Jeeps und Geländefahrzeugen zu den alten Talwallfahrten, legen ihre seidenen Gewänder ab, tun Buße und spenden den Berggeistern mehr als den Zehnten ihrer Einkünfte.
An diesen saisonfreien Sonntagen mieten sie sich die braunen Patres aus den Franziskaner- und Kapuzinerklöstern in Imst, Telfs, Schwaz und Rattenberg, zahlen ihnen neue Steinschafkutten aus echtem Ötztaler Paterschafloden von ihren letzten braunen Schafen und übergeben ihnen als Almosen ein kleines Jahreseinkommen. Es spielt keine Rolle. Aber sie versprechen sich den Himmel davon und die Erlösung von ihren Sünden.
Auf dem Joch droben kommen sie mit ihren Jeeps und Geländefahrzeugen zusammen. Sie beten und opfern.

Auf der Kaser

Es fügt sich langsam zusammen. Aus vielen Einzelteilen, die untereinander nicht bekannt sind, die bisher noch nie zusammengefügt wurden, auch nicht ansatzweise. Ich will eine der faszinierendsten Neuentdeckungen im Alpenraum beschreiben, denn ich habe das Glück, die ersten Puzzles unabhängig voneinander von verschiedenen Menschen erhalten zu haben.
Auf knapp 2 100 m Höhe, weit drinnen im Ötztal soll nach der Überlieferung das alte *VENT* gestanden haben. Nach einer der mehr als hundert im Ötztal bekannten Sagen soll an dieser Stelle eine schwangere fremde Frau auf dem Weg über das Joch entbunden haben, soll niedergekommen sein.
An dieser Stelle rasten um die große Steinplatte herum die Schafe, wenn sie nach fast dreitägigem Marsch vom Vintschgau über das Schladrauntal, das Schnalstal und übers Niederjoch endlich an ihrer ersten sommerlichen Weidestation angekommen sind. Mir ist

im Juni 1989 aufgefallen, wie sich etliche Schafe an diesen großen flachen Steinblock drängten, wie sie dort sich niederlegten, wie sie dort ihre Köpfe unter den Steintisch hineinstreckten, wie sie fast süchtig dieser Stelle zueilten und dann ruhig waren.
Bevor ich von der ganzen Geschichte erfuhr, war mir dieses merkwürdige Tierverhalten aufgefallen. Fast als ob die Tiere magisch angezogen würden, fast als ob sie sich zur Beruhigung sehr rasch gerade dieser Stelle genähert hätten. Es muß ein ganz besonderer Platz sein. Auf jeden Fall mit großer Beruhigungskraft für die Schafe. Und auf jeden Fall mit großer, fast magischer Anziehungskraft. Es schien fast so, daß ältere, bergerfahrenere Schafe zuerst dieser Stelle zueilten.
Dann lagerten zehn, elf von ihnen unter dieser großen Steinplatte, die fast einem riesigen Tisch gleichsieht.
Erst im Laufe des Gespräches erfuhr ich vom Hans aus Vent, es wäre hier das alte Vent gestanden.
Im Laufe der Recherchen kamen eine Reihe von Einzelphänomenen zum Vorschein.
Die Venter seien an manchen Sonntagen von Vent herauf hierher gepilgert. Mit der Großmutter. Er erinnere sich noch daran.
Ich erfuhr, daß heute noch vor allem Frauen heraufpilgern. Alles ist lebendig und aktuell. Niemand außerhalb des Tales weiß davon.
Ja, ja unter dem Stein rinnt ein Wasser.
Ja, dort an dem großen Stein waren Steine aufgeschlichtet zu einem kleinen Altar, und dort stand ein altes Madonnenbild.
Dieses Bild wurde dann in die neue, vom Hans und anderen erbaute Bergführerkapelle übertragen und ist bis zum Diebstahl durch Unbekannte dort geblieben.
Ich erfuhr von der Legende. Eine fremde Frau sei dort also niedergekommen.
In unmittelbarer Nähe dieser tischähnlichen Steinplatte entdeckte ich zuerst den etwa 70 cm hohen, ganz sicher von Menschenhand aufgestellten und auch von Menschenhand bearbeiteten Stein genau in Sicht mit dem Gipfel des überfirnten Eisberges *SIMILAUN* (3 606 m).
Ich verglich diesen aufgerichteten Stein mit ähnlichen Monumenten in den Alpen und außerhalb der Alpen. Zweifellos ist es ein Menhir.
Bei genauerer Untersuchung der Lokalitäten waren weitere aufgerichtete, bearbeitete Steine als Menhire erkennbar, wenn auch nicht in dieser prägnanten Form und so hoch.
Zu allem kommt noch hinzu, daß sich auf diesem klimatisch und geographisch günstigen Platz zwei Steinkreise erkennen ließen.

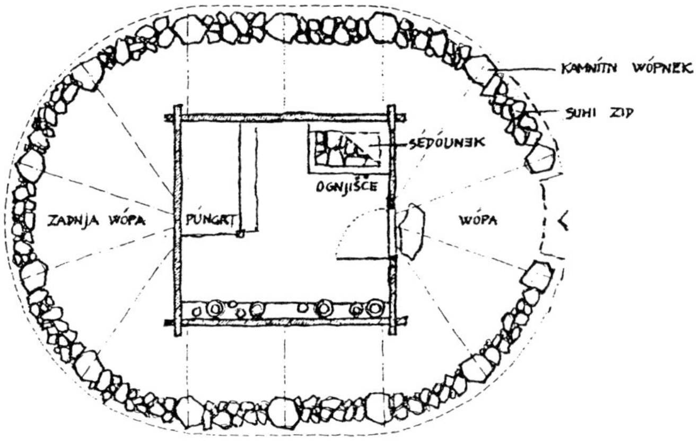

Grundriß einer ovalen Sennhütte mit Hirtenstube in der Mitte in Velika planina (Große Alpe) in Slowenien.
Diese Anlage ist vergleichbar mit dem unteren Steinkreis sowie den Mauerresten auf der Kaser bei Vent.

Ein weiteres Suchen erbrachte weitere interessante Funde: mehrere Felszeichnungen, allerdings sehr einfacher Art, in unmittelbarer Nähe, aber auch direkt an Steinen auf diesem Platz.
Es scheint sich um einen der bemerkenswertesten *KULT*-Plätze zu handeln, in dem sich fast alle Merkmale vereinigen, die an anderen Orten getrennt auftreten. Träger des Wissens sind ein paar Einheimische. Auch diese verfügen nur über das Detailwissen. Es sind ein paar Bewohner von Vent und etliche Hirten aus dem Schnalstal.
Maximal 100 Menschen sind Träger einer Kultur, eines Kultes, mit möglicherweise ungebrochener Tradition über dreitausend Jahre, vielleicht auch nur zweitausendfünfhundert Jahre hinweg.
Ich versuche, die Einzelelemente zusammenzufügen und vergleiche mit anderen Kultstätten in den Alpen. Ich versuche, volkskundliches Wissen, kulturgeschichtliche Einsichten, religionsgeschichtliche Fakten, Tatsachen aus der Besiedlungs- und Wirtschaftsgeschichte des Tales und der Region zusammenzufügen.
Jetzt wage ich einige Interpretationen:

— Die ältesten Besiedlungshinweise des hinteren Ötztales reichen bis maximal 800 n. Chr. zurück (z. B. über den kleinen Ort Geislach). Aufgrund dieser neuen Funde auf der Kaser muß eher in die Zeit zwischen 1200 und 800 vor Christus rückdatiert werden. Das bezeugen *MENHIR* und *STEINKREIS*, die ja genaue Datierungen in anderen Teilen der Alpen erfahren haben.

— Die *MEGALITH-* und *MENHIR*-Kultur reicht von der Bretagne über Südfrankreich, Ligurien, einige Bergtäler des Piemont ins Wallis, nach Aosta und über das Veltlin sowie das Val Camonica bis nach Südtirol. Die letzten, die nördlichsten Funde stammen – bisher – aus Algund in der Nähe von Meran sowie aus Schlanders im Vintschgau. Der Ötztaler Fund ist die bisher nördlichste Stelle und zugleich die bisher erste nördlich des Alpenhauptkammes.

— Die *MENHIRE* werden in männliche und weibliche unterteilt, je nach ihrem Aussehen. Beim Ötztaler *MENHIR* handelt es sich um einen eindeutig männlichen und zwar in Form eines Widderkopfes. Aus größerer Entfernung hat er phallisches Aussehen. Einen *TIER*-Menhir konnte ich bisher aus der Literatur bzw. aus anderen Regionen nicht in dieser Klarheit und Deutlichkeit feststellen.

— Mit den *STEINKREISEN* verhält es sich ähnlich wie mit den *MENHIREN.* Auch hier ist die Ötztaler Fundstelle die einzige nördlich des Alpenhauptkammes. Außerdem dürften es zwei sein. Daß die *MENHIRE* innerhalb dieser Kreise stehen und/oder damit in Verbindung, verstärkt die Bedeutung.

Zu den Seiten 14 und 15:
Der ca. 70 cm hohe *MENHIR* auf der Kaser bei Vent, als Widderkopf ausgeformt, also männlich. Dieser Menhir steht im oberen Steinkreis, direkt am Weg auf das Niederjoch und vom Ötztal in das Schnalstal.

— Aus der Entstehungs-Sage läßt sich ableiten, daß es sich um die Stätte einer Muttergottheit gehandelt hat – und noch immer handelt. Es gibt kaum einen Vergleich, was Kontinuität und Lebendigkeit bis in die Gegenwart betrifft. Möglicherweise war hier eine Kultstätte zu Ehren der rätischen Muttergottheit „*Rätia*" oder „*Rehtia*", über deren Existenz ja viel herumgedeutet wird. Neuere Forschungen sprechen von der venetischen Rätia, die in der La-Tène-Zeit eine große Rolle gespielt haben soll.

— Möglicherweise handelt es sich bei der Kultstätte auf der *Kaser* um ein besonderes *Venetisches* Heiligtum. Darauf deutet zuerst der Ortsname *Vent*, dann der ovale Steinkreis mit der Hütte (vgl. *Die Veneter*, S 161 und 162) und schließlich die „*Rätia*".

— Das hohe Alter ist sehr glaubhaft. Das hintere Ötztal wurde nachweislich von Süden her, also vom Vintschgau aus besiedelt. Vintschgauer und Schnalstaler Bauern treiben jährlich bis 3 000 Schafe über die Jöcher ins Ötztal. Ein Teil der Weiden sind gepachtet. Die Schnalstaler Bauern haben dort ihre jahrhundertealten Weide-*Rechte*. In diesem Teil des Ötztales, wo die *Kaser* liegt, besitzen die Bauern vom Schnalstal die Weiden. Die *Kaser* ist der nördlichste Punkt, die am weitesten ins Ötztal hinausgeschobene Stelle. Es ist also uralter Südtiroler Boden. Damit sind alle alten Verbindungen und Zusammenhänge klar.

— Der Platz schien sich offenbar anzubieten: lawinensicher, mit Wasser, ebenen Flächen und der Möglichkeit, auch noch Heu zu gewinnen: Man konnte also hier leben. Deswegen ist der Hinweis, hier wäre das alte Vent gewesen, nicht von der Hand zu weisen.

— Der Platz ist Gegenstand einer Sage. Hier soll früher eine Ochsenalm gewesen sein. Die Alm wurde verflucht. Jetzt können dort nur mehr Schafe weiden.

— Aus dem alten „*Rätia*"-Kult wurde eine christliche Wallfahrt.
Es wurde ein Maria-Hilf-Bild aufgestellt. Die Wallfahrt besteht bis in die Gegenwart.

— Der Platz ist in mehrfacher Weise höchst attraktiv und bedeutsam. Wahrscheinlich ist die Ausrichtung des großen *Menhirs* genau zum Gipfel des mächtigen *Similaun* nicht zufällig. Das erinnert an den mächtigen Steinmann im Ortlergebiet.
Daß die Schafe wie süchtig die Steinplatte aufsuchen und sich dort lagern, mag damit zusammenhängen, daß es ein *Guter Platz* ist. Sicherlich für Mensch und Tier. Das müßte radiästhetisch und nach anderen Kriterien nachgeprüft werden.

— Daß unter einem Stein ein Wasser durchfließt, besagt an sich nichts. Es ist aber unter dem Stein, an dem der alte Steinaltar errichtet war. Eine heilige Quelle?

— Das Interessanteste ergibt sich aus der Summe aller Merkmale. Es paßt alles zusammen. Alle Puzzleteile zusammengenommen ergeben eine der bemerkenswertesten Kultstätten der Alpen. Das Nebeneinander von an sich wichtigen Elementen des Kultes vervielfacht die Bedeutung.

— Der Nachweis von Kontinuität über fast dreitausend Jahre (oder zweitausendfünfhundert Jahre) ist an sich ein Phänomen. Hier aber ist eine ganz kleine Gruppe von maximal 100 Menschen Überlieferungsträger durch zweieinhalb bis drei Jahrtausende. Damit ist die ungeheure Kraft von Tradition erwiesen. Ich kenne diesbezüglich nichts Stärkeres.

Die *Kaser* soll den nächsten Generationen genauso dienen. Es sollen die Kräfte weiterwirken. Experten werden sich den Kopf zerbrechen. Publikationen und Deutungen wird es in stattlicher Menge geben. In den letzten Jahrzehnten sind Tausende hier vorbeigegangen, ohne den Platz zu zerstören oder zu entweihen. An der *Kaser* vorbei geht es zur sehr viel besuchten *Samoar*-Hütte (heute Martin-Busch-Hütte), zur über 3 000 m hoch gelegenen *Similaun*-Hütte, zu den sehr stark besuchten Bergen und Jöchern.
Es ist also höchst erstaunlich, daß bisher niemand über die *Kaser* geschrieben hat, kein Alpinschriftsteller, kein Heimatforscher, kein Frühgeschichtsforscher, kein Volkskundler.
Zigtausenden ist es verborgen geblieben.
Ein großes Geheimnis soll es weiterhin bleiben.
Soll der Kultplatz eingezäunt werden?

Wie wird das kleine hochalpine Stonehenge weiterleben?

Steinkult & die ältesten Steindenkmäler

Steinkult und Heilige Berge stehen in engem Zusammenhang. In den Dolomitentälern sind diese heiligen Berge die *„Glasberge"*; geheimnisvoll, strahlend, leuchtend und abweisend. Es sind die ladinischen *„I Monts de Vyerek"*, reich mit Sagen und geheimnisvollen Geschichten umgeben, für die Menschen seit Jahrhunderten Stätten der Mystik.
Es ist nicht verwunderlich, daß seit den ältesten Zeiten die Bergmenschen den höchsten Bergen, vor allem den vergletscherten Bergriesen den allergrößten Respekt entgegenbrachten. Selbstverständlich waren diese unerreichbaren Höhen die Wohnstätten von Göttern, von Göttinnen und dem Geheimnis.
Der Sagenforscher Karl *Wolff* hat in den von ihm gesammelten, neu gestalteten und herausgegebenen Sagen immer wieder den innigen Bezug zu den Bergen herstellen können, intensiv wie kaum anderswo in den Alpen.
Am Gardasee trug ihm ein Mann die Geschichte von jener Prinzessin vor, die über die *„Le sete Montagne de Vedro"*, also über die *„sieben gläsernen Berge"* gegangen ist und dort in dem fremden, fernen Land an Sehnsucht gestorben sei.

„Seitdem die Prinzessin an Heimweh und gebrochenem Herzen sterben mußte, hat die Laydüra keine Blumen, sondern nur noch Steine und Schnee, und sie liegt nicht mehr gen Mittag, wo die Alpen freudevoll aufgehen, sondern sie liegt am

Piz Umbràil, umschauert vom Eishauche der Ortler- und Berninagletscher, in traurigster, einsamster Felswüstenei, bei dem vergessenen LAY DA RIMS – See der Einöden."

(WOLFF)

„*LE SETE MONTAGNE DE VEDRO*" sind Gegenstand alter, manchmal unheimlicher, mitunter höchst wahrhaftiger Sagen. In ihnen erkennen wir Kerne unserer alten und ältesten Kultur, erkennen wir die Wurzel, die das Verstehen unserer Kultur und Eigenart erleichtern lernt. Typisch romantisierend geprägt, versteigt sich der Sagenforscher Wolff in solche und ähnliche Formulierungen:

„*Hoch auf dem eisigen Grat der Marmaròles, wo der Blick bis an das Südmeer schweift, sitzt Tanna, umgeben von dem großen Schweigen der Berge. Und sie hebt ihr Kind ins Freie hinauf, damit es die Sonne ertragen lerne und die schneidende Höhenluft und die grausigen Abgründe; sie nährt es mit dem Schnee der Firne und zeigt ihm die Adler, die sich im Raume wiegen ...* "

So und ähnlich erzählt, fabuliert und dichtet Karl Felix *WOLFF* seine durchaus faszinierenden Geschichten aus dem Dolomitenreich der Fanes.
Es bleibt die Faszination BERG-KULTUS, verbunden mit Unheimlichkeit und dem möglicherweise „*Göttlichen*". So haben es fromme, gottesfürchtige, der Naturgefahr ausgesetzte Menschen erfahren und erlitten. So haben sie aus der Angst vor dem Berg die Kultgeschichten über die unheimlichen Berggewalten erdichtet. So hat der Alpenmensch Ursache, sich seine unheimliche Bergwelt wie keine andere Welt zu überhöhen, zum Kult zu erheben.

Zuerst kommt die Angst. Dann folgt der Kult. Schließlich gestaltet er und schafft Kultur und Kunst. Der am extremsten den Berggefahren ausgesetzte Älpler ersinnt die s c h ö n s t e n Berggeschichten. Er erfindet die besten Sagen und lernt am allerbesten den Umgang mit den Gefährlichkeiten seiner Lebenswelt.
Hilfe kommt möglicherweise von den Lawinen, den weißen Lawinen als dem Inbegriff alpiner Todesarten:

„*So spricht Tanna. Aber die Crodères erkennen den wahren Grund von Tannas Rede, und sie weisen ihre Vorschläge zurück. Ihnen sei ganz recht, daß der Berg so viel Eis und Schnee trage; wenigstens kämen die Menschen nicht mehr ins Hochgebiet herauf, während sie früher, als Tanna noch die blaue Krone trug, unbehelligt ihre Schafe oben herumtreiben konnten ... .*"

(WOLFF)

Dann werden die Lawinen ins Tal geschickt, diese Symbole von Zerstörung und Naturgewalt: Diese Lawinen bringen den unheimlichen Bergbewohnern in den höchsten Höhen den Schutz vor dem Menschen unten im Tal.
Die Entzauberung der Berge hat also stattgefunden.
Ein Anzeichen von Erhabenheit und Überhöhung bleibt.

Wilde Berge, Gletscher, Schluchten, das Unnahbare fasziniert. In diesen Bergen liegt – immer wieder in Sagen und Überlieferungen erzählt – der Schmuckstein, die Kostbarkeit, der Edelstein. In den Dolomiten ist es die „*RAYETA*", das „*herrlichste Schmuckstück der Welt.*" Es soll irgendwo auf dem Berge Gardenàzza verborgen sein.

Diese riesige Steinplatte im Val *Camonica*/Lombardei müßte aufgrund ihrer Position inmitten der reichen Landschaft frühgeschichtlicher Felszeichnungen und von typischen Steindenkmälern ebenfalls mytische oder kultische Bedeutung haben. Solche Platten können ähnlich wie die *Dolmen* (siehe Abbildung auf Seite 25) auch als Grabstätten gedient haben, oder es waren riesige Opfertische, vielfach wie in Irland, in der Bretagne und anderswo am Rande eines Steinkreises.

Auf der Suche nach dem geheimnisvollen Strahlenstein auf diesem ebenso geheimnisvollen Berg gerät ein junger Sänger zur *Cristàna*, *„einer jener wilden Frauen, wie sie vor Zeiten auf der Gerdenàzza wohnten"* (*Wolff*, S 314). Statt den Stein zu bekommen, mußte er mit einem Drachen kämpfen, kam dabei zu Tode und der Stein blieb weiterhin bewacht – für alle Zeiten.
Niemand hat diesen Strahlen- und Wunderstein erobert.
Das Geheimnis bleibt.

Weltweit ist der *Stein- & Berg-Kultus* verbreitet. Also dürfen ihn die Älpler nicht allein beanspruchen. Also müssen sie das Geheimnisvolle mit allen, mit fast allen Bergvölkern der Erde teilen.
Heilige Steine wurden im alten Jericho verehrt. Ein uraltes Sanktuarium befand sich zu Munhata und Natufien im alten Palästina. Im Alten Testament wird der *Heilige Stein* als *„Masseba"* erwähnt. Der berühmte „Gigal" der Bibel ist ein Kreis aus zwölf Steinen, symbolisch für die zwölf Stämme Israels. Das sind deutliche und wichtige Denkmäler der palästinensischen Megalithkultur.

„Ihr sollt Euch keinen Götzen machen, noch Bilder aufrichten, noch einen heiligen Stein (Masseba) und Ihr sollt in Eurem Lande keinen Malstein (Maskit) setzen, vor dem Ihr Euch demütigt."
(Leviticus 26, 1)

Da erhielt Moses von Jahwe den Befehl, die Kultsteine von Kanaan zu zerstören. Also beginnt hier die weltweite Geschichte um den Stein-Kult. Die Alpen sind hier nichts Einzigartiges oder Besonderes. Aber sie bergen bis in die Gegenwart die wohl größte Konzentration an Überlieferung. Durch die ganzen Alpen, vor allem am gesamten Alpenbogen entlang, finden sich bis in die Gegenwart unzählige Stein-Denkmäler. Der Großteil wäre erst noch und wieder zu entdecken. Nur ein Bruchteil davon ist bekannt. In diesen Jahren kümmern sich intensive Wurzel-Sucher um die alten und ältesten Überlieferungen.

Der *Stein* vom Ulrichsberg soll mit nach Hause genommen werden, dann ist das Haus gegen Blitzschlag geschützt.

Plinius berichtet: Wer einen Blitzstein trägt oder im Hause hat, der ist vor Blitzstrahl sicher.

Der feurige *Alber* im Vinschgau kann nur mit dem Karfunkelstein abgewehrt werden.

Auf dem Timmelsjoch stand einst ein *Totenstein.*

In der Kirche an der Volderer Brücke wird der *„Stein des Gehorsams"* aufbewahrt.

Unselig ist die Geschichte mit dem *Judenstein* bei Rinn oberhalb von Innsbruck. Hier soll ein Ritualopfer stattgefunden haben. Die katholische Kirche früherer Jahrhunderte machte daraus den berüchtigten und erst in den letzten Jahren – durch den mutigen Tiroler Diözesanbischof Reinhold *Stecher* – abgeschafften Ritualmord eines Juden an einem Christenkind. Die *Steinopfer* sind weit älter als die katholische Kirche.

Die Entstehungslegende vom Wallfahrtsort *Locherboden* hängt mit einem Stein zusammen.

Vor der Wallfahrtskirche von *Kaltenbrunn* befanden sich drei (heilige) Steine.

Dieser bisher unbekannte, in der Fachliteratur nirgends genannte *Menhir* steht auf dem Passo *Mezzaluna* (Halbmondjoch) auf ca. 1 400 m Seehöhe, an einer alten Hirten- und wohl auch Salzstraße, der *Strada Marenca* (Straße zum Meer) zwischen Italien und Frankreich.
Der *Menhir* ist ca. 2 m hoch und ca. 25 cm stark.
Gianni *Bodini* aus Schlanders hat ihn anläßlich einer Forschungs- und Fotoreise für dieses Buch *„entdeckt"*.

In Arzl bei Imst befindet sich an exponierter, an sehr alter Siedlungs- und Kultstätte der „*OPFERSTEIN*".

Wer durch den *HEMMA*-Stein in Gurk kriecht, wird fruchtbar. Also suchen Frauen, die keine Kinder bekommen können, seit Jahrhunderten diesen Stein auf.

Weit verbreitet sind die *RUTSCHPLATTEN*. Frauen, die keine Kinder bekommen können, kommen und rutschen darüber.

Auf dem *STEIN*-Sitz des *HERZOGSTUHLES* in Kärnten wurde der jeweilige Landesherr vereidigt.

Oberhalb von Kaprun soll es eine „*HEIDNISCHE KIRCHE*" aus Stein geben.

HEILIGE FELSEN in Susa sollen eine besondere Bedeutung haben.

Drei Grafensöhne widmeten drei Bergkristalle. So heißt es in der Entstehungslegende der Wallfahrt zu *OBERMAUERN* im Virgental/Osttirol.

Liegende Steine sind „*Zeugen eines alten Mondkultes*".

Der *WEIHWASSER*-Stein von Latsch könnte die verchristlichte Form eines uralten Kult-Steines sein.

Vorhergehende Seite:
Die „*STOANERNEN MANNDLEN*" vom Auenjoch im Sarntal/Südtirol – sie stehen seit Jahrhunderten auf dem „*HEXENTANZPLATZ*" und gehören zu den eindruckvollsten Steinsetzungen der Alpen. Wanderer und Pilger errichten immer wieder neue Steinhaufen.

In seinem Buch „*Die weisen Frauen*" behandelt Sergius *GOLOWIN* in einem eigenen Kapitel die *WIEDERKEHR DER BERG-HEXEN*.

„*Heilige Steine wieder aufzufinden, die gläubigen Menschen der frühen Jahrtausende wichtig waren, soll darum eigentlich auch heute nicht schwer sein ...*"
Es müßte also ein Platz gefunden und wiederentdeckt werden, „*von dem aus man die Gegend gut überblicken und gleichzeitig das Auf- und Untergehen von Sonne und Mond, überhaupt den ganzen Sternenhimmel gut beobachten konnte. Findet nun ein heutiger Altertumsforscher einen solchen Platz auf der Landkarte und sucht ihn dann auf, so findet er mit einiger Wahrscheinlichkeit dort auch irgendeinen, gelegentlich mühsam herbeigerollten, mächtigen Stein, der zumindest den Sagen der alten Leute nach schon vor Zeiten irgendwelche Volksversammlungen sah.*"

(*GOLOWIN*)

Unzählig sind die Sagen, in denen ein „*Hexenstein*", eine „*Hexenbank*", ein kultischer Wackelstein, eine Trittplatte, ein Rutschstein, ein Stein mit Fußabdrücken, ein Schalenstein und dergleichen im Mittelpunkt stehen.
An fast allen Stellen dürfen wir sehr frühe Kulturstätten vermuten; meist sogar Kultstätten, magische Orte, Orientierungspunkte, unheimliche Plätze oder solche der Fruchtbarkeit oder der Beruhigung.
Besonders bei der Anlage alter Kirchen und Sakralbauten haben kundige Menschen weltweit auf Erdstrahlungen, unterirdische Ströme, auf heilsame Quellwasser, „*heilige Bäume*", auf Tierorakel und *STEINE* geachtet.

Die *Dolmen* (Steintische) von *Regnier* in der Nähe des Genfer Sees in Savoyen werden immer wieder abgebildet und genannt.
Es sind die mächtigsten Zeugnisse der Megalithkultur am Rande der Alpen. Es sind höchstwahrscheinlich Gräber. In Frankreich allein sind über 6 000 Megalithgräber bekannt, davon etwa 3 500 in der Bretagne.
Der Beginn dieser monumentalen Bauweise wird auf den Anfang des 3. Jahrtausends v. Chr. festgesetzt.

Steinhaufen & Steinkult

„In der Errichtung der Steinhaufen (und ihrer Stellvertreter aus anderen Materialien) haben wir die älteste und ursprünglichste Form aller Monumente zu erblicken."

(Richard Andree, 1878, S 48)

„Genau derselbe Brauch, den wir hier durch Beispiele aus der Mitte des civilisierten Erdtheils belegten, findet sich allenthalben auf der Welt wieder und läßt sich überall gleichmäßig nachweisen, so daß er als einer der universellsten überhaupt angesehen werden muss. Es ist einer der Züge, welche durch das ganze menschliche Geschlecht gehen, die, in ihren Grundbedingungen sich gleichbleibend, nur hie und da leicht modificiert sind."

(Richard Andree, 1878, S 47)

Steinhaufen, Steinfrauen & Steinmänner

Im Buch Genesis 31, 45 der Bibel wird vom Bund berichtet, den Jakob mit Laban einging. Dann setzte er ein Denkmal:

„So komm denn, und laßt uns ein Bündnis machen, daß ein Zeugnis sei zwischen dir und mir. Da nahm Jakob einen Stein und richtete ihn zum Denkmal auf und sprach zu seine Brüdern: Bringet Steine her! Und sie sammelten Steine und machten einen Haufen und aßen darauf ..."

Christian *Caminada* aus Chur in der Schweiz hat in seinem Buch über die *„Verzauberten Täler"* ein wichtiges, langes Kapitel komplett dem Thema *„Steinkultus in Rätien"* gewidmet. Allein für den Kanton Graubünden lassen sich Hunderte, ja Tausende von Stein-Denkmälern nachweisen: Steinhaufen, Steinmänner, Steinfrauen, Menhire, Megalithe, Rutschplatten u. a.
Im Jahre 1878 hat der Völkerkundler Richard *Andree* ein bis in die Gegenwart unerreicht wichtiges Werk über ethnographische Parallelen und Vergleiche verfaßt. Im Kapitel *„Steinhaufen"* vergleicht er die Nachrichten aus allen Kontinenten.

Charles *Darwin* fand bei der Besteigung der Sierra de las *Animas* in Uruguay auf der Spitze des Berges mehrere kleine Steinhaufen. Die Haufen waren denen ähnlich, *„die man häufig auf den Gebirgen von Wales findet" (Andree).*

In Afrika fand unter anderen *Livingstone* im Jahre 1867 die Steinhaufen beim Abstieg östlich vom Niassa-See.

„Diese werden in allen Gegenden Südafrikas sehr häufig in den Gebirgspässen gefunden und sollen die Grenzen zwischen zwei Gebieten bezeichnen."

In *Manie*/Ligurien sind diese eigenartigen Rillen – ähnlich wie von Wagenrädern – in den Fels gezeichnet worden. Rundum gibt es eine Vielzahl von Felszeichnungen.

Unter den *STEINHAUFEN* in Europa hebt Richard *ANDREE* in besonderer Weise die Wallfahrt zum heiligen Wolfgang im Salzkammergut hervor:

„Die Wallfahrer, mitunter selbst weit her aus Bayern, tragen mit größter Anstrengung schwere Steine hinauf zum Heiligthum, weil die Sage geht, sobald genug Steine bereit, werde der Heilige eine neue große Kirche bauen; schon sieht man große Haufen zusammengeschleppter, auch mehr als centnerschwerer Steine liegen."

(ANDREE)

Zu den eindrucksvollsten Zeugnissen der alpinen *STEINSETZUNGEN* gehören die „*STOANERNEN MANNLEN*" vom Auenjoch im Sarntal/Südtirol. Schon seit „*urdenklichen*" Zeiten dürften dort Steine aufeinander geschlichtet worden sein.
In einer Urkunde aus dem Jahre 1540 wird berichtet, daß die Bäuerin Barbara Pachlerin, genannt die Pachlerzottl, sich wegen Hexerei vor Gericht verantworten mußte. Bei der Folter, der „*peinlichen Befragung*", soll sie gestanden haben, oben bei den „*STOANERNEN MANNLEN*" mit anderen Hexen und dem Teufel schadenbringende Unwetter gemacht zu haben (siehe Abbildungen auf den Seiten 21 und 22).

Vorhergehende Seite:
Neben uralten, gepflasterten Wegen durch den überaus trockenen Vintschgauer Sonnenberg (gilt als trockenste Region der Alpen) finden sich überall Steindenkmäler in großer Menge. Hier eine der „*GRÜBELPLATTEN*" bei Kastelbell. In nächster Nähe gibt es die „*KLUMPERPLATTE*" und weitere Schalensteine.

Diese Steinmänner sind die ältesten urkundlich erwiesenen Steindenkmäler solcher Art. Der Platz auf dem Joch gilt seit jeher als „*Hexentanzplatz*". Frühgeschichtliche Funde in dieser Gegend reichen 7 000 Jahre zurück, und es bedarf keiner Spekulation, hier einen uralten Kultplatz ausmachen zu können.
Hanspaul *MENARA* widmet diesem Denkmal in den Sarntaler Bergen in seinem Buch „*SÜDTIROLER URWEGE*" ein Kapitel. Er notiert, bei seinem Besuch im Jahre 1982 dort an die hundert solcher Steinmänner gezählt zu haben.
Heute fügen Wanderer und Touristen den Steinhaufen weitere Haufen und Steine bei. Das ist fast überall dort Brauch, wo heute Bergwanderer die neuen, also touristischen Steinmänner vorfinden.
Kaum ein Joch, ein wichtiger Übergang, wo nicht diese Steinsetzungen anzutreffen wären.
Es stimmt auf keinen Fall, daß es sich ausschließlich um touristische Wegweiser neueren Datums handeln soll ... Viele sind neu. Einige sind Jahrhunderte oder Jahrtausende alt.

Der weltweit bekannte Tibetforscher und Entdecker bisher unbekannter Naturvölker, Heinrich *HARRER*, hat mich auf den Brauch der Steinsetzungen im Himalaya aufmerksam gemacht und mir zur Bestätigung ein Dia zur Verfügung gestellt.
Im Lande *LADAKH* entdeckte er bis zu einem Kilometer lange Gebetsmauern oder „*MANI*". Sie entstehen dadurch, daß „*vorbeiziehende Pilger Jahr für Jahr Stein um Stein aufeinanderlegen, bis die Mauern Hüft- oder Schulterhöhe erreichen*" (*HARRER*).

Das piemontesische Bergheiligtum *SANTA ANNA DI VINADIO* auf 2 010 m gelegen und

Ganze Generationen von Heimatforschern, von Historikern und Gelehrten grübeln und deuten am Geheimnis der *Schalensteine* herum. Die Zahl der Aufsätze und Publikationen wächst an. Niemand konnte bisher einem der faszinierendsten Stein-Geheimnisse auf die Spur kommen. Allein in Südtirols Heimat-Kunde *„Der Schlern"* sind über 100 Aufsätze und Berichte zum Thema erschienen.
Hier eine der vielen Steinplatten mit Wannen und Rinnen – vom Vintschgauer Sonnenberg, als Teil der berühmten *„Klumperplatte"* bei Kastelbell.

damit das höchstgelegene Kloster Europas steht in Verbindung mit einem weiteren Brauch der Steinsetzung. Werner *Bätzing* berichtet davon, daß an der Stelle, von der aus das Bergheiligtum zum ersten Mal sichtbar ist, die Pilger einen *Steinmann* errichten. Und zwar muß dieser *„Mann"* soviele Steine haben, so oft der Pilger diese Wallfahrtsstätte besucht hat. Diese Steinmänner heißen *Chiaperet „und sind an bestimmten Stellen im St. Anna-Tal häufig zu sehen" (Bätzing).* (Zur Steinfrau auf der Alp *Madrisa* siehe Bild und Bildbeschreibung bzw. siehe Kapitel: *„Alles wie vor 4 000 Jahren".)*

Über den Brauch, an vielen Orten der Erde, meist aber in Bergregionen einen *Steinhaufen* zu errichten, schreibt Richard *Andree:*

„Genau derselbe Brauch, den wir hier durch Beispiele aus der Mitte unseres civilisierten Erdtheils belegten, findet sich allenthalben auf der Welt wieder und läßt sich überall gleichmäßig nachweisen, so daß er als einer der universellsten überhaupt angesehen werden muß. Es ist einer der Züge, welche durch das ganze menschliche Geschlecht gehen, die, in ihren Grundbedingungen sich gleichbleibend, nur hie und da leicht modificirt sind."

Steinkreise & Steinreihen

Es sind in weiten Teilen der Erde vorkommende Anordnungen von Steinen, es sind oftmals angelegte Sternwarten und Kalenderheiligtümer. Es sind kultische Einrahmungen und Umzäunungen. Heilige Bezirke werden mit Steinen umgeben. Berühmt und weltbekannt sind die *Steinreihen* von Larnac in der Bretagne. *„Das steinerne Heer von Larnac"* sind 1 099 Menhire in elf ungefähr parallelen Reihen. Die letzten Steine der Alleen aus Stein verlieren sich nach über 1 160 Metern Länge im Buschwerk. Vom Kamm des nahen Mont *St. Michel* (ebenfalls eine berühmte Kultstätte) kann die geisterhafte Stein-Allee überblickt werden. Insgesamt sind in dieser Gegend drei gewaltige Anlagen mit insgesamt etwa 3 000 Steinsetzungen gezählt worden.

Stonehenge

ist der Inbegriff für monumentale Steinkreise, für überaus genaue Messungen und zugleich für aufregende Werke unserer Urgeschichte. Diese möglicherweise um 1500 v. Chr. aufgerichteten Steine erforderten einen für uns unvorstellbaren Kraftaufwand. Allein die Herbeischaffung der bis zu 50 Tonnen schweren Blöcke von den 36 km entfernten Marlborough-Hängen stellt eine gigantische Leistung dar. Entweder waren sehr sehr viele Menschen im Einsatz, oder es dauerte sehr lange Zeiträume. Die niedrigste Schätzung sieht bei 1 500 Arbeitern fünfeinhalb Jahre vor.

oben:
...und sosehr Experten herummessen und analysieren: der Fels will seine Geheimnisse nicht preisgeben.

unten:
...unscheinbare Steinplatten auf den kargen ligurischen Böden bergen möglicherweise ungeheure Schätze unserer alten und ältesten Kulturen.
Unterhalb des Mezzaluna-Passes
(Vgl. Abbildung auf Seite 19).

Die religiöse Bedeutung ist klar. In welcher Weise hier perfekte Astronomie und Sonnenkult zusammenwirkten, läßt sich nur vermuten.
Außer *STONEHENGE* sind auf den Britischen Inseln, in Irland und Norddeutschland eine Reihe von *STEINKREISEN* – allein in Schottland bisher über 120 liegende Steinkreise – festgestellt worden.

Sibylle von *REDEN* läßt in ihrer Dokumentation *„DIE MEGALITH-KULTUREN/Zeugnisse einer verschollenen Urreligion"* den gesamten Alpenbereich ausgeklammert. Umso interessanter ist die Dokumentation über England, Frankreich, Irland, Korsika, Malta, Nordeuropa, Sardinien und Spanien.
Hat sie die *ALPEN* vergessen, oder wußte sie nichts davon?

Die *ALPEN*, das beweisen neuere und neueste Forschungen, sind sehr reich an

MEGALITHGRÄBERN
MENHIREN
MEGALITHISCHEN KULTBAUTEN
STEINKREISEN
DOLMEN.

STEINREIHEN und *STEINKREISE* gibt es in *ALGUND*/Südtirol, auf der *MUTTA* bei Fellers im Kanton Graubünden, im Susa-Tal im Piemont und an vielen weiteren Stellen. Auf der *KASER* oberhalb von Vent im Ötztal dürften es zwei nebeneinander sein.
Ganz sicher wissen wir nur einen Bruchteil.
Datiert wird die *MEGALITH-KULTUR* in die Zeit zwischen 4 000 und 1 500 v. Chr.
Die *„STEINREIHE von Algund erinnert an den halbkreisförmigen Abschluß zweier Menhirreihen, wie sie in der Bretagne bekannt sind und mit dem keltischen Wort CHROMLECH bezeichnet werden"* (*HALLER*).
Menara bezweifelt, ob es tatsächlich Steinreihen sind, eher seien es natürliche Steinformen.

KULT- und *KULTURSTÄTTEN* besonderer Art finden sich auf dem GROSSEN und dem *KLEINEN ST. BERNHARDPASS.*
Über die relativ geringe Höhe von 2 188 m führt der *KLEINE* St. Bernhardpaß seit etlichen tausend Jahren die Wanderer, Händler, Pilger zwischen Frankreich und Italien.
Der *STEINKREIS* auf der Paßhöhe hat einen Durchmesser von 72 Metern und wird von 63 unbehauenen Steinen von durchschnittlich 1 m³ Größe gebildet. Ebenfalls auf dem Paß wurde eine 7 m hohe Steinsäule aus Marmor errichtet, die heute eine Statue des hl. Bernhard trägt.

„Der Steinkreis auf dem Kleinen St. Bernhardpaß ist das älteste erhaltene Paßheiligtum der Alpen."

Karl *LUKAN* gibt in seinen *„Alpenwanderungen in die Vorzeit"* diese und weitere wertvolle Hinweise.
Es kann und soll der freien Interpretation möglichst viel Raum gelassen werden. Die faszinierende Idee *„BERGKULT"* läßt viele Fragen offen. Erstaunlich ist die magische Anziehung und das Gefährliche zugleich.
Beim Kleinen St. Bernhardpaß kommt noch ein wichtiges Element hinzu:
Von dort aus ist ein besonderer Berg sichtbar. Überragende, markante, gefährliche Berge stehen besonders im Mittelpunkt. Hier ist es der *MONT BLANC.*

Der *ORTLER* ist es beim Steinmann, der *SIMILAUN* von der Kaser, der *ROCCIAMELONE* aus dem Triumphbogen in Susa.
Der *HOHE WEISSE BERG* steht über allen Tälern und Dörfern.

Die *STEINSETZUNG DER MUTTA (MUOTA)* bei Felders (Falera) in der Surselva/Kanton Graubünden war, so schreibt *CAMINADA*, eine befestigte Siedlung der frühen Bronzezeit.

„In nächster Nähe derselben befindet sich ein Steinkreis, mehrere Schalensteine und eine Steinsetzung, die ihr den Charakter eines Kultortes verleihen."
(CAMINADA)

Die Steinsetzung besteht aus sechs großen Felsblöcken in je ca. 19 m Abstand.

„Blickt man in südwestlicher Richtung, so erscheint hinter dem letzten Felsblock der Steinsetzung der Kirchturm von Ladir."
(CAMINADA)

Dort wiederum wird eine weitere alte Steinsetzung vermutet. Verschiedene Messungen und Forschungen haben eindeutig erwiesen, daß auch an diesem Kultplatz astronomische Bestimmungen vorgenommen wurden.
War es eine Sonnenkultstätte?
Die Höhensiedlungen Felders/Falera, Ladir und Ruschein (in der Nähe des Wintersportzentrums Laax) sowie weiter talaufwärts die Siedlungen Waltensburg/Vuorz bergen eine überraschende und kaum bekannte Fülle an Steinsetzungen und Schalensteinen.
In der mehrbändigen Dokumentation *„Die Megalithe der Surselva/Graubünden"* sind die genauen Angaben und Messungen korrekt und eingehend dargestellt. Allein im Gebiet der Dörfer Waltensburg/Vuorz und Munt Sogn Gieri sind die Riesenschalen bei Casti, die Schalensteine im Burgareal Jörgenberg, der Kanzelstein in der Kirche, Hexenstuhl und Hexentopf am Ual da Ladral, der Sagenstein auf Plaun da Tiarms/Andiast, die Megalithe unterhalb Curnengia/Andiast, die Schalensteine und Menhire Alignement im Gebiet beidseits des Ual da Ladral, zwei Menhire bei Praulieín, der Schalenstein bei Planezzas, der Megalith in unmittelbarer Nähe davon, Schalensteine unterhalb Ladinas und Canischauna sowie bei Denter Vals beschrieben.
Noch zahlreicher sind die vermessenen und beschriebenen Megalithanlagen, die Schalensteine, Steinreihen und Felszeichnungen in den Gemeinden Falera, Siat und Breil.
Die beiden Forscher Ulrich und Greti *BÜCHI* haben für ihre Region beispielhafte Aufarbeitung und Forschung betrieben.
Größere Megalithanlagen dienten vielfach kult-astronomischen Zwecken. Im Bereich der Surselva liegen die Anlagen häufig im Nahbereich von bronzezeitlichen Siedlungen.
Auf der Suche nach den megalithischen Zeugen aus grauer Vorzeit sind hier wie fast überall die Sagen und die mündliche Tradition heranzuziehen.

Menhire & Megalithe

Die Menhire sind vermutlich als Götter- oder Heroenstandbilder zu deuten. Menhir, aus den spätbretonischen Wörtern

„men", was der Bedeutung „stein", und *„hir"*, was der Bedeutung „lang" entspricht, zusammengesetzt. Der Menhir ist ein vertikal aufgepflanzter Fels konischer, zylindrischer oder spindelartiger Form, meistens roh, aber hie und da auch bearbeitet bzw. geglättet. In der Bretagne wurden in einer Statistik 4 747 solcher Steine zusammengefaßt.
Megalithen, aus dem Griechischen übersetzt *„GROSSE STEINE"*, sind mächtige Steinbauten, die meist in der Übergangszeit von der Stein- zur Bronzezeit gesetzt wurden. Sie scheinen insgesamt sakralen Charakter zu haben. Im einzelnen werden unterschieden:

MENHIRE,
STEINKREISE oder *CROMLECH*, entstanden aus dem keltischen *„crom"*, was der Bedeutung krumm, und *„lec'h"*, was der Bedeutung Stein entspricht, und
STEINREIHEN oder *ALIGNEMENTS*.

Ebenso wie Sibylle von Reden im Buch *„Die Megalith-Kulturen"* zählt auch das *„Handwörterbuch des deutschen Aberglaubens"* unter den Vorkommen die Alpen nicht auf.
Aber sie sind dort, hundertfach, in vielfältigster Form, mit herausragenden Exemplaren. Sie kommen fast den ganzen Alpenbogen entlang vor, von Ligurien über den Piemont, Aosta, Wallis, Graubünden, Veltlin, Val Camonica, Südtirol. Es haben also die gesamten Westalpen, aber nur ein kleiner Teil der Ostalpen Anteil. Die *„RIESIN VON ST. DONAT"* in Kärnten wird als Menhir gedeutet, womit eine weitere Verbreitung anzunehmen wäre. Ganz sicher müßten sich solche Steindenkmäler über Friaul und Slowenien bis in die Steiermark finden lassen.

Eine weitere Gruppe von Steindenkmälern sind die *DOLMEN*, aus *„dol"*, was der Bedeutung „tisch", und *„men"*, was der Bedeutung „stein" entspricht. Diese Steintische bestehen aus einer Reihe von Steinsäulen und einer oder mehrerer Steinplatten darauf. Dolmen waren vielfach Gräber und kommen im Alpenraum in einigen Exemplaren vor.
Zum Vorkommen der *MENHIRE* in Südtirol schreibt der Forscher und Experte Reimo *LUNZ*:

„Im Rahmen der Ost-West-Beziehungen Südtirols zum westalpinen Oberitalien (Veltlin, Val Camonica, Ligurien) sind wohl auch die Südtiroler Menhire zu sehen; bei diesen Menhiren, den eindrucksvollsten Kunstdenkmälern unserer Vorzeit."

In der Fachwelt berühmt sind die Südtiroler

MENHIRE VON ALGUND,
DER MENHIR VON VILLANDERS UND DER
FIGURENMENHIR VON ST. VERENA AM RITTEN.

Der interessierten Fachwelt sei ein baldiger, ein sehr aufmerksamer und kritischer Besuch auf der *KASER* im hintersten Ötztal empfohlen. Es gilt, meine These zu widerlegen oder zu untermauern, daß die dortigen Steindenkmäler als Steinkreis, Menhir und Felszeichnung zu werten wären. Ganz sicher befindet sich dort wie bereits geschildert eine alte Kultstätte.

CAMINADA hat im Kanton Graubünden zahlreiche Funde beschrieben, ist sich aber mit der Zuordnung nicht ganz sicher:

Steinkult, Quellkult und Fruchtbarkeitskult sind drei wesentliche Bereiche aller Kulturen der Menschheit. Steine sind in vielfacher Weise bearbeitet, mit Schälchen, Näpfchen, mit Rillen und Zeichnungen versehen, oft scheinbar willkürlich, in der Regel aber geordnet, streng geometrisch, ausgerichtet nach Himmelsrichtungen und Sternen.
Alte Sonnenuhren, Orientierungspunkte, magische Punkte in der Landschaft.

Ein Schalenstein am Vintschgauer Sonnenberg.

„Inwieweit unsere rätischen Schalen- und Zeichensteine dieser prähistorischen Kultur verwandt sind, läßt sich schwer entscheiden; aber doch scheinen sie der gleichen Gedankenwelt zu entstammen."

Die bisher 7 in Südtirol aufgefundenen Menhire (4 in Algund, je einer in Tramin, Lengstein und Tötschling) *„zählen zu den bedeutendsten und gleichzeitig rätselhaftesten Denkmälern der Vorgeschichte Südtirols"* (Reimo *LUNZ).*

In der Fachliteratur wird selten unterschieden zwischen männlichen und weiblichen Typen. Männliche Tribute sind meist Waffen; weibliche Tribute sind angedeutete Brüste. Nach eingehenden Prüfungen, unter anderem nach der Radiokarbon-Methode, ordnet Lunz die Südtiroler Menhire der alpinen Kupferzeit zu, das wäre also zwischen 1200 – 800 v. Chr. Sind die eng mit der Südtiroler Kultur zusammenhängenden Funde im Ötztal ebenso alt?
Für diese vorliegende Dokumentation über Mythos und Kult im Alpenraum werden einige Funde zum ersten Mal beschrieben und abgebildet, so auch der über zwei Meter hohe Menhir an der italienisch-französischen Grenze im Piemont. Gianni *BODINI* hat im Zusammenhang mit Fotoreisen für dieses Buch weitere Neuentdeckungen gebracht. Es müßten jetzt sehr umfangreiche und spannende Forschungen einsetzen, um weitere Teile unserer alten Kultur zu entdecken.

Fruchtbarkeitskult an Steinen

hängt ganz eindeutig mit den *RUTSCHPLATTEN* und *RUTSCHFELSEN*, den *DURCHKRIECHSTEINEN* und *STEINBERÜHRUNGEN* zusammen. Hier helfen uns am verläßlichsten die lokalen Überlieferungen, die Sagen und Mythen aus der ältesten Zeit.
Frauen, die sich Kinder wünschen, rutschen, möglichst mit entblößtem Hinterteil, über eine der *RUTSCHPLATTEN.* Das soll schon seit der Bronzezeit so überliefert sein. Das *„Handwörterbuch des deutschen Aberglaubens"* zählt unter dem Stichwort *„STEIN"* eine Anzahl von Orten auf, wo Frauen einen Stein umkreisen oder über ihn rutschen, nennt aber keine der bisher bekannten Rutschplatten in den Alpen.
„DIE URALTEN KULTSTEINE VON EL-VAS" in Südtirol sind Schalensteine und vor allem Rutschbahnen. Die Rutschbahnen befinden sich dort teilweise auf Schalensteinen. Einer dieser Felsen von *CASTELFEDER* heißt heute noch *„BEFRUCHTUNGSSTEIN".*
In der Schweiz werden diese Rutschsteine auch *„KINDLISTEINE"* genannt. Damit ist alles klar.
Auf Südtiroler Boden wurden solche Platten in El-Vas, Castelfeder, im Gebiet von Völser Aicha, bei Taufers im Ahrntal, am Tartscher Bühel, in Gufidaun, bei der Burg Hocheppan, auf Säben und bei Seis entdeckt.
Wichtige Funde wurden weiters in der Val Camonica, im Wallis, in der Bretagne und in Ligurien gemacht.
Nirgends in der Literatur fand ich die *RUTSCHPLATTE* der schweizerischen Sursel-

va, auf der die *SONTGA MARGRIATA* ausrutschte, wie es im berühmten Lied heißt (siehe Seite 55 ff). Der Zusammenhang ist naheliegend:
Gerade in der Surselva gibt es eine auffallende Häufung von Steindenkmälern der verschiedensten Art, als Menhir, Megalith, Schalenstein und Steinreihe.
Die These soll also erlaubt sein, die einen Zusammenhang mit einer Rutschbahn herstellt. Es drängt sich die Deutung auf, daß die heilige Margaretha nicht auf irgendeiner Felsplatte ausgerutscht ist, sondern daß sie auf einer fruchtbarkeitsbringenden Rutschplatte ausgerutscht sein muß.
Ich überlasse es wie üblich in solchen Fällen auch hier der reichen Phantasie, sehr viel aus alten kultischen Geschichten herauszuholen.

Schalensteine

Die Geheimnisse der Schalen- oder Näpfchensteine werden wohl nie gelüftet werden können. Fast weltweit verbreitet, in Tausenden von großen und kleinen, schönen und markanten Beispielen auch in den Alpen verbreitet, werden sie überwiegend kultisch gedeutet.
Es sollen Opfersteine sein.
Wofür, für wen und warum weltweit?
Sicher ist, daß sie gehäuft und besonders dort anzutreffen sind, wo alle anderen Steindenkmäler zu finden sind, die Menhire, Megalithe, Chromlechs und Felszeichnungen. Die alpinen Zentren liegen in Savoyen, im Vintschgau, im Veltlin, in Graubünden, der Val Camonica, im Wallis, im Aosta-Tal sowie in Bergtälern des Piemont. Die möglicherweise allergrößte Konzentration an Schalensteinen, Felszeichnungen, Menhiren und Rutschbahnen in den Alpen soll im Val Pelice, einem der südpiemontesischen Bergtäler liegen. In der deutschsprachigen Literatur wird davon nirgends geschrieben. Dort im Val Pelice liegen fast alle Schalensteine in der Nähe von Siedlungen. Alle Schalensteine sind gegen Osten, also gegen Sonnenaufgang ausgerichtet. Das Geheimnisvolle rund um die Schalensteine wird noch erhöht, weil wir die Schalen oder Näpfchen auch auf schrägen Flächen feststellen können. Die Schälchen solcher Steine konnten gar keine flüssigen Gaben aufnehmen.
Deutungen gehen in alle Extreme. Für die einen ist es nur der Spieltrieb, für andere ist es der feine Steinstaub, der beim Löcherausbohren entsteht. Für weitere schließlich sind es Wegweiser auf markanten Anhöhen. Für den piemontesischen Forscher *RIVETT-CERNAC* ist das Löcherbohren in den Fels nichts anderes als eine symbolische Begattung der Mutter Erde.
Schalensteine wurden altersmäßig bestimmt. Die ältesten sollen in der Altsteinzeit entstanden sein. Sie wären also 100 000 Jahre alt. Das Entstehen der Schalen auf etlichen Steinen vor einem alten Bauernhaus im hinteren Ötztal erklärte der Besitzer damit, daß er und sein Bruder als Kinder einen Steinbohrer ausprobiert hätten.

Stichwortverzeichnis und Register der Südtiroler Zeitschrift *„DER SCHLERN"* für die Jahrgänge 1920-1987 bringen mehr als 100 Aufsätze, Berichte und Nennungen von *SCHALENSTEINEN* in Südtirol.

Alpine Felszeichnungen
Incisioni Rupestri

Unsere ganz alte und allerälteste Kultur in den Alpen hat ihren Höhepunkt in den *Felszeichnungen* und *Felsmalereien.* Wir haben nichts davon in der Schule gelernt. Unsere sogenannte humanistische Bildung überschüttete uns mit altgriechischen und altlateinischen Feinheiten und Spitzfindigkeiten. Wir mußten unnütze Jahreszahlen und Angaben von grausigen Schlachten lernen. Diese wäre also die einzig große alte Kultur unseres zivilisierten Europas. Hinten und oben in den Bergen seien aber die Barbaren, die Kulturlosen. Wir haben nichts gelernt von den kostbaren Figurenmenhiren aus Tramin und Algund, von diesen Denkmälern, die mindestens ebenso weit zurückreichen wie die uns vermittelte Schulkultur. Uns wurde kein Bezug zu den Wurzeln vermittelt, bestenfalls abwertend, aufgelockert mit harmlosen Sagen ohne Hintergrundinformation.

Übersät von tausenden Felszeichnungen
– es sollen mehr als 120 000 sein –
sind die Gletscherschliffe und andere Felsen im
Val Camonica.

In den *Felszeichnungen* haben wir eine Überfülle unserer alten Kulturen vor uns. Die wichtigsten Petroglyphen – ebenso wie Schalensteine, Menhire u. a. – der Alpen finden sich in den besonderen Kulturregionen:
Ligurien, Piemont, Wallis, Aosta, Talschaften in Hochsavoyen, Veltlin, Val Camonica, rund um den Garda-See, Vintschgau.
Und im Zusammenhang mit der *Hallstatt*-Kultur lassen sich die bedeutenden Funde im Toten Gebirge und im Dachsteinmassiv einordnen.
Schon 1878 hat Richard *Andree* in seinem Buch *„Ethnographische Parallelen und Vergleiche"* eine zusammenfassende Schau der Petroglyphen gegeben. Ganz im Stil alter Ethnologen werden Kultur-Völker den *Primitiven* gegenübergestellt. Aus diesem Sprach- und Kulturverständnis ist die kurze Charakteristik zu verstehen:

„Aus gleichen Ursachen hervorgegangen, zeigen diese primitiven Schöpfungen auch eine merkwürdig gleichartige Gestaltung, und man mag sie nun in Europa oder Asien, in Amerika oder Afrika betrachten, so bieten sie stets denselben Charakter dar ... Ihr Stil, derjenige der primitivsten Kunst, ist überall merkwürdig gleich, und sie überraschen nur da, wo man sie einzeln und ohne Zusammenhänge mit ihresgleichen betrachtet, namentlich im Gebiete roher Naturvölker, welche das Werk ihrer Vorfahren oft mit abergläubiger Furcht betrachten und leicht daran Sagen von einem untergegangenen Culturvolke knüpfen ... so wird es klar, daß sie meist müßiger Zeitvertreib sind, die ersten Kunstleistungen primitiver Völker ... "

Fundkarte 1: Felsritzbildstationen in den Ostalpen (Österreich)

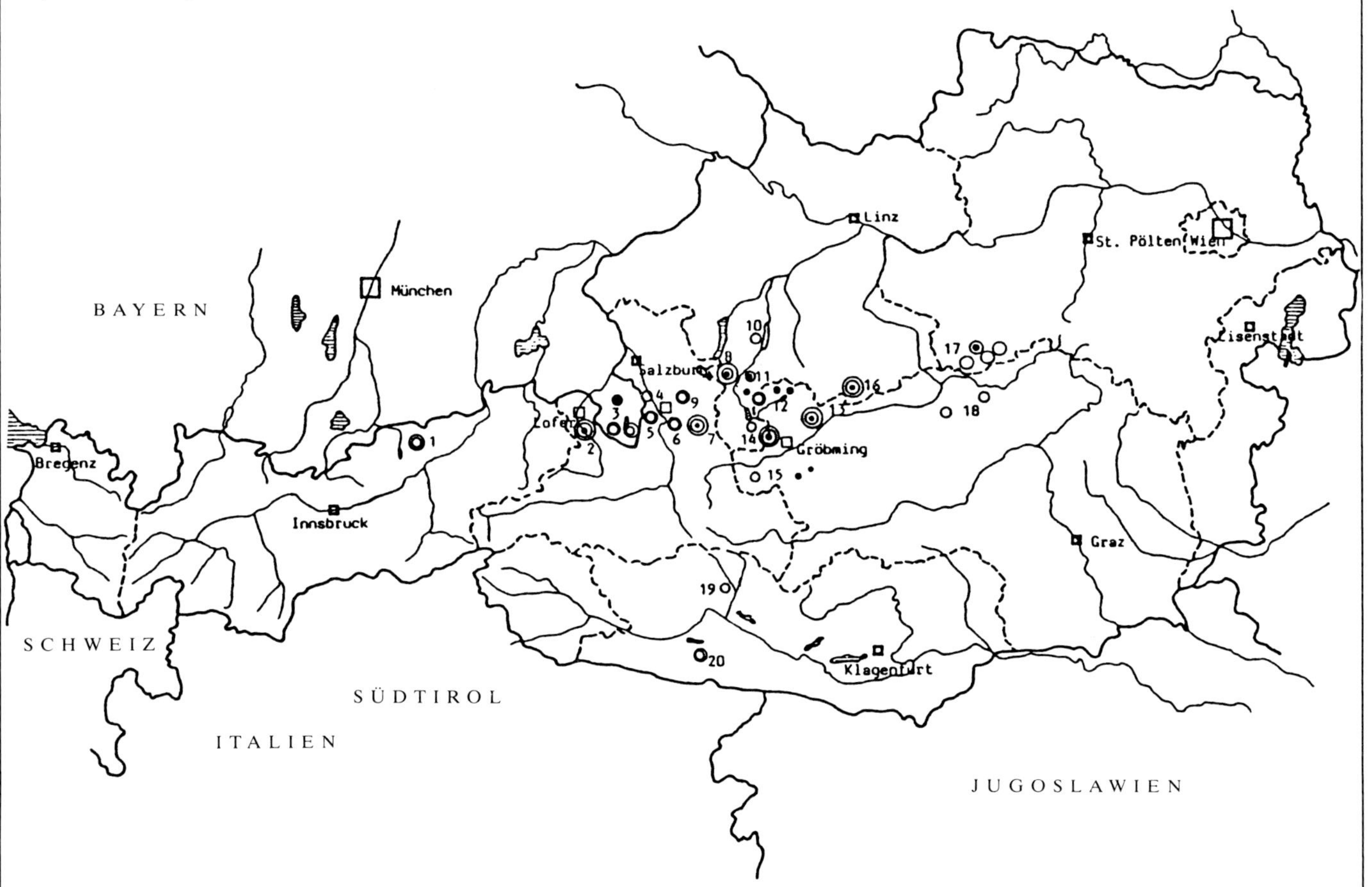

1 Rofangebirge
2 Lofer (Umgebung)
3 Berchtesgaden (Bayern)
4 Hallein
5 Hagengebirge (Bluntautal)
6 Offenauerberg
7 Tennengebirge
8 Kienbachklamm (Umgebung)
9 Zimmereckwald — Schwarzer Berg
10 Traunkirchen
11 Bad Ischl (Umgebung)
12 Totes Gebirge (Raucherkar)
13 Totes Gebirge (Stainach — Liezen)
14 Östl. Dachsteinplateau
15 Schladminger Tauern
16 Totes Gebirge (Höll)
17 Göstling/Ybbs (Umgebung)
18 Gesäuse und Hochschwabgebirge
19 Maltatal
20 Hundskirche, Kreuzen

- • 1—10 Einzeldarstellungen
- o 10—50 Einzeldarstellungen
- ● 50—100 Einzeldarstellungen
- ◎ 100—500 Einzeldarstellungen
- ◉ mehr als 500 Einzeldarstellungen

Zeichnung: F. Mandl, 1987

Fundkarte 2: Östliches Dachsteinplateau

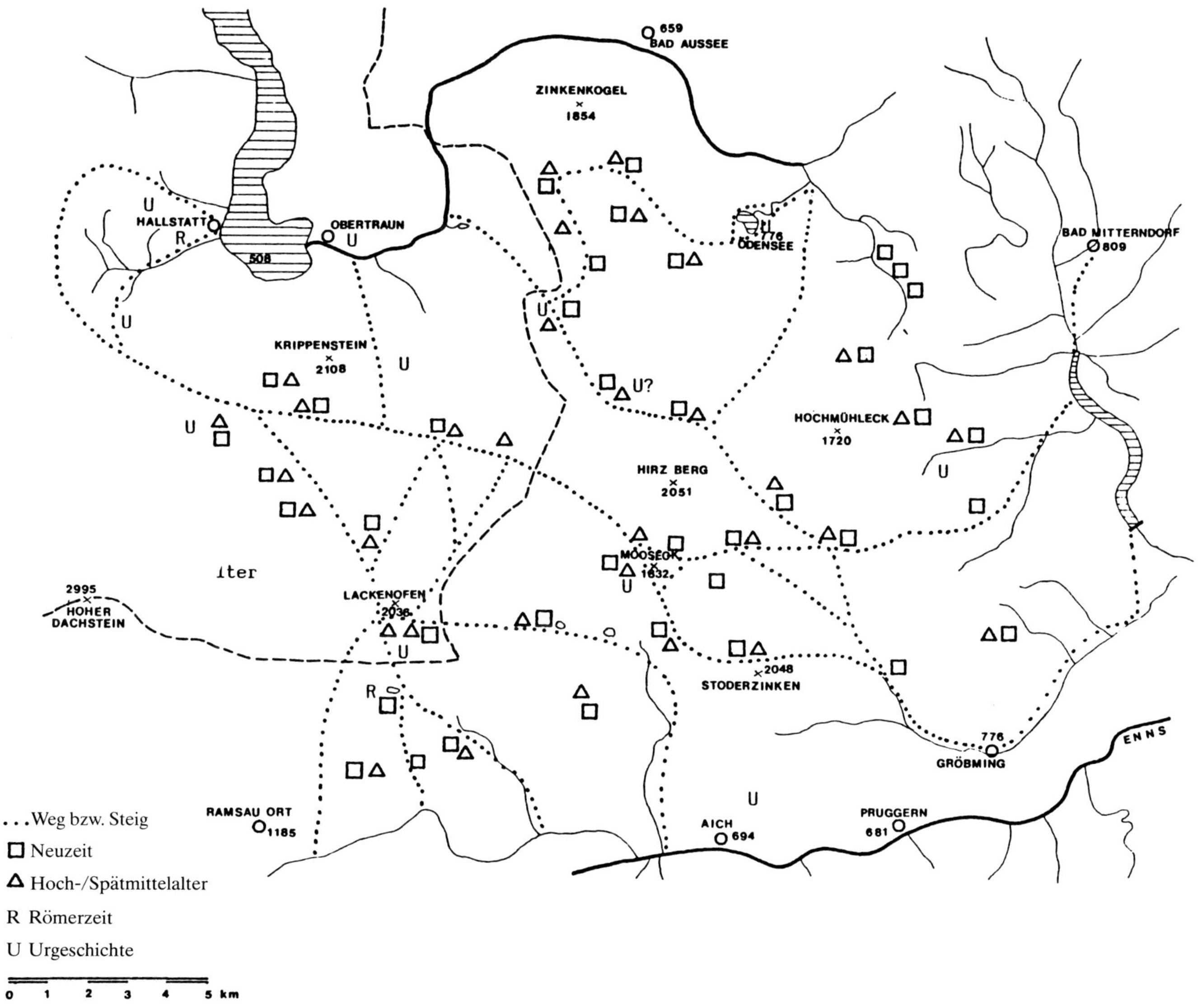

„DIE HÄNDE DER VORVÄTER: Erinnerungen an allerlei Beziehungen zwischen den Indianern & den Alpen von 2 000 v. Chr. bis heute" heißt ein Kapitel im Buch *„STARKE PLÄTZE"*. Da berichtet Adrian *LINDER* von einer Begegnung im Jahre 1973 mit 5 Indianern, die in die Schweiz kamen.

„Jemand bringt Abbildungen von Felszeichnungen im Val Camonica ... Alles kniet am Boden um die Bilder herum. Rufe des Erstaunens erklingen. James, der Hopi, bemerkte die große Ähnlichkeit vieler dieser Bilder mit solchen in seiner Heimat schon vor zwei Jahren, als ihm jemand einige davon aufzeichnete. Craig, der mit der Aufgabe nach Europa kam, traditionelle Leute mit traditionellem Wissen und Spuren der Wanderungen des Weißen Bruders der Hopi zu finden, entdeckt das Zeichen der Mutter Erde oder des Ursprungs der Hopi, ein Zeichen, das man auch bei den Tantristen im Osten und auf Münzen von Kreta findet ... "

Auf glatten Felsen, durch die Gletscher auf diese Weise präpariert, haben Menschen am Monte *BEGO*, wenige Kilometer nördlich von Nizza, sowie in der Val Camonica Zigtausende von Figuren in den Fels gezeichnet. Es sind unvorstellbare Mengen: 40 000 am Monte Bego, 130 000 auf den Gletschergärten der Val Camonica.
An unwirtlichen, schwer zugänglichen Stellen der *„HÖLL"* im Toten Gebirge und anderswo in Österreich.

„Mit Ausnahme von wenigen Belegstellen befinden sich alle Vorkommen von Felsgravierungen in Höhen zwischen 1 200 und 1 700 m, also im Mittelgebirge, und stets in abgelegenen, unwirtlichen Lagen."

(Ernst *BURGSTALLER*/Ludwig *LAUTH*)

„Die meisten verlangen von den Besuchern ... den Einsatz nicht unbeträchtlicher körperlicher Kräfte ... Das Gros der Fundstellen liegt in düsteren Waldbereichen ... "

Das große Verdienst vor allem von Ernst *BURGSTALLER* ist unbestritten. Er hat die österreichischen Felsbilder der Fachwelt bekannt gemacht.
Die Felszeichnungen sind religiöse Urkunden. Sie haben mit dem Kult zu tun. Sie sind Zeugen und Zeugnisse von Kultur & Kult; sehr eindrucksvolle Dokumente.
Eine große Zahl von Felszeichnungen deckt sich mit Fundorten von heiligen Quellen.
Viele von ihnen befinden sich an alten Salzsteigen. Einige hängen unmittelbar mit Wallfahrten der Vorzeit und sogar noch der Gegenwart zusammen.
So fand *BURGSTALLER* in der Lenzenschlucht bei Unken im Lande Salzburg ein fragmentarisches Tierbild und eine monströse menschliche Gestalt. Durch diese Schlucht führte der einstige Wallfahrtssteig von Unken nach Kirchental.

In dieser Fülle wie in der Val Camonica bietet sich die reiche Symbolkultur der Felsritzungen nur am Monte Bego und vielleicht auch noch im piemontesischen Raum hinter Pinerolo.
Alle Felsen sind übersät.

Es sind geheimnisvolle Bilderbücher; aufgeritzt und eingemeißelt
zur getreulichen Verehrung durch weitere Jahrtausende.

Rechts oben:
Sind es Überbleibsel des Zeitvertreibs von Hirten?
Sind es magische Beschwörungen?

Rechts unten:
Sind es diese immer wiederkehrenden Gabeln oder Zangen? Oder sind es Frauen bzw. Männer mit erhobenen, also vielleicht in betender Haltung ausgestreckten Armen? Am Monte *Bego* sind diese Zeichen auffallend zahlreich.

Ausilio *Priuli* ordnet in seinem Buch *„Felszeichnungen in den Alpen"* diese symbolisch-abstrakten Figurenzeichnungen der Jungsteinzeit (5 000 – 2 800 v. Chr.) zu, teilweise auch schon der Stein-Kupferzeit (2 800 – 2 000 v. Chr.) – vergleiche die Abbildungen auf den Seiten 46 und 47.

Rechts:
Ähnlich wie in der Val Camonica sind es auch am Monte *Bego* die Gletscherschliffe und andere glatte Felsen, die zum Einritzen und Gestalten angeregt haben. Mehr als 40 000 Zeichen sind auf diesen Schrifttafeln der Frühzeit entstanden – zwischen Altsteinzeit und Gegenwart, also durch mehr als 30 000 Jahre.

In dieser Weise durchkomponierte Fels-Blöcke finden wir gleichermaßen im Veltlin wie in der *VAL CAMONICA*.
Sind es Altäre? Götzenbilder?
Sind es Reste unserer eigenen Kultur?

Alle wichtigen Forscher und Experten der Felsbilder, H. *KÜHN*, Ernst *BURGSTALLER*, Ausilio *PRIULI*, E. *ANATI* und Henri *BREIL* erkennen die große Sakralität der Felsbilder.
Wir vertrauen der mündlichen Überlieferung der Einheimischen:

Fundorte heißen *„Val d'Inferno"* (am Monte Bego), *„Teufelsspitze"*, *„Hexental"*, *„Tal der Wunder"* (alle im Bereich des Monte Bego), *„Höll"*, *„Hexenwand"*, *„Frauenwandl"*, *„Notgasse"*, *„Betstelle"*, *„Kienkirche"*, *„Hundskirche"* usw. (in Österreich).
Teufel, Hexen, Heiden, Feen und andere zauberhafte, unheimliche Wesen sind nach mündlicher Überlieferung auch die Urheber vieler Felszeichnungen.
Ausilio *PRIULI* hat nicht nur in den drei Büchern aus der Reihe *„Quaderni di cultura alpina"* (der einzigartigen und bisher fast 30 Bände umfassenden Reihe, herausgegeben von Luigi *DEMATTEIS)* die drei Felszeichnungsgebiete Monte Bego, Val Camonica und in den Sette Comuni genau beschrieben. Er hat darüber hinaus im einzigen auf deutsch erschienenen Überblickswerk, *„FELSZEICHNUNGEN IN DEN ALPEN"*, eine genaue Typologie mit Symboltafeln und die jeweilige Zuordnung nach Regionen vorgenommen. Bei aller Gründlichkeit für den Großteil der Felszeichnungen in den Alpen ist der Vintschgau entweder gar nicht oder mangelhaft berücksichtigt. Etwas besser, aber auch unzureichend ist das reiche Fundmaterial aus Österreich verarbeitet.
In nahezu allen Fundregionen sind beispielsweise *„WEIBLICHE SEXUALSYMBOLE"* verbreitet:

„In der Vorgeschichte sind sie direkt mit dem Kult der MUTTER-GOTTHEIT verbunden, mit dem Fruchtbarkeits- oder Erdkult. Solche Symbole sind typisch für agrarische Kulturen, tauchen daher hauptsächlich in der Jungsteinzeit auf und werden in den folgenden Epochen übernommen. Sie sind auch Sinnbilder der Mutterschaft." (*PRIULI*)

Über das Alter der verschiedenen Felszeichnungen und Motive gibt *PRIULI* die folgende Übersicht:

Kunst	Kennzeichen	Jahre vor Chr.
	Naturalistische Kunst, welche Tiere in ihren anatomischen Formen und Bewegungen möglichst naturgetreu wiedergeben will; kommt auf Geräten und Wänden in geritzten und gemalten Darstellungen vor. Eng verbunden mit magischen Riten zur Begünstigung der Jagd.	30.000
	Kunst in naturalistischer Tradition, aber bestrebt, die Formen zu vereinfachen, zu abstrahieren und auf wenige Zeichen zu verwesentlichen, doch weiterhin verwurzelt in der Notwendigkeit naturgetreuer Widergabe.	9.000
	Symbolische, abstrakte Kunst, gekennzeichnet durch die Stilisierung der Figuren. Der Mensch wird zum Hauptgegenstand der Darstellung, zusammen mit dem Sonnensymbol. Szenen mit Symbolgehalt gewinnen auch erzählerischen Wert. Kunst der Wandmalerei, Felszeichnungen und Graffiti, auf Geräten aus Stein und Knochen.	5.000
	Symbolische Kunst, schematisch, in der neolithischen Tradition. Szenen mit auch erzählendem Charakter. Figuren-Kompositionen in Kultszenen. Idolförmige Darstellungen. Entwicklung der Megalithe.	2.800
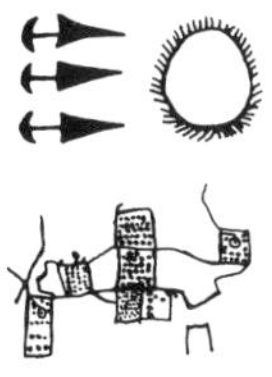	Schematische und figurative Kunst, bestrebt, die Darstellung in realistischen Formen wiederaufzunehmen. Überschwang von kultischen Figuren und Symbolen. Auffallendes Streben nach Komposition auf heiligen Felsen von monumentalem Wert. Verbreitung des Phänomens der Megalithe. Szenen mit auch erzählendem Charakter, welche Momente aus dem religiösen wie materiellen Leben schildern.	2.000
	Fortdauer der symbolischen Kunst, verbunden mit fetischistischen Äußerungen. Zunahme der veristisch-erzählenden Kunst in Darstellungen aller menschlichen Tätigkeiten, intellektuellen, manuellen, religiösen. Fortdauer der Tradition des Ritzens in Norditalien. Dekadenz infolge der Begegnung mit der etruskischen und römischen Zivilisation.	1.000

Archäologische Perioden	Wirtschaft	Kunst
Altsteinzeit (Paläolithikum)	Überlebenswirtschaft. Großtierjagd mit Fallen, namentlich aber Steingeräten, hölzernen Wurfspeeren, Pfeil und Bogen. Sammeln von Früchten, Beeren, Wurzeln, Gräsern und wilden Getreiden. Leben in Kern- oder wenig ausgedehnten Kleinfamilien, in Zeltlagern, unter Felsüberhängen, in Höhlen. Nomadentum.	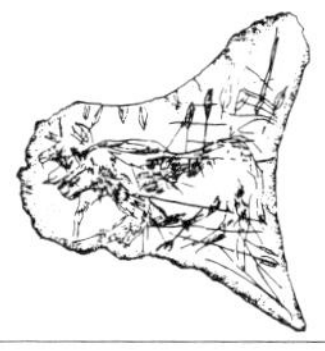
Mittelsteinzeit (Mesolithikum)	Überlebenswirtschaft, verbunden mit Jagd und Sammeln von Früchten. Niederlassungen in natürlichen Unterschlüpfen oder jahreszeitlichen Lagern.	
Jungsteinzeit (Neolithikum)	Einführung der Landwirtschaft, infolgedessen Errichtung von ständigen Niederlassungen. Züchtung der Getreidesorten, Zähmung einiger Tierarten. Konstruktion landwirtschaftlicher Geräte. Viehzucht. Herstellen und Brennen von Lehmgefäßen. Ausübung der Jagd als Unterhaltstätigkeit. Leben in Großfamilien.	
Stein-Kupferzeit (Äneolithikum)	Zunahme von Ackerbau und Viehzucht. Jagd als Unterhaltsquelle. Entdeckung der Metalle und ihrer Verarbeitung, Handel.	
Bronzezeit	Einführung der Bronze, daher Zunahme der handwerklichen Tätigkeit, des Handels mit rohen und fertigen Erzeugnissen: Werkzeuge, Waffen, Schmuckgegenstände. Zunahme von Ackerbau und Viehzucht. Konsolidierung des Privatbesitzes. Konstruktion des Karrens. Jagd. Feste Siedlungen in Dörfern und auf Pfählen. Großfamilien.	
Eisenzeit	Entwicklung des Handels im ganzen Mittelmeerbecken und in Mitteleuropa. Einführung des Eisens, daher neuer Aufschwung des Handwerks. Ackerbau, Viehzucht und Jagd in Berggegenden. Feste Siedlungen mit Landwirtschaft, Bergbau und der Anlage großer Handelsplätze. Verbreitung der mittelitalienischen Kulturen in ganz Italien und jenseits der Alpen.	

Zum Vergleich:
Andachtsbilder aus Stein und Knochen, gefunden unter dem Felsdach „Riparo Gaban" bei Martignano (Provinz Trento), ca. 4 000 v. Chr.

Sontga Margriatha Das rätoromanische St. Margaretha-Lied

Das Lied aus der Mitte der Alpen, dem Kanton Graubünden, ist für mich immer mehr das zentrale Thema. Rundum, in jedem Element ist die im Lied erzählte Geschichte der gesamte Bereich von *Mythos* und *Kult* im *Alpenraum*. Es vereinigen sich hier alle notwendigen Teilbereiche: alle Kulte um Stein, Quelle, Baum und Fruchtbarkeit. Noch dazu leuchtet aus dem Lied etwas von der matriarchalischen Gesellschaft, von der großen Weisheit und der prophetischen Gabe. Das Lied ist eins mit dem Kult und der Lebenswelt der Alpen.

„Durch den Inhalt erweist es sich als ein Produkt vorchristlichen Denkens. Eine ergreifende Tragik des Alpenlebens wird in einer uralten einzigartigen Melodie gesungen. Es ist ein Kristall echten urrätischen Gesteins ohne fremdländische Beimengung ... "

(Christian *Caminada*, *Die verzauberten Täler, S 299)*

Dieses überaus wichtige Lied ist ein alpines Kulturdenkmal von tatsächlich überwältigender Kraft und Schönheit, von Urtümlichkeit und Spannung, von Kult, Mythos und Bergleben. Dieses Lied ist mit nachweisbar 1200 Jahren sicher eines der ältesten, wenn nicht überhaupt das älteste Lied der Alpen. Der Schweizer Forscher Christian *Caminada* hat sich jahrzehntelang damit beschäftigt, hat geforscht, verglichen, hat Gutachten eingeholt, ist wieder zu seinen Gewährspersonen gefahren, hat sich stückweise das fast schon Verschollene hervorheben lassen, hat nach und nach den gesamten Text aufzeichnen können. Die Zusammenfassung seiner Forschungen entspricht dem letzten Kapitel seines Buches *„Die verzauberten Täler"*, das komplett dem Thema *„Fruchtbarkeitskultus"* und gleichzeitig dem Lied gewidmet ist.

„Als dann die Volksschule allgemein wurde und auch hinauf bis in die höchsten Berghöfe Eingang fand, brachte sie auch neue Lieder mit sich, und die 'Sontga Margriata' verzog sich verschämt in die dunklen Winkel der Vergessenheit."

(Caminada)

Seite 52:
Labyrinth und Schachbretter, aber auch Netze und Mühlespiele sind in den Alpen sowie in vielen Teilen der Erde weitverbreitete Motive. Hier auf der *Tschötsch* bei Brixen/Südtirol.

Seite 53:
Dazu die Entsprechung vom entferntesten Teil der Alpen, aus *Ligurien.*

Links:
„In der Höll" heißt die Stelle im *„Toten Gebirge"* (Steiermark) mit den reichen Fundorten an Felszeichnungen und einem Durchkriechstein.

Das Lied wurde am 24. Juni und 10. Juli 1931 auf dem Hof Pruastg-dado unterhalb von Lumbrein *(LUGNEZ)* in der Surselva im Kanton Graubünden aufgenommen. Die Sängerin war die damals gut 66-jährige Catharina Gartmann-Casanova, gebürtig aus Vrin.
„Das Lied stand nicht fest.“ Mit der christlichen Heiligen dieses Namens hat unsere Margaretha nichts zu tun, *„ja, die erzählte Begebenheit ist nicht einmal eine christliche Legende, sondern eine schauervolle Sage“ (CAMINADA).* Das Lied vermittelt zudem die Ahnung einer verlorengegangenen Zeit eines glückseligen, paradiesischen Zustandes. Diese Vorstellung ist Gemeingut aller Völker und findet sich vor allem in den Sagen, beispielweise auch aus den Dolomiten.
Zu diesen Vorstellungen gehören nach dem Sinn des Alpenbewohners, daß eine Bergwiese dreimal im Jahr gemäht werden kann, daß die Kühe dreimal am Tag gemolken werden können und daß genügend Getreide vorhanden ist, daß die Mühle Tag und Nacht in Betrieb sein kann. Im Lied werden diese älplerischen Superlative versprochen. Dennoch will der *„Zusenn“*, also der junge, noch anzulernende Gehilfe des Senners, die Margaretha dem Senner, also dem Mann verraten. Wenn die Margaretha die Alm verläßt, droht sie mit dem Versiegen der Brunnen, dem Vertrocknen der Kräuter, dem Milchverlust bei den Kühen und dem Verdorren der Weideflächen. Hier trifft sich das Lied mit zahlreichen Alm-Verfluchungen in den Sagen speziell in Österreich und der Schweiz: von der *„Übergossenen Alm“* über *„Tanneneh“* und vielen anderen Sagen. Daß es auf den Almen der damaligen Zeit und bis weit nach Tirol herein bis in die Gegenwart ausschließlich Sache der Männer ist, das Almwesen zu besorgen, deutet wieder darauf hin, wie die Ablösung von der matriarchalen zur patriarchalen Gesellschaft vollzogen wurde. Auf der Alm durfte keine Frau arbeiten. In weiten Teilen Tirols war es – aus moralischen Gründen – bis vor wenigen Jahrzehnten bei Strafe verboten, daß eine ledige Weibsperson auf der Alm ihren Dienst verrichten durfte. Es drohten, wie ich am Beispiel des Ötztales nachweisen konnte, sogar Zuchthausstrafen.
Nach *CAMINADA* dürfte der letzte Teil erst später in das Lied hereingekommen sein. Denn daß die beiden Glocken von St. Georg und St. Gallus in die Geschichte hereinkommen, ist zwar auch sehr alt, war aber nicht ursprünglich. Aber durch diese Zusatzfassung war das Lied – laut *CAMINADA* – allgemein im Volk singbar, *„weil das Lied nicht mehr gefährlich war“*, ist doch das Christliche jetzt so massiv vertreten.
Das Lied wird von Melodie und Text in die Zeit zwischen 650 und 750 datiert. Der christliche Zusatz dürfte bald danach dazugekommen sein. Nach allen Forschungen und Merkmalen, auch der Melodie, gehört das Lied also zu den größten altertümlichen Kostbarkeiten der alpenländischen Kultur.
Als ich für ein *„großes Frühstück“* am Tartscher Bühel im Mai 1986 eines oder mehrere Gedichte vorzutragen hatte, kam mir eine recht trockene und spröde deutsche Übersetzung des Liedes in die Hände. Vom Thema fasziniert, von der altertümlichen Sprache (die ich nicht verstehe) und der Melodik angetan, wagte ich mich an eine Übertragung in meine altertümliche Mundart. Das Ötztalerische, als *„älteste Sprache Österreichs“* (Eberhard *KRANZMAYER),* kam mir durch seine ebenfalls altertümliche und bilderreiche Sprache zugute. Außerdem war

der alte Kultplatz *TARTSCHER BÜHEL*, in unmittelbarer Nähe, fast in Sichtweite zum Rätoromanischen eine Herausforderung. Ich habe also den Stil und den Aufbau, die Handlungsweise, die Einteilung belassen und habe mir erlaubt, die letzte Passage mit den Glocken wegzulassen und durch die wahrscheinlichere Katastrophenschilderung zu ersetzen.
Diese letzte Strophe – aus dem Original ins Schriftdeutsche übertragen – lautet:

„Unter der Glocke St. Jörgs und St. Galls
Ist die Maid vorübergezogen.
Da hat es geläutet so lauten Schalls,
Daß der Klöppel herausgeflogen."

Also trug ich das Lied als langes Gedicht auf dem Tartscher Bühel vor, versuchte damit meine Referenz zu erweisen an den Ort und die großartige rätoromanische Kultur und insbesondere an das Lied, das meiner eigenen Kulturerfahrung aus dem Ötztal sehr nahe steht.
Ich muß das Lied immer wieder vortragen, wenn sensible Menschen aus dem Bereich der Ökologie zusammenkommen. Dort kann ich dann die lange, die traurige und wahrhaftige Geschichte von der Wandlung der Almkultur, von der ökologischen Katastrophe, vortragen. Es ist so weit, daß das vor 1200 Jahren Vorausgesagte eintreten wird. Als ich es 1986 in Südtirol vortragen durfte, wußte noch niemand etwas von den großen Wasserkatastrophen im Sommer des darauffolgenden Jahres im Veltlin, im Poschlav-Tal, im Ötztal, Stubaital, in Teilen der französischen Alpen und vor allem auch im nahen Martelltal. Dort wurden 40 Gebäude total zerstört und es entstanden gigantische Schäden. Es ist eine 1200-jährige Vorwegnahme vom drohenden Baumsterben der jetzigen Jahre, eine Vorwegnahme der wahrscheinlich grausamsten Zerstörung durch den Menschen mit Vergiftung der Gletscher, Verseuchung des Hochgebirges (Kerosin, Flugzeuge, Blei im Gemsenfleisch, Tschernobyl, usw.) und der Selbstzerstörung durch Transit, durch folkloristische Prostitution, durch Degeneration sowie Mutation unter anderem durch und für den Massentourismus.
Ergänzend zu den überaus interessanten Forschungen und Erkenntnissen von Christian *CAMINADA* drängen sich mir bei immer intensiverer Beschäftigung mit dem Thema sowie mit *MYTHOS* und *KULT* in den Alpen eine Reihe weiterer höchst wichtiger Fakten auf.
Diese *MARGERETHA* fällt also auf einer Steinplatte, sie rutscht aus, und der junge Zusenn sieht, daß er nicht den Mann, sondern eine Frau vor sich hat.
Gerade die Gegend der *SURSELVA*, wo ja die Handlung angesiedelt werden kann, ist reich an *SCHALENSTEINEN* und *MEGALITHEN* und wie an anderen vergleichbaren Stationen der Alpen (Vintschgau, Veltlin, Wallis u. a.) wird es dort sicherlich auch *RUTSCH-STEINE* bzw. *RUTSCH-PLATTEN* geben (auch wenn in der Literatur keine genannt sind). Die *MARGERETHA* ist also höchstwahrscheinlich über eine solche Platte gerutscht. Und zwar mit entblößtem Hinterteil. Denn das Rutschen über die Platte diente der Fruchtbarkeit. Immer wieder wird es von Frauen mit entblößtem Hinterteil durchgeführt. Der Zusenn sah also sehr deutlich, daß er eine Frau vor sich hatte.
Damit ist die

Fruchtbarkeit

ein besonders wichtiges Element des Liedes. Auf diesen speziellen Zusammen-

hang hat *Caminada* nicht hingewiesen, obwohl er den Steinkult dieser Region sehr ausführlich beschrieben hat.
Das Rutschen auf der Steinplatte entspricht genau dem

Stein-Kult.

Den Zusammenhang mit dem

Quell-Kult

stellt *Caminada* her. Wenn die Heilige singt: *„O Bronn, o kleiner Bronn, wenn ich von dannen gehe, so wirst du gewiß vertrocknen, und vertrocknet ist der Bronn"*, dann könnte tatsächlich eine konkrete Quelle, sogar eine Heilquelle, also ein heiliger Brunnen dieser Gegend gemeint sein.
Wir können noch einen weiteren Schritt wagen. *Caminada* schweigt sich dazu aus. Mehrfach fand ich vor allem in der Schweizer und Tiroler Fachliteratur angedeutet, die (vielleicht) rätische Muttergottheit *Madrisa* könnte mit der Margriatha bzw. Margeretha ident sein. Norbert *Mantl* weist in seinem Buch *„Vorchristliche Kult-Relikten aus dem Oberinntal/Tirol"* darauf hin, wie eng die Verbindung der *„Heiligen Drei Madln"* (Katharina, Margaretha und Barbara) zu den drei *„Heiligen"* Ambet, Borbet und Wilbet sei.
Aus Serfaus und Nassereith wird der Spruch überliefert:

„O Agete, Agete
wie bist du über den Felsen
gestürzt."

Diese *Agete* ist die *„Patronin der Schwangeren"*, *Madrisa* wiederum wäre (so auch laut *Wolff* *„Dolomitensagen"*, S 598 f.) ident mit der *„mater vrisa"* und diese wiederum mit der *„magna mater"*. Diese *Margriata* oder *Madrisa* oder *Agete* oder *Magna Mater* könnte wiederum auch ident sein mit der Alpfee *Silvretta*. Das war *„ein verführerisch schönes Mädchen, das, wie die Madrisa/St. Margaretha, eines Tages plötzlich auf Nimmerwiedersehen verschwand – durch den Einbruch des Christentums"* (Alfred *Toth*, Die rätische Sprache).
Durch ein höchst aktuelles, gegenwärtiges Ereignis wird die schweizerische *Madrisa – Margriata*-Geschichte direkt von der ältesten Zeit in die Gegenwart geführt.
Im Kapitel *„Vom Neuesten"* über die allerneuesten Ereignisse werde ich die Wanderung der 100 besorgten Frauen im Kanton Graubünden auf die Alp *Madrisa* schildern, durchgeführt also erstens von Frauen, weiters gerade am 26. Juli, dem Annatag und schließlich in einer unbewußten Fortführung alter und ältester Traditionen.

Kraft aus alten Wurzeln? Unbewußte Wiederaufnahme alter Erfahrungen und Kulte?

Das Bisherige hätte bereits ausgereicht, um das *Margriata*–Lied schlechthin zum *Schlüssel*–Thema des ganzen Buches zu machen.
In der *Mitte der Alpen.*
Wir können diese Quellen nützen, wenn wir sie aufsuchen, nach den faszinierenden Zusammenhängen forschen. Und noch mehr gewinnen wir, wenn sich die älteste und alte Geschichte in die Gegenwart hereintragen läßt.
Ich suche immer wieder den Bezug zur Gegenwart. Hier scheint er in seltener Weise fast vollkommen gelungen zu sein. Ein Glücksfall.

La canzun de Sontgia Margriatha

2. Ch'igl ei scurclau siu bi sein alv.
Paster petschen ha quei adaguri catau.
„Quei sto nies signun saver,
tgeinina ventireivla purschalla nus vein."

3. „E sche tiu signun sto quei bucc saver,
sch' à ti vi jeu dar treis biallas camischas,
che pli ti scarvunas e pli alvas, ch'ellas vegnen."
„Quei vi jeu bucc, quei prend' jeu bucc,

4. c quei sto nies signun saver,
tgeinina ventircivla purschalla nus vein."
„E sche tiu signun sto quei bucc saver,
sch' à ti vi jeu dar treis biallas nuorsas,

5. che ti pos tunder treis ga egl onn,
e mintga ga ventga-quater crenas leuna."
„Quei vi jeu bucc, quei prend' jeu bucc,
e quei sto nies signun saver,

6. tgeinina ventireivla purschalla nus vein."
„E sche tiu signun sto quei bucc saver,
sch' à ti vi jeu dar treis biallas vaccas brinas,
che ti possias mulscher treis ga il gi,

7. e mintga ga siu bi curte latg."
„Quei vi jeu bucc, quei prend' jeu bicc,
e quei sto nies signun saver,
tgeinina ventireivla purschalla nus vein."

8. „E sche tiu signun sto quei bucc saver,
sch' à ti vi jeu dar in bi curtgin,
che ti possias segar treis ga igl onn
e mintga ga siu bi ladretsch fein."

9. „Quei vi jeu bucc, quei prend' jeu bucc,
e quei sto nies signun saver,
tgeinina ventireivla purschalla nus vein."
„E sche tiu signun sto quei bucc saver,

10. sch' à ti vi jeu dar in bi mulin,
che mola il di seghel e la notg salin,
senza mai metter si bucc' in."
„Quei vi jeu bucc, quei prend' jeu bucc,

11. e quei sto nies signun saver,
Tgeinina ventireivla purschalla nus vein."
„E sche tiu signun sto quei saver,
sche te possias fundar entochen culiez!"

12. „O buna Sontga Margriatha!
O gidi po si mei!"
„Quei sto nies signun bucc saver."
Cu 'll' a gidau o, ha 'l puspei entschiet a dir:

13. „Quei sto nies signun saver,
tgeinina ventireivla purschalla nus vein."
„E sche tiu signun sto quei saver,
sche deis ti fundar treis tschuncheismas aul."

14. Allura va Sontga Margriatha dabot
e da tut ella pren pietigott:
„Pietigott, ti miu bien signun!
E pietigott, ti mia buna caldera!

15. Pietigott, ti mia buna panaglia!
Pietigott, ti mia buna fueinetta!
Ch' jeu durmevel adina cun tei."
– „Pertgei fas quei, miu bien paster?" –

16. „Pietigott, mias bunas vachettas!
Vus vegnis a schigiar dil latg.
Ach, pietigott entuorn, entuorn!
Sapi Dieus, cur jeu cheu tuorn!"

17. A pli mav' ella sur Cunclas o;
La caldera e las vaccas maven suenter,
aschi lunsch sco ellas han viu,
han ellas bucca calau de bargir.

18. A pli eis ella ida sper ina fontauna o
a cantont: „O ti fontauna, ti fontauneta!
Sche jeu mondel daven,
sche vegnies ti guess lu schigiar si."

19. A la fontauna ei schigiada si.
A pli eis ella ida sper in pleunca o
a cantont: „O ti pleunca, ti pleuncheta!
Sche jeu mundel naven,

20. sche vegnies ti guess a secar."
A la pleunca ei secada.
„Ach mia buna jarva,
sche jeu mundel naven,

21. ti vegnies lu secar e mai verdagar."
L'jarva ei secada e mei verdagada.
E cur ch'ella ei ida sut il zen de Songt
Gierie Songt Gagl,
tuccaven ei d'ensemen, ch'ei dev' o il
batagl.

Von P. Maurus Carnot übersetzt nach dem rätoromanischen Lied

Die heilige Margreth war sieben Sommer
auf der Alp,
Weniger fünfzehn Tage.
Sie ging einmal den Staffel herab.
Und fiel auf eine böse Platte von Stein,
Daß sich entdeckte des Busens Schein.
Der Hirtenbube hat es gemerkt:
„Das muß unser Senne wissen,
Welch glückselige Maid wir besitzen."

„Und wenn der Senne es nicht muß
wissen,
So will ich drei schöne Hemden dir geben,
Die weißer werden, je mehr du sie
bestäubst."

„Das will ich nicht, das nehm' ich nicht,
Das muß unser Senne wissen,
Welch glückselige Maid wir besitzen."

„Und wenn der Senne es nicht wissen
muß,
So will ich drei schöne Schafe dir geben,
Die du scheren kannst dreimal des
Jahres,
Und jede Schur gibt vierundzwanzig
Krinnen Wolle."

„Das will ich nicht, das nehm' ich nicht,
Das muß unser Senne wissen,
Welch glückselige Maid wir besitzen."

„Und wenn der Senne es nicht wissen
muß,
Dann will ich drei schöne Braunkühe dir
geben,
Die du melken kannst dreimal des
Tages,
Und jedesmal den Eimer voll Milch."

„Das will ich nicht, das nehm' ich nicht,
Das muß unser Senne wissen,
Welch glückselige Maid wir besitzen."

„Und wenn der Senne es nicht wissen
muß,
Dann will ich einen schönen Anger dir
geben,
Wo du mähen kannst dreimal des Jahres,
Und einen großen Heustock jedesmal."

„Das will ich nicht, das nehm' ich nicht,
Das muß unser Senne wissen,
Welch glückselige Maid wir besitzen."

„Und wenn der Senne es nicht wissen
muß,
So will ich eine schöne Mühle dir geben,
Die tags Roggen mahlt und nachts Weizen,
Ohne einmal aufzuschütten."

„Das will ich nicht, das nehm' ich nicht,
Das muß unser Senne wissen,
Welch glückselige Maid wir besitzen."

„Und wenn der Senne es wissen muß,
Dann sinke in den Grund bis zum Halse!"

„O gute heilige Margrethe,
O hilf mir doch empor!
Das soll unser Senne nicht wissen."

Sie half ihm empor, er aber hub an:
„Das muß unser Senne wissen,
Welch glückselige Jungfrau wir besitzen."

„Und wenn der Senne es wissen muß,
Dann sollst du drei Klafter versinken."

Dann scheidet die heilige Margreth
schnell
Und bietet ringsum Lebewohl.
„Leb wohl, du mein guter Senne!
Lebe wohl, du mein Alpkessel,
Lebe wohl, du mein Butterfaß,
Lebe wohl, du mein kleiner Herd,
Allwo ich die Schlafstatt hatte,
– Warum tatst du das, guter Hirtenknabe?
– Lebt wohl, meine guten Kühe.
Euch wird die Milch vertrocknen,
Ach, lebe wohl, lebe wohl ringsumher!
Weiß Gott, wann ich einmal wiederkehr!"

Dann ging sie über den Kunkels hinaus,
Der Milchkessel nach, und nach die
Kühe,
So weit sie noch die Scheidende schauten,
Haben sie zu weinen nicht nachgelassen.
Dann kam sie vorbei an einem Bronn
Und sang: „O Bronn, o kleiner Bronn,
Wenn ich von dannen gehe,
So wirst du gewiß vertrocknen!"
Und vertrocknet ist der Bronn.
Dann ging sie über eine Halde hinaus
Und sang: „O Halde, o traute Halde,
Wenn ich von dannen gehe,
So wirst du gewiß verdorren."
Und verdorrt ist die Halde.
„Ach gute Kräuter,
Wenn ich von dannen gehe,
Verdorrt ihr und grünt wohl nimmer
mehr."
Und verdorrt sind die Kräuter und
grünen nimmermehr.
Unter der Glocke Sankt Jörgs und Sankt
Galls
Ist die Maid vorübergezogen.
Da hat es geläutet so lauten Schalls,
Daß der Klöppel herausgeflogen.

Das Rätoromanische St. Margaretha-Lied

(Linke Spalte:freie Übertragung in die Ötztaler Mundart von Hans Haid
Rechte Spalte: Rückübersetzung/Lesehilfe von Hans Haid)

E – Erzähler H – Hirte M – Magriata

E	siibm summr seins ietz	sieben sommer sind es jetzt
	wöll wöll asö longe	wohl wohl ja solange
	lei fufzen tooge mindar	nur fünfzehn tage weniger
	döübm in dr olbe	droben auf der alm
	a scheas weibats	eine schöne Frau
	a gonz a scheas	eine ganz eine schöne
	ischt iibr an felsn	ist über den felsen
	geruutschet	gerutscht
	und hots dr püe	und hat es der hirtenknabe
	drseahn	gesehen
	wiese is weiße fleisch	wie sie das weiße fleisch
	heagezoaget hott	hergezeigt hat
	und ear hotts drseahn	und er hat es gesehen
	ischt gonz röet wöern	ist ganz rot geworden
H	schpringet schpringet	springt springt
	doss müeß dr sennar wissn	das muß der senner wissen
	müeß ar decht wissn	muß er doch wissen
	woss fier a scheas weibats	was für eine schöne frau
	mier in dr olbe hoobm	wir in der alm hier haben
	wöll wöll asö scheane	wohl wohl so eine schöne
M	und dr sennar	und der senner
	dorf es nit wissn	darf es nicht wissen
	i gib	ich gebe
	doss ischt gonz gewiss woor	das ist ganz gewiß wahr
	drei pfoatn	drei hemden
	di ollrscheaschtn	die allerschönsten
	olm weißar und weißar	immer weißer und weißer
H	doss mog i nit doss will i nit	das mag ich nicht das will ich nicht
	doss müeß dr sennar wissn	das muß der senner wissen
	müeß ar decht wissn	muß er doch wissen
	wos fier a scheas weibats	was für eine schöne frau
	mier in dr olbe hoobm	wir in der alm haben
	wöll wöll asö scheane	wohl wohl so eine schöne
M	und dr sennar	und der senner
	dorf es nit wissn	darf es nicht wissen
	i gib	ich gebe

	doss ischt gonz gewiss woor	das ist ganz gewiß wahr
	drei scheane schaaflen	drei schöne schafe
	dreimool in joore ze schearn	dreimal im jahr zu scheren
	ollemool vierezwoazig knüidle wölla	jedesmal 24 knäuel wolle
H	doss mog i nit doss will i nit	das mag ich nicht das will ich nicht
	doss müeß dr sennar wissn	das muß der senner wissen
	wos fier a scheas weibats	was für eine schöne frau
	mier in dr olbe hoobm	wir in der alm haben
	wöll wöll gonz a scheane	wohl wohl ganz eine schöne
M	und dr sennar	und der senner
	dorf es nit wissn	darf es nicht wissen
	i gib	ich gebe
	drei saubre kie hea	drei saubere kühe her
	dreimool in tooge ze malchn	dreimal im tag zu melken
	ollemool völle kiible	jedesmal volle kübel
H	doss mog i nit doss will i nit	das mag ich nicht das will ich nicht
	doss müeß dr sennar wissn	das muß der senner wissen
	müeß ar decht wissn	muß er doch wissen
	wos fier a scheas weibats	was für eine schöne frau
	mier in dr olbe hoobm	wir in der alm haben
	wöll wöll gonz a scheane	wohl wohl ganz eine schöne
M	und dr sennar	und der senner
	dorf es nit wissn	darf es nicht wissen
	i gib	ich gebe
	a scheas falt hintrn hause	ein schönes feld hinter dem hause
	dreimool in joore ze maan	dreimal im jahre zu mähen
	ollemool a pille völl	und jedesmal ein heustadel voll
H	doss mog i nit doss will i nit	das mag ich nicht das will ich nicht
	doss müeß dr sennar wissn	das muß der senner wissen
	wos fier a scheas weibats	was für eine schöne frau
	mier in dr olbe hoobm	wir in der alm haben
	wöll wöll a gonz a scheane	wohl wohl eine ganz eine schöne
M	und dr sennar dorf es nit wissn	und der senner darf es nicht wissen
	gonz gewiß nit	ganz gewiß nicht
	i gib a scheane miil hea	ich gebe eine schöne mühle her
	untrtogs röggn znochts woazn	am tag roggen in der nacht weizen
	ollm mooln und mooln	immer mahlen und mahlen
	drei joor und drei monat	drei jahre und drei monate
H	doss mog i nit doss will i nit	das mag ich nicht das will ich nicht
	doss müeß ar entlach wissn	das muß er endlich wissen
	woss fier a scheas weibats	was für eine schöne frau
	be ins in dr olbe ischt	bei uns in der alm ist
	a wundrscheas weibats	eine wunderschöne frau
	gonz a scheane	ganz eine schöne

gonz gewiß
M wenns dr sennar wissn müeß
unbedingt wissn müeß
oftr vrsink in pöödn
vrsink bis gen holse
H ö du güete du scheane du heilige
hilf mir decht auha
E und si hots getoon
hot gehölfn und gezööhn
und ietz hot ar gschriirn
H ietz müeß ars decht wissn
dr sennar doss monnatz
wos fier a jungfrau
bein ins ischt do in dr olbe
M und wenn ars will wissn
sallm sell ar vrsinkn
kloftrtüif ohn in pöödn
E und si geat
si vrschwintet
schauget um
tüet si pfietn
ringsummedumm
daß es hildrcht
vön wäntnen und felsnen:
M pfiet enk bieble und sennar
pfiet enk du mei olbekessel
pfiet enk du mei buttrfassle
pfiet enk du mei wormr hearcht
wö i olle nachte gschloofn honn
warum mei bieble hoschtes getoon
pfiet enk meine kalblen und kie
olle milch sell vrtricknen
pfiet enk pfiet enk olle genondr
woas niemat wenn i wiidrkimm
E oftr isse außn bei toole
iibrn schtoobl außn
hintnnocha di kie und dr kessl
di maltrn und seihar
si schaugn und plearn
wöll wöll ietz isse dehiin
und si plearn und plearn
si geat außn und singet
M du mei brinnle mei wassrle
wenn i gea wenn i weck bin

ganz gewiß
wenn es der senner wissen muß
unbedingt wissen muß
dann versinke im boden
versink bis zum hals
o du gute du schöne du heilige
hilf mir doch herauf
und sie hat es getan
hat geholfen und gezogen
und dann hat er geschrien:
jetzt muß er es doch wissen
der senner dieser mann
was für eine jungfrau
bei uns ist da in der alm
und wenn er es wissen will
dann soll er versinken
klaftertief hinab in den boden
und sie geht
sie verschwindet
schaut um sich
verabschiedet sich
ringsum
daß es dröhnt
von den wänden und felsen:
lebet wohl bub und senner
lebet wohl du mein alp-kessel
lebet wohl du mein butterfaß
lebet wohl du mein warmer Herd
wo ich alle nächte geschlafen habe
warum mein bub hast du das getan
lebet wohl meine kälber und kühe
alle milch soll vertrocknen
lebet wohl behüte euch alle miteinander
weiß niemand wann ich wiederkomme
dann ist sie hinaus beim tal
über das kleine feld hinaus
hinterdrein die kühe und der kessel
die holzkübel und das sieb
sie schauen und weinen
wohl wohl jetzt ist sie dahin
und sie weinen und weinen
sie geht hinaus und singt
du mein brünnlein mein wässerchen
wenn ich gehe wenn ich weg bin

oftr sellschte vrtricknen
E und vrtricknt ischt olles
is bachle is brinnle
und si geat außn bein leenar
und singet
M do auhn dees grasslen
selltet vrdarrn
wenn i weckgea vrdarrn
af ewige zeitn
E und asö is geweesn
ischt olles vrdarret
fier ewige zeitn
und zelescht nö bein kreitlen
oohngepucket und gschmecket
drnoch hot se gsungen:
M wöll wöll meine kreitlen
wenn i drvonngea
mießets olle vrdarrn
kentet nie mea do woxn
E und asö is geweesn
ischt olles vrrecket
is lebm in dr olbe
ummedumm in oll pargnen
und devöern hots gedonndrcht
geblitzet gehooglt
und olles vrschwuntn
vrleent und vrmüercht
und olles vrgoobm
wöll wöll doss ischt woor
wöll wöll doss ischt woor …

dann sollst du vertrocknen
und vertrocknet ist alles
das bächlein das brünnlein
und sie geht hinaus beim berghang
(lawinenhang) und singt
da hinauf ihr gräser
sollt verdorren
wenn ich weggehe verdorren
auf ewige zeiten
und so ist es gewesen
ist alles verdorrt
für ewige zeiten
und zuletzt noch bei den Kräutlein
niedergebückt und gerochen
dann hat sie gesungen:
wohl wohl meine kräutlein
wenn ich davongehe
müßt ihr alle verdorren
könnt nie mehr hier wachsen
und so ist es geschehen
ist alles verreckt
das leben in der alm
rundherum in allen bergen
und draußen hat es gedonnert
geblitzt und gehagelt
und alles verschwunden
unter lawinen und muren
und alles vergraben
wohl wohl das ist wahr
wohl wohl das ist wahr …

Dàncen lou sabbo

*Desterro la rabo, desquiàuro
la sabo,
li rèires sus sèho jo dàncen
lou sabbo.
Li prèires di Celtes an fach
milo crous
sus pèires d'es coumbes, li
an tènches de rous
'mè sang de counfràires.
Oh, nosto Celèndo
avala pèr li dràio di
sieècles. La tèndo
groussièro di pàstres da
Glèiso t'a fach,
t'an sòula li fèhes bessoùnes
de lach
aigrèt sus li poùsses.
Destèrro la rabo
pèr nosto mesfihànço
desquiàuro la sabo
di siècle. Estonuèch milo
crous sus li pèires
di coumbes trelùsen,
rerènen li prèires
di Celtes, sus sèhe jo
dàncen lou sàbbo.*

Sergio *Arneodo*

Danzano il sabba

*Sradica la rapa, dischiudi
la linfa,
gli antenati sulla displuvia-
le già danzano il sabba.
I preti dei Celti han fatto
mille croci
sulle pietre delle combe, le
han tinte di rosso
con il sangue dei fratelli.
Oh, nostro Natale
disceso lungo il sentiero
dei secoli! La tenda
ruvida dei pastori t'ha fatto
da Chiesa,
le pecore gemelle t'hanno
saziato di latte
asprigno sui capezzoli.
Sradica la rapa,
per la nostra cattiva fede,
dischiudi la linfa
dei secoli. Stanotte mille
croci sulle pietre
delle combe risplendono,
ritornano i preti
dei Celti, sulla displuviale
già danzano il sabba.*

Sie tanzen den Sabbat

*Die Wurzel grab aus, laß
fließen den Saft,
schon tanzen die Geister der
Ahnen am Dach.
Die Priester der Kelten haben
Kreuze gemalt
auf die Steine am Bühel, ein
rotes Fanal,
mit dem Blut unsrer Brüder.
Oh Hexenadvent,
überkommen von je! Das
armselige Zelt
armseliger Hirten war deine
Kirche,
gesäugt bist du worden an
bitterer Zitze,
Milch der zweifachen Ebe. –
Die Wurzel nun grab'
für tückischen Glauben, laß
rinnen den Saft
vergangener Zeit. Tausend
Kreuz' in der Nacht,
sie leuchten am Bühel, sie
brennen am Stein.
Keltenpriester kehr'n wieder.
Hexenzeit bricht herein.*

Nachdichtung:
Xaver *Remsing*

Sergio *Arneodo* aus dem kleinen Bergdorf San Lucia di Coumboscuro in der Provinz Cuneo/Region Piemont ist der engagierte Kämpfer für die Erhaltung des Provencalischen (des *„Occitanischen"*) und der provencalischen Kultur. Er hat ein kleines Museum errichtet, hat durchgesetzt, daß in seinem Dorf – als einzigem Ort des Piemont – die alte Sprache in Schule und Kirche gepflegt wird.

Christlich umgestaltet

Überaus geschickt hat es die katholische Kirche verstanden, heidnischen Kult in christlichen Kult umzuwandeln, ihn überaus sensibel der christlichen Kult-Welt anzupassen. Sehr sorgfältig haben einzelne Päpste und infolgedessen auch Bischöfe, Klöster, Missionare dieses Gedankengut umgewandelt.

Das war nicht immer so. Zuerst hat die Kirche massiv, durch Verbote und Strafandrohungen den *„alten Glauben"* auszurotten versucht.

Die Geschichte der alpinen Kulte ist voll davon. Eine radikale Bekämpfung blieb ohne Erfolg. Um 590 schreibt Papst Gregor der Große an den Abt Melitus in einem Kloster in England:

„Nach langer Überlegung habe ich erkannt, daß es besser ist, anstatt die heidnischen Heiligtümer zu zerstören, dieselben in christliche Kirchen umzuwandeln ... es ist nämlich unmöglich, diese rohen Gemüter mit einem Schlage von ihren Irrtümern zu reinigen. Wer die Spitze eines Berges erreichen will, steigt nicht in Sprüngen, sondern Schritt für Schritt."

(zit. nach CAMINADA, S 44)

Ab etwa 590 wurden also an den Orten, wo früher heidnische *„Götzenstandbilder"* standen, wo an heiligen Wassern heidnische Götter angebetet wurden, wo heidnische Kultsteine verehrt und heidnische Feste abgehalten wurden, christliche Kreuze aufgestellt, Marienbilder dem frommen, verängstigten Volk zur Verehrung empfohlen, sicherlich sehr dringend empfohlen.

Die *HEILIGEN* Wasser blieben heilige Wasser und darüber wurden christliche Kirchen erbaut. Dem frommen Volke wurde empfohlen, von diesem Wasser zu trinken, die Kirchen zu besuchen. Aus den heiligen Kultsteinen wurden Altartische der katholischen Wallfahrtskirchen, wie solches hundert- und tausendfach im ganzen Alpenraum und überhaupt in allen christianisierten Ländern anzutreffen ist. Es war diese Behutsamkeit ein Zaubermittel besonderer Art. Die großen Erfolge irischer Mönche hängen damit zusammen.

Die Päpste hatten erkannt, daß in etlichen Regionen Europas nur irische Mönche dazu imstande waren, weil irischer Glaube und irischer Kult weitgehend keltische Kulte waren, daß also die keltischen Heiden am besten über das Verständnis irischer Christen zu richtigen Christen umgewandelt werden können. Irische Mönche waren die Vertrauten der alten Kultur. Sie wußten um die Bedeutung der *HEILIGEN* Steine, der aufragenden Menhire und der Grabstätten aus Steinen. Sie wußten um die den

St. Medardus in Tarsch/Vintschgau ist eines der vielen Quellheiligtümer. Die Kirche wurde über der Quelle errichtet, die in einem Kanal unter der Kirche durchgeleitet wird. St. Medardus ist ein altes Pilgerhospiz. Das beweist zusätzlich, wie geschickt die katholische Kirche alte Rituale und Glaubensvorstellungen übernommen und umfunktioniert hat.

St. Anna im Bellino-Tal, einem kleinen Seitental des Val Varaita im südlichen Piemont. Die auf 1882 m gelegene Wallfahrtsstätte ist typisch für die vielen Sankt-Anna-Heiligtümer im Piemont. Viele wertvolle Hinweise verdanke ich Sergio *Arneodo* aus S. Lucia di Coumboscuro.
Eine weitere und wohl die wichtigste piemontesische Sankt Anna-Stätte in den Bergen ist Sant' Anna die Vinnadio (Vinau) auf 2010 m ganz nahe der französischen Grenze. Vergleiche dazu den Text auf den Seiten 30 und 32!

Menschen so wichtigen Quellen, Durchkriechsteine, Rutschplatten, Fruchtbarkeitszauber und Abwehrriten. Also geschah es in den ersten Jahrhunderten der sogenannten Christianierung weiter Teile des Alpenraumes, daß der Übergang von einer Religion in die andere, von einem Kult zum anderen fast konfliktfrei ablaufen konnte.

Offenbar wurde auch geduldet, wenn alte Relikte nicht sofort ausgemerzt wurden, wenn das gläubige Volk weiterhin an alten Kultvorstellungen festhielt. Diese Art von Religionswechsel war und ist sehr tiefgreifend, sehr fundamental. Auch aus diesem Grunde hat das Christentum, haben christliche Kulte und Glaubensvorstellungen eine solche Festigkeit durch die Jahrhunderte, durch nunmehr 1400 Jahre alpenländischer Kulturgeschichte.

Zutiefst im Volk verwurzelte Glaubens- und Kultvorstellungen um Steine, Quellen, Bäume, Fruchtbarkeit, Abwehr und Zauber haben tatsächlich alle Modernismen und Bilderstürmereien überlebt. Je mehr Monarchen, Kirchenfürsten, klerikale Oberbefehlshaber und päpstliche Rationalisierer diese zutiefst ur-kultischen Bereiche ausrotten wollten, umsomehr hielt das fromme Volk daran fest.

Das reicht bis in die allerneueste Gegenwart. Es zeigt sich, daß die Amtskirche in einem vermeintlichen Säuberungsprozeß die dem Volk liebgewordenen Prozessionen, just diese ohne Priester und Fahnen, die nichtkirchlicher Amtsherrlichkeit gemäßen Wallfahrten abschaffen oder zumindest diskriminieren wollte, und daß erst recht eine Flut von solchen Prozessionen und Wallfahrten einsetzte. Diese Provokationen reichen bis zur amtskirchlich nicht anerkannten Verehrung der weinenden Madonnen mit einem Zug von Abertausenden. Es hängt auch damit zusammen, daß super-religiöse Kulte entstehen können, daß die Menschen auf der Suche nach dem Kult antikirchliche, neuheidnische, esoterische Kulte und Pseudokulte pflegen.

Als im Ötztal in Tirol – in der Pfarre und Gemeinde Längenfeld, amtlich vom Landesbischof bewilligt, vom Gemeinderat beschlossen – eine über 240 Jahre lebendige Bittprozession am Annatag, dem 26. Juli, zur Abwehr von Muren und anderen Katastrophen abgeschafft wurde, haben sich etliche Frauen selbst organisiert und sind fortan genau an diesem Tag weiterhin wie bisher nach Gries zur wundertätigen Madonna Maria Hilf gepilgert, jetzt ohne Pfarrer, Meßgewänder, Kirchenkreuze und Ministranten. Dieser verlobte Bittgang am Annatag wurde erst im Jahre 1972 abgeschafft und hatte die für dieses Alpendorf kennzeichnende Ursache: Mit Rücksicht auf die Hochsaison könne an einem Werktag kein Dorffeiertag gehalten werden, könne den Gästen nicht zugemutet werden, wenn Lebensmittelgeschäfte und Souvenierhandlungen geschlossen halten. Also hatte über Betreiben des Wirtschaftsbundes sowohl der Gemeinderat als auch der Pfarrgemeinderat dem Ansinnen zugestimmt, und waren sowohl Pfarrer wie Bischof dem wirtschaftlichen Tourismusdenken zum Opfer gefallen.

Eben an diesem denkwürdigen Annatag sind auch die hundert Frauen zur Alp Madris gepilgert. Selbstverständlich ohne Pfarrer und Meßgewänder. Aber sie haben auf der Alpe ein Tanzfest gefeiert, ein Abwehrfest gegen Polit- und Finanzlobby.

Direkt über dem Wasser ist diese kleine Wallfahrtskirche in
Arnoldstein/Kärnten errichtet.
An den Stätten, wo früher heidnische „Götzen"-Stätten an Wassern
standen, wurden christliche Kapellen errichtet.
Fast alle Quell-Heiligtümer christlicher Prägung sind an solchen alten
Kultstätten zu finden.

Von den unzähligen Verchristlichungen

Dem 1200 Jahre alten rätoromanischen Margriatha-Lied wurde – wie bereits dargestellt – eine verchristlichte, nicht sehr poetische, eine eher plumpe Strophe beigefügt:

„Unter der Glocke Sankt Jörgs und Sankt Galls
Ist die Maid vorübergezogen.
Da hat es geläutet so lauten Schalls,
Daß der Klöppel herausgeflogen."

Die weitaus liebenswürdigste Umwandlung der Elemente Wasser, Feuer, Stein, Baum und Natur zu christlichem Gebrauch finden wir beim heiligen Franziskus und seinem Sonnengesang. Dieses franziskanische Denken hat im christlichen Volk die allergrößte Symphatie. Sie hat heute noch größere Symphatie bei *„Grünen"*, bei ökologisch und natursensibel denkenden Zeitgenossen. Bruder Baum und Schwester Wasser sind unsere Partner. Also denken wir uns hier eine Verantwortung statt einer kultisch-unbedingten Abhängigkeit. Wir leben m i t dem Element Wasser, benützen es, gehen mit ihm sorgfältig um; wir nehmen das Schicksal selbst in die Hand.

„Laudato si, mi signore, per sor aqua
la quale èmolto utile et humile et pretiosa et casta."
„Gelobt sei, mein Herr, durch unsere Schwester,
das Wasser,
das sehr nütz ist und demütig und kostbar und keusch."

Papst Leo hat den Termin des Weihnachtsfestes, das jetzt auf den 25. Dezember verlegt ist, unter anderem damit begründet, daß es nicht nur um die Geburt Christi gehe, sondern daß dieser Tag *„wegen des Anfanges der neuen Sonne ehrwürdig sei"*.
Seit Kaiser Julian war dies der heidnische Reichsfeiertag, an dem man den Geburtstag des unbesiegten Sonnengottes, Natalis Solis Invicti, feierte.
In einem alten Wallfahrtslied von *Nossadunna della Glisch*, Maria Licht zu Trun im Kanton Graubünden, das 1695 gedruckt worden ist, wurde die Umwandlung heidnischen Wasserkultes zu einer christlichen Marienwallfahrt beschrieben. Im Lied heißt es, man habe lange vor dem Kirchenbau Tag und Nacht ein helles Licht gesehen, und es habe *„hernach aus den zwölf Fenstern des Heiligtums durchs Tal hingeleuchtet"* (Caminada, S 96). In der zweiten Strophe heißt es:

„Cau en quei liug fievan fiug,
Frint schibas ent il tscheiver.
Quei has midau, santificau,
Per nos riugs cau receiver,
Regina dil Parvis, o Maria della Glisch."

„An dieser Stätte wurden Feuer entzündet,
Da man Scheiben in der Fasnacht warf.
Das hast Du geändert, hast den Ort geheiligt,
Um hierorts unsere Bitten zu empfangen,
Königin des Himmels Mariä Licht."

(Caminada, S 96)

Dieser Hinweis ist aus zweifachen Gründen aufschlußreich. Einmal ist es die Verchristlichung einer alten Kultstätte und eines Kultopfers, zum zweiten wird hier das heidnische Feuerwerfen erwähnt und umgedeutet.

Es könnte ein *Heiliger Hain* sein. In unmittelbarer Nähe zu einem ligurischen Bergheiligtum gelang Gianni *Bodini* diese Stimmung mit den beleuchteten, gleichsam strahlenden Bäumen einzufangen.

Nächste Seite:
Schlange mit Ei: dieses kultisch-heidnische Motiv befindet sich quergestellt an der Mauer zur ehemaligen Klosterküche der Karthäuser in *Karthaus* im Schnalstal/Südtirol.
Kulturgeschichtlich-ethnische Vergleiche bringen erstaunliche Parallelen, zum Beispiel *Karthaus* im Schnalstal zu *Ohio* in den USA.

Der in einigen Teilen der Alpen, vor allem im alten rätischen Kerngebiet *Engadin, Vintschgau, oberes Inntal, Montafon,* bis in die Gegenwart sehr lebendige Brauch des Scheibenschlagens, des Funkenwerfens am ersten Fastensonntag, ist kirchlich zumindest anerkannt.
Die beim Werfen der glühenden Holzscheiben verwendeten Sprüche sind selbstverständlich sehr alt, teilweise kultisch, vielfach *„heidnisch"*. Wie es im Vintschgau üblich ist, wird eine besondere Scheibe der Geistlichkeit, dem Pfarrer gewidmet. Das ist wahrlich sehr geschickt und wichtig.
War der Pfarrer beruhigt und geehrt, konnten die geliebten Mädchen geehrt werden, konnte der Spott losgehen. Da war also die Absegnung bereits erfolgt.
Ein weiteres Beispiel, aus dem Bereich des *Tier*-Kultes, soll diese Art der Verchristlichung ganz aktuell aus der Gegenwart zeigen.

Das Widderopfer

in Teilen Osttirols stellt einen sehr lebendigen *„christlichen"* Brauch dar. Selbstverständlich ist das sogenannte Widderopfer sehr, sehr alt. Ganz sicher wurden in früheren Jahrhunderten Tiere tatsächlich geopfert, kultische Schlachtungen vorgenommen, Eingeweide herausgerissen, blutverschmierte Priester als Mittler zwischen Mensch und Göttern gesehen, wurden diese Widderopfer im ganz wörtlichen und ursprünglichen Sinn vollbracht. Ganz sicher auch damals zum selben Zweck wie bis in die Gegenwart: zur Abwehr von Katastrophen. Katastrophe kann die Seuche sein, die Pest, das Unheil durch Muren, Lawinen, Brände, ansteckende Krankheiten usw.
Also pilgerten die Leute aus Virgen, Prägraten, Zedlach und Matrei in Osttirol durch Jahrhunderte zur alten und hochverehrten Kirche zu *Lavant* in der Nähe von Lienz, wobei sie fünfzig Kilometer zurücklegen mußten und dieselbe Strecke wieder retour.
Jetzt pilgern sie zur berühmten Wallfahrtskirche von Obermauern in Virgen und wohnen dann der anschließenden Versteigerung des sogenannten Opferwidders bei.
In Zedlach hat die Frau *Digna* einen schönen, preisgekrönten weißen Widder gekauft, hat ihn zwei Jahre gehegt und gepflegt und gab ihn am Samstag nach Ostern anno 1990 zur Versteigerung frei. Der Erlös aus der Versteigerung kommt der kleinen Dorfkapelle von Zedlach zu. Der Widder darf in der Zeit der Vorbereitung niemals geschoren werden. Hat ein

Nächste Seite:
Die berühmten Erdanlagen von Serpent Mound bei Locust Grore in *Ohio*/USA. Nur im Luftbild ist diese 300 m lange Schlange mit Ei in der Landschaft erkennbar. Schlange mit Ei gilt unter anderem als allumfassendes Symbol der alchemistischen Wissenschaft.
Die Anlage stammt von den alten amerikanischen Indianern.

Frau *Digna* in Zedlach bei Matrei/Osttirol mit dem von ihr gehaltenen *Opfer-Widder* vor dem *„Stall"*, einem Schuppen, mit Nylonplanen und Laub gegen die Winterkälte geschützt.

Beim Binden der Gestecke für den Widder.

Die Prozession der Zedlacher nach Obermauern bei Virgen.

Die prächtigen Widder, festlich geschmückt, werden ausgiebig und fachkundig, fast andächtig gemustert. Einer der Bauern wird den Widder ersteigern.
Im Bild der *Virgener* Widder von 1990.

Der Virgener Widder in der Wallfahrtskirche von Obermauern.
Das *Heilige Tier* neben dem Altar. Der Zedlacher Widder durfte hier nicht dabeisein.

Obermauern bei *Virgen*/Osttirol ist eine der bedeutendsten Wallfahrtsstätten des Landes. Dorthin zieht seit Jahrzehnten die *Widderprozessionen* von Virgen und fallweise die aus anderen Orten, beispielsweise aus Zedlach.

Schaf normalerweise eine 15 Zentimeter lange Wolle, so kommt der gutgehaltene Opferwidder vor seiner *„Opferung"* auf 35 Zentimeter. Frau *Digna*, diese Kostbarkeit an natürlicher Begabung, ausgestattet mit einem höchst erstaunlichen kritischen *„Bewußtsein"* – besser sagen wir dazu *„Hausverstand"* und *„bäuerliche Schläue"* –, diese in einfachsten Verhältnissen lebende Frau mit dem großen Geist, trotz ihrer Einfachheit und unscheinbaren Gestalt aber beeindruckend wie eine Dorfkönigin, hat also den Widder in einem kleinen Schuppen gehalten, hat ihn bestmöglich mit gutem Heu gefüttert, gegen die harte Winterkälte geschützt, indem sie den armseligen Schuppen mit Nylonplanen abgedichtet und mit Laub isoliert hat. Dieses prächtige Tier wird wenige Tage vor der Opferung sorgfältig gewaschen. Der Stolz, der selbstverständliche Anstand hat es nicht erlaubt, daß unser Fotograf dieses Waschen fotografiert.

Das ist Zeichen von Stärke und Festigkeit.

Am Samstag nach Ostern wurde der Widder also aus dem Verschlag gezogen, wurde festlich mit blauen und rosa Bändern geschmückt, wurden ihm Rosmarinsträuße und ein Myrthenkranz aufs Haupt gesetzt. Dann ging der Zug zur Dorfkapelle. Alles Volk von Zedlach dahinter.

Das große Fest des Dorfes ist in erster Linie ein Fest der Frau *Digna* und ihrer Opferbereitschaft.

Sie hat an dem alten Glauben festgehalten, wie die letzten Jahrhunderte, vielleicht die letzten zweitausend Jahre das Leben und den Kult dieser Bergdörfer bestimmt hat.

Es ist gut so, daß keine regelmäßigen Spektakel daraus entstehen können, weder für heranreisende Volkskundler noch viel weniger für die touristischen Vermarkter und die daraufhin heranreisenden Massentourismuskolonnen.

Es vollzieht sich im kleinen Rahmen. Weil es so selbstverständlich und für die handelnden Leute am Ort so unbewußt selbstverständliche Notwendigkeit ist, machen sie daraus keine große Story.

Während die *Virgener* regelmäßig mit dem Widderopfer ihre Dorf-Geschichte beleben, so ist es bei den Bewohnern von Zedlach eher eine gelegentliche Zufälligkeit. Wie es sich ergibt.

Es kann nicht vorprogrammiert werden. Umso besser ist es, wenn gewisse *Kulte* in den Alpen nicht publik werden.

Daß die Osttiroler Widderopfer in einer reichhaltigen und vielfältigen, fast über die gesamte Welt verstreuten Tradition stehen, mindert nicht ihre Bedeutung.

Bei den Ägyptern, bei den Griechen und bei den Juden sind die Widderopfer ebenso nachgewiesen wie in germanischen Überlieferungen, z.B. als Widder des Thor.

„Der Schafbock war Opfertier, und zwar scheint er vorwiegend bei dem Bittopfer im Frühjahr und dem Erntedankopfer als Sinnbild der Fruchtbarkeit (dem Gewittergott) und der mütterlichen Erdgottheit geopfert worden zu sein."

(Handwörterbuch des deutschen Aberglaubens, Stichwort *„Widder"*)

Zum Brauch des Osttiroler Widderopfers schreibt das *„Handwörterbuch"* weiter:

„Wir haben es mit einer uralten vorchristlichen Kulthandlung zu tun, die von der Kirche zunächst geduldet und dann unter die landschaftlichen Feierlichkeiten aufgenommen wurde. Man vermutet slavisch-heidnischen Ursprungs."

Bis vor etlichen Jahrzehnten wurden die Opferwidder zur mehrere Stunden entfernten Wallfahrt zu *Lavant* bei Lienz gebracht. Rund um diese uralte Kultstätte wurden Reste ältester Besiedlung und Verehrung gefunden. Hier liegt eines der wichtigsten religiös-kultischen Kulturzentren.

Ganz sicher ist die spätere (verchristlichte) Entstehungsgeschichte unrichtig, wonach das Widderopfer anläßlich einer Seuche gelobt worden wäre.
An die Wichtigkeit des Widders, aber auch des Ziegenbocks, erinnert auch der bis in die Gegenwart in Tirol, Salzburg und anderen Ländern geübte Brauch, oberhalb der Stalltüre den Kopf oder die Hörner zu befestigen. Das hat zweifellos mit *Abwehr* zu tun.

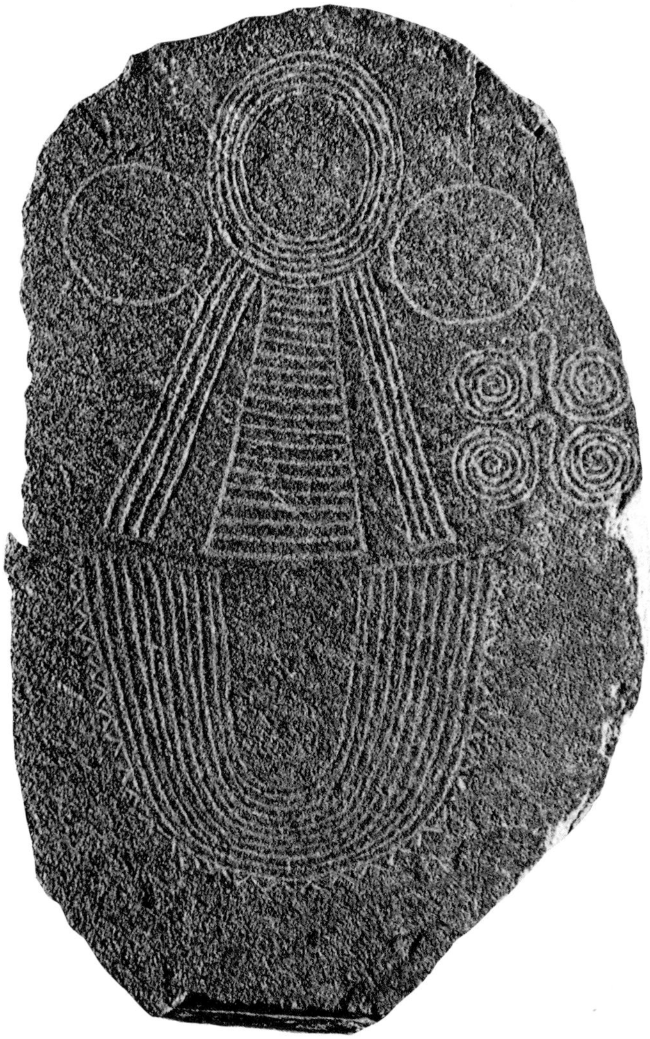

Die *Mutter*-Figur auf einem Steinblock (Menhir) im Veltlin.

Ma Sveti Veri – Ima Sveto Vero – Hat den Heiligen Glauben zu interpretieren

Diese sprachlich nicht einwandfreie Übersetzung der alten Inschrift auf dem Herzogstuhl am Zollfeld in Kärnten ändert nichts daran, daß die neuernannten Herzöge auf slowenisch schwören mußten, den neuen, also christlichen Glauben zu behüten und zu verbreiten.
Das *„ma sveti"* wird durch das Wort *Veri* ergänzt, das auf dem westseitigen Sitz eingeritzt ist. *Veri* entspricht der Bedeutung *„ich schwöre"*. Also muß der neue Landesherr darauf schwören. Er muß auf den richtigen Glauben schwören. *Sveti Veri* bedeutet *„der heilige Glaube"*, im Gegensatz zum *„heidnischen"* Kult. Die Inschrift könnte nach neueren Deutungen vom Beginn des 4. Jahrhunderts stammen, vielleicht von etwa 310-320.
Der steinerne Thron besteht aus römischen Steinen. Die Schrift *Masvetiveri* befindet sich, wie hier zusammengeschrieben, von oben nach unten. Die Buchstaben des an anderer Stelle befindlichen *Veri* sind größer und älteren Typs.

„Auch der Bedeutung nach könnte das Wort die Remineszenz einer heidnischen Rechtsprechung haben. Später, als das Christentum sich zu behaupten begann, wurde das Heidnische ins Christliche umgewandelt ... So wurde dem Wort Veri ein christlicher Sinn gegeben, indem man die Worte Ma Sveti Veri dazugeschrieben hat, und zwar in einer typisch venetischen Art."

(Die Veneter S 314)

Im fast ausgestorbenen, ehemals aber volkreichen *Elva* hoch über dem Val Maira, dem Bergtal in den südpiemontesichen Alpen, lebten um die Jahrhundertwende noch mehr als 200 Menschen, jetzt sind es kaum zehn oder zwanzig.
Sterbendes Tal, sterbende Kultur und die alten Kulte ziehen sich in den kargen Bergboden zurück.

Rechts:
Den großen, mächtigen und berühmten Wallfahrts- und Kultstätten stehen die kleinen, die unscheinbaren Stätten entgegen , die lokal eine besonders intensive Verehrung erfahren, oft nur von einem kleinen Dorf mit ein paar Häusern und wenigen Menschen.

Rudolphus dux oder Tu don moj duh? (bzw. Tu don muji dux)

Ebenfalls auf dem Herzogstuhl findet sich die Inschrift, die als „RUDOLPHUS DUX" gedeutet wird. Möglicherweise war eine ältere Schrift übermeißelt worden. Mit einiger Phantasie und der Beifügung von möglicherweise fehlenden Buchstaben könnte die Schrift als „TU DON MUJI DUX" gedeutet werden, was der Bedeutung „*Hier wehe mein Geist!*" entspricht. Soll also bedeuten: Gottes Geist der Gerechtigkeit möge auf diesem Richterstuhle walten.
Auch wenn die eine oder andere Deutung nicht nachprüfbar ist, wenn einzelne Interpretationen wissenschaftlich nicht haltbar sein werden, so bleibt die Tatsache, daß hier geschickt Altes mit Neuem verbunden wurde, also Vorchristliches mit Christlichem.

In Schlanders, Latsch, Kortsch und weiteren Orten des mittleren Vintschgau sind es die schwangeren Madonnen. Vorbild für die zahlreichen Darstellung, meist oberhalb der Haustüren angebracht, ist die *SCHWANGERE* in der Pfarrkirche zu Schlanders.
Fruchtbarkeitsritus, tiefe Gläubigkeit, Reste einer ganz alten mutterrechtlichen Beziehung mögen hier zusammenwirken.

Seite 86:
So bescheiden sind auch die kleinen Denkmäler des Volksglaubens bei den *DREI BRUNNEN* zu *TRAFOI* in Südtirol ...

Seite 87:
...oder an diesem Feldstadel in Osttirol. Liebevoll gepflegte Schlichtheit. Rote Blumen, das dunkle Holz und der helle Leib des gemarterten Christus.

Rechts:
Im obersten Teil des Maurienne-Tales in Savoyen wurden in Lanslebourg und Lanslevillard zahlreiche Felszeichnungen gefunden.
Noch weiter oberhalb, im 1720 m hoch gelegenen *BESSANS* sind unterhalb der kleinen Kirche diese Marterwerkzeuge – ganz im Sinn der dramatischen Anschaulichkeit – dargestellt.

ST. VERENA auf dem Ritten bei Bozen gilt als eine der schönsten und wichtigsten Urzeitstätten. Unweit der Kirche wurde der berühmte Figuren-Menhir aufgefunden, der jetzt im Museum von Bozen zu besichtigen ist.
Auf diesem hervorragenden Platz wurden viele frühgeschichtlichen Funde gehoben, Scherben, eine eisenzeitliche Fibel und Tonwaren.
Auf den glatten, von eiszeitlichen Gletschern geschliffenen Felsen sind – wie nicht anders zu erwarten – zahlreiche Schalensteine zu erforschen. Etwa fünfzig sollen es sein.

Wallfahrt als Kult & Brauch

Die Wallfahrt als *„Aufsuchen einer bestimmten Kultstätte mit einem besonders dorthin gebundenen Kultobjekt im Sinne eines religiösen Aktes oder aufgrund eines frommen Verlöbnisses"* (Lexikon für Theologie und Kirche) ist möglicherweise auch der sonntägliche Ausflug, das Picknick in einer landschaftlich interessanten Gegend, das ist selbstverständlich auch der neuzeitliche Fitmarsch oder das gesellige Zusammentreffen bei Bier und Souvenir. Auf den

„Heiligen BERG"

mit dem weitum sichtbaren und im ganzen Bayernland berühmten Kloster *ANDECHS* pilgern das ganze Jahr über an die zwei Millionen Menschen. Das Bräustüberl mit dem berühmten Klosterbier ist genauso anziehend wie die Kirche. Benediktinerpatres sorgen für geistiges, geistliches und leibliches Wohlergehen. Nach alter Sitte und überliefertem Brauch ziehen fromme Prozessionen, ziehen trachtengeschmückte Frauen und Männer zur *„Madonna Bavaria"*.
Hinter den Klostermauern verbirgt sich ein computergesteuerter Großbetrieb, eine hochtechnisierte Brauerei. Kulturreligiöser Kitsch ist hier ebenso breitgewalzt und allgegenwärtig wie anderswo an wichtigen Kultorten, in Mariazell, Maria Dreieichen, Maria Weissenstein oder auf dem Sonntagsberg. Altbayrische Rustikalität hat den passenden religiösen Anstrich. Wer feiert, der betet und schmaust, der pilgert und trinkt. Barocke Pracht- und Prestigeentfaltung wirken hier zusammen; eindrucksvoll und abstoßend zugleich.
Nicht nur auf dem heiligen Berg zu Andechs.
Es ist gemütlich urkatholisch – weiß-blau-bayrisch, urkatholisch – rot-weiß-rot, religiös verbrämt, krachledern, fromm bis frömmlich. Es ist das altehrwürdige Madonnenbarock, es ist der Schwulst und der gigantische Andachtenkitsch der Bierkrügeln, Haus-Sprüche, Kerzenleuchter, Revolver, Umhängtüchlein und Schaumrollen.
Es sind aber auch die alten Lieder, die vom langen Gehen an den Füßen schmerzenden Blasen, der Schweiß vom Steigen über die zweihundert Steinstufen, das Erfüllen eines Gelöbnisses, die lange Reise, das beschwerliche Beten bergaufgehend und das kurze Rasten beim Wegkreuz. Die Frommen pilgern und beten in bester Absicht, nach wie vor Hunderttausende pro Jahr, in unveränderter Zähigkeit am uralten Kult festhaltend. Diese frommen Pilger werden sich nur selten bewußt, daß sie zur Madonna pilgern und gleichzeitig der alten Muttergottheit an diesem Platze opfern. Sie sind selbstverständlich in der Kirche um den reichlich geschmückten Gnadenaltar versammelt und singen dort die alten Marienlieder von der Madonna und vom Meerstern, den sie inbrünstig grüßen.

SAN ROMEDIO im Trentin/Italien, die Wallfahrt von weit überregionaler Bedeutung, dieses Santuario Romedio mitten in den Wäldern und tiefen Tälern ist unvergleichlich.

SANTUARIO
S.ROMEDIO

Selbstverständlich besuchen diese frommen Pilger vor oder nach dem Besuch des Gnadenaltars auch die *HEILIGE QUELLE* in einer Höhle hinter der Kirche, trinken vom Wasser der heiligen Quelle, netzen ihre Augen, wischen sich mit dem heiligen Wasser den Schweiß von der Stirn, verweilen dort, um dann zum wiederholten Mal der Madonna eine Kerze zu stiften, Lichter zu entzünden, die alten Lieder auswendig und immer inbrünstiger zu singen, fast bis zur berauschenden Kultexstase in der weihrauchgeschwängerten, über und über vom Gemurmel und Kerzengeruch erfüllten Stätte. Es ist die Berauschung der anderen Art. Es ist das mitunter Irreale des Wallfahrens.

Deswegen haben Monarchen und Herrscher, immer wieder, um die Kraft der heiligen Orte wissend, die Wallfahrten verboten, haben Wallfahrtskirchen sperren lassen, haben den massenweisen Zulauf abzuwehren versucht.

Kaiser Joseph II. hat alle Wallfahrten und Prozessionen verboten, die über Nacht ausblieben. Damit waren auch alle Wallfahrten über die Landesgrenzen hinweg verboten. Hinsichtlich *MARIAZELL* machte Maria Theresia eine Ausnahme und gestattete die Wallfahrt von den Hauptstädten und großen Zentren aus. Die Auswirkungen der Verbote waren gering. Trotz Sperrung und obwohl Wallfahrtsbilder aus den Kirchen entfernt wurden, pilgerten die Gläubigen weiterhin zu den alten Stätten. So wurden 1782 die Gnadenbilder vom hl. Kreuzkirchlein am Kreuzkofel, 1787 von Maria Weissenstein, 1787 vom Luschariberg entfernt. Die Pilger kamen dennoch.

Ein interessantes Beispiel ist von Maria *WALDRAST* im Bezirk Innsbruck Land zu berichten: Die dortige Wallfahrtskirche mitsamt dem Servitenkloster wurde im Jahre 1785 geschlossen.

„Aber das Volk wollte nicht ablassen von der liebgewordenen Stätte. Fromme Seelen wallten noch immer nach der Waldrast und beteten vor einem an der Mauer der zerstörten Kirche gemalten Bilde."

Das berichtet G. *TINKHASER* in seiner Beschreibung der Diözese Brixen. Im Jahre 1844 erwarben die Servitenpatres die Ruinen. Zwei Jahre später konnte die feierliche Rückführung des Gnadenbildes erfolgen.

Nach dem Tode von Kaiser Joseph II. verlangte das Volk in zahlreichen Aktionen und Gesuchen die Aufhebung von Verboten. Unter großem Jubel wurden Gnadenbilder zurückgebracht. Auf dem LUSCHARIBERG feierten etwa 4 000 Pilger am 9. Juni 1791 diese Rückkehr.

Der Volkskundler Dietmar *ASSMANN* hat in seiner Abhandlung über *„die bedeutendsten Wallfahrtsorte Österreichs und Südtirols"* auch beschrieben, wie er selbst *„altes, längst der Vergangenheit zugeordnetes Wallfahrtsbrauchtum"* erlebt hat. Am Pfingstmontag des Jahres 1975 wurde er Zeuge, wie im Wallfahrtskirchlein *ST. WOLFGANG* bei Deutschlandsberg nach

Vorhergehende Seite:
Ruine der alten *SEBASTIAN-* und *FABIAN-*Kirche oberhalb von Latsch/Vintschgau.
Im Boden erkennbar die frühgeschichtlichen Wohngruben. Viele Schalensteine wurden in der Nähe entdeckt. Die Kirche (1605 geweiht) steht in einem vorgeschichtlichen Ringwall.

Die altehrwürdige St. Nikolaus-Kirche in *MATREI*/Osttirol
steht auf uraltem Besiedlungsboden, im weiten Talbecken uralter
Mutterverehrung. Nichts anderes soll Matrei bedeuten: Ort der *MATREIA*,
der Muttergöttin.
Im Hintergrund die Gletscher des Virgentales.

dem Festgottesdienst der Mesner auf einer Anrichte verschiedenene Eisenvotive auflegte. Es waren dies Rinder, Pferde, Schweine, Kopfreifen, Arme, Beine.

„Jung und Alt wählte sich daraus das für sie passende Stück aus, umschritt damit den Altar, opferte einen kleinen Geldbetrag, kniete mit dem betreffenden Gegenstand vor dem Altar zum Gebet nieder und legte ihn schließlich wieder auf die Anrichte zurück."

(Assmann)

Ist das Alte und Älteste auf diese Weise bis in unsere Gegenwart lebendig geblieben? Haben hier alte und älteste Vorstellungen und Kulthandlungen alle Zeiten und Rationalisierungsversuche heil überstanden? Hat hier nicht trotz Christentum und eindeutig katholischer Ausrichtung das uralte Eisenopfer weiterhin seine Aktualität behalten?

Zu den Seiten 98 bis 100:
St. Hippolyt auf Glaiten auf 1200 m oberhalb von St. Leonhard im *Passeir*.
„Nach der Volkssage wurde es (das Kirchlein) *an der Stelle erbaut, wo die Heiden den Göttern geopfert hatten, und soll daher die älteste religiöse Cultusstätte im Thale sein"* schrieb Beda *Weber* im Jahre 1903 in seinem Buch *„Das Thal Passeier und seine Bewohner"*.
Es ist sicher ein altes Bergheiligtum, eine Kult- und Ortungsstelle.

Was hat die Christianisierung im Kern wirklich verändert?
Nichts.
Archtetypisches wurde lediglich umgeformt, mit ein paar Äußerlichkeiten neu garniert.
Also kann ich mit derselben Sicherheit behaupten, daß diese urtümlichen, diese zutiefst menschlichen und kulturellen Akte, Glaubensvorstellungen und Traditionen die nächsten Jahrhunderte und Jahrtausende überstehen werden.
Diese Sicherheit gibt dem *Kult* eine große Zukunftschance.
Nach Gustav *Gugitz*, dem wohl wichtigsten Wallfahrtsforscher Österreichs, sind etwa 80 Prozent der österreichischen Wallfahrtsstätten an Plätzen mit Heiligen Wassern und Quellen errichtet. Die

Gründungslegenden

der von *Assman* untersuchten und beschriebenen Wallfahrtsorte von Österreich und Südtirol sind von ihm nach

Steinkult
Quellkult
Baumkult

sowie nach weiteren Legendenmotiven unterschieden.
Auf den *Steinkult* verweisen schon die Namen etlicher Wallfahrtsorte wie *Maria Stein* (bei Bad Mitterndorf/Steiermark), *Frauenstein* an der Steyr (Oberösterreich), *Mariastein* bei Kufstein (Tirol), *Bildstein* bei Bregenz (Vorarlberg) und *Weissenstein* (Südtirol).
Auch die Gründungslegenden vieler Wallfahrtsorte hängen mit Steinen zusammen.

Hoch über St. Leonhard in Abtei,
im weltberühmten Gebirgsmassiv der Dolomiten,
zu Füßen der Steilwand des Kreuzkofels liegt die
kleine Wallfahrt *Zum Heiligen Kreuz.*
Nach der Sage soll um das Jahr 1000 n. Chr.
Graf Volkhold in seinen letzten Lebensjahren
als Einsiedler gelebt haben.
Das Gnadenbild des kreuztragenden Heilands
wird im Herbst nach St. Leonhard und im
Frühjahr wieder an seine alte Stätte auf dem
Berg gebracht.

Viel häufiger sind – wie bereits erwähnt – die Verbindungen mit dem *QUELLKULT*. Unzählige Wallfahrtsstätten weisen im Namen darauf hin:
HEILIGENBRUNN, MARIA BRÜNDL, FIEBERBRÜNDL, HEILIGWASSER, HEILIGENBRUNN, KALTENBRUNN usw.
Fast ebenso häufig stehen die Entstehungslegenden mit dem *BAUMKULT* in Verbindung. Heilige Bäume werden zur Verehrung auserlesen. An heiligen Bäumen erlebten fromme Menschen übernatürliche Erscheinungen. *MARIA LARCH* im Bezirk Schwaz in Tirol und *UNSERE LIEBE FRAU IM WALDE* im Schnalstal/Südtirol sind zwei Beispiele dafür.
Wie das gläubige Volk mit Hilfe der Geistlichkeit mit allen Fasern ihrer Gesinnung sich Geschichten ausmalte, will ich an etlichen kleinen Beispielen sichtbar machen. Die

WALLFAHRT zur MUTTER VOLLER GNADEN
oder zum
MARIAHILFBILD IM WALDE zu SERFAUS in Tirol

ist in einem im Jahre 1865 erschienenen Heftchen dargestellt.
Der „*BERICHT über die wunderbaren Begebenheiten und Hilfeleistungen, wodurch der uralte Wallfahrtsort zu Serfaus berühmt geworden*", beruft sich auf älteste Überlieferung. Demnach steht geschrieben:

„Erfindung der wunterthätigen Mutter Maria. So erfunden worden von den Holzknechten in der Pfarr Serfaus im Jahr Christi anno 427."

In der Anmerkung wird dann von 427 auf 472 richtiggestellt. Immer wieder wird in Darstellungen der Wallfahrt diese Stätte zu Serfaus als demnach älteste österreichische Wallfahrt – im christlichen Sinn – dargestellt. Im alten Wortlaut heißt es also:

„Anno 472 ursbrung dieser alde walvardt, Maria IN WALDT genanndt, weil allda waldt war und die hölz Knöcht diesen waldt hachen, so höre sie Eine Stim Im baum darobe: hach mi nit, so schauen sie hinauf In den baum, so söchn sie das Maria bildt In dem baum daroben also der baum gestanden da ware der altar da hat die Voler gnaden Mueter Maria Iren wonsiz ... "

Das würde übersetzt lauten:

„Anno 472 Ursprung dieser Wallfahrt, Maria im Walde genannt; weil allda Wald war und die Holzknechte diesen Wald hacken, so hören sie eine Stimme im Baum droben: 'Hack mi nit!', so schauen sie hinauf in den Baum, so sehen sie das Marienbild in dem Baum droben.
Allwo der Baum gestanden, da war der Altar, da hat die Mutter voll der Gnaden, Maria, ihren Wohnsitz."

Ferdinand HELLWEGER, damals, also um 1865, Pfarrer in Serfaus, hat diese Wallfahrt noch mit vielen Hinweisen auf wundertätige und merkwürdige Erscheinungen beschrieben, ganz im Stil der Zeit und der damaligen Gesinnung.

Über die Wallfahrt zu ABSAM in Tirol erschien im Jahre 1801 ein

„UMSTÄNDLICHER BERICHT von dem Bilde der göttlichen Mutter Maria zu ABSAM unweit Hall im Tyrol, verfasset von einem Gottesgelehrten, der selbst Augenzeuge war, und solches genau zu untersuchen Gelegenheit hatt."

Einem alten, profanen Gebäude wurde eine kleine Kapelle aufgesetzt.
Oberhalb von Leiten bei Obertilliach in Osttirol.

In einem Bauernhause geschieht das Folgende und sehr Merkwürdige:

„Hier sieht man auf einmal, was man ehevor nie gesehen hat, beim hellen Tage ein Bildnis der Gottes Mutter an einer Fensterscheibe gezeichnet. Es war eben der 17. Jänner des 1797. Jahres, jener betrübte Tag, wo sich nach kurz auf einander gefolgten unglücklichen Gefechten die k. k. Armee aus Italien zurückgezogen und die ganze Schwere des leidigen Krieges auf unser Vaterland geneiget hat. An diesem nämlichen Tage sieht man zwischen drei und vier Uhr Nachmittags dieses Bildnis: Niemand weder inner, noch außer dem Hause hatte ehevor auch nur das Mindeste davon wahrgenommen, obgleich das Fenster Jedem, der ins Zimmer trat, oder nur vor dem Hause vorüber gieng, sogleich unter die Augen kam. Die älteste Tochter, ein schon gewachsenes Mägdlein, sah es als Erste, schrie auf, und die ganze Familie erschrack, weil sie ein Unglück ahndete, so dem im Berge damals abwesenden Vater etwas möchte zugestoßen sein. Die Mutter will es mit Wasser abwaschen. Allein das war eben, was die Verwunderung vermehrte, daß sich das Bild, wenn das Glas naß ward, verlohr; sogleich aber wieder erschien, sobald es trocken war."

In acht Punkten wird sodann der offenbar hieb- und stichfeste Beweis erbracht, daß es keine natürliche Ursache gab: Es muß also ein Wunder sein.

Der Zulauf nach Absam setzt ein.

„Es wird schon in das vierte Jahr von einer ungeheuren Menge der Gläubigen von allen Ständen, auch höchsten geist- und weltlichen Würden, nicht nur aus dem ganzen Lande Tyrol, sondern selbst vom Auslande mit ungemeiner Andacht, Vertrauen, Zufriedenheit besucht ... "

Nachdem im Jahre 1800 eine acht Tage währende Feierlichkeit inszeniert worden war *„mit mehreren Predigten, Hochämtern, und einer überaus zahlreichen Prozession gleich einem Triumphe"*, konnte zwei Wochen darauf der Waffenstillstand zwischen Tirol und Bayern abgeschlossen werden.
Das berichtet die Überlieferung. Maria hat geholfen.
Tirol war um eine Wallfahrt reicher, und das Land hatte in seiner reichhaltigen Geschichte eine weitere denkwürdige Begebenheit einzubauen. Noch immer pilgern fromme Tiroler eifrig nach Absam.
Die

Marienwallfahrt zu den Heiligen drei Brunnen in Trafoi

ist möglicherweise eine der ältesten Wallfahrten des Landes.
Bei den heutigen hl. drei Brunnen befand sich ein altes Quellheiligtum.

Weihwasserstein an der Friedhofsmauer der Spital-Kirche in Latsch/Vintschgau in Südtirol. Die eigenartige Teufelsfratze wirkt abschreckend-beschwörend. Der Weihwasserstein in dieser Form stammt wahrscheinlich aus dem 14. oder 15. Jahrhundert.

In einer Lebensbeschreibung des hl. Ennodius, Bischof von Padua, einem jüngeren Zeitgenossen des hl. Severin (gestorben im Jahre 482), wird berichtet, daß ein heiliger Antonius, als er in Bormio zum Priester geweiht werden sollte, sich durch das Furvatal herauf geflüchtet habe, um nach Milanz zu gelangen. Auf diesem Wege traf er zwei Einsiedler. Dieses Milanz, oder dieser Milanz-Hof, befand sich wahrscheinlich auf dem Tartscher Bühel. In einer von Mathias Thöni verfaßten Schrift heißt es weiter:

„Hier hielten sich ja die heidnischen Priester – Druiden – irgendwo an einem Quellenheiligtum auf. Sie wurden von christlichen Eremiten abgelöst, die die Kreuze aufstellten."

Der Chronist setzt also Druiden an den Beginn der Wallfahrt. Es wäre dies der einzige Hinweis aus dieser Region der Alpen auf vermeintlich Keltisches.

Die Wallfahrtskirche zu

Oropa

in der Nähe von Biella im Piemont, wird jährlich von Hunderttausenden besucht. Eine der größten Wallfahrtsstätten des Piemont und Italiens verdankt die Entstehung und heutige Berühmtheit einer ganzen Reihe von Begebenheiten. Der heilige Eusebius soll das Gnadenbild der Madonna aus dem Orient hierhergebracht haben. Dieser Heilige soll nach der Legende das Gnadenbild an einer ganz bestimmten Stelle aufgestellt haben:

„Es geschah unter einigen großen Findlingen, Stätte der Verehrung weiblicher Gottheiten ... "

Diese Findlinge tragen uralte Kreuzzeichen bzw. Felsgravierungen sowie das Datum 369.

Wallfahrtsorte in Savoyen Pelerinages en Savoie

Eine historische Arbeitsgruppe in Savoyen brachte 1988 eine kleine Schrift heraus, in der insgesamt 103 Wallfahrtsorte aufgelistet sind. Darunter sind acht verschiedene „Maria Schnee" (Notre Dame des Neiges) und 76 sind als Marienheiligtümer (Notre Dame) ausgewiesen.

„Weil sie eine rauhe Erde bewohnen, haben religiöse Menschen, hauptsächlich Bauern, im Laufe der Jahrhunderte Hochaltar-Stätten errichtet, zu denen die Leute aus den Tälern und aus den Bergen hinpilgerten."

Einige dieser Wallfahrten gehören zu den höchstgelegenen der Alpen:

Notre Dame du Mont Carmel
à la Pointe de Tierce .... 2 973 m

Chapelle du Mont Thabor .... 3 180 m

Notre Dame des Neiges
à l'Orgere .... 1 900 m

Notre Dame des Anges
à l'Arcelin .... 2 060 m

Notre Dame des Neiges
à Valmeinier .... 2 190 m

La Croix de Rognier .... 2 100 m

Erst aus den letzten Jahren stammt die Wallfahrt auf den Col d'Iseran auf ca. 2 770 m.

Pelerinages en Savoie

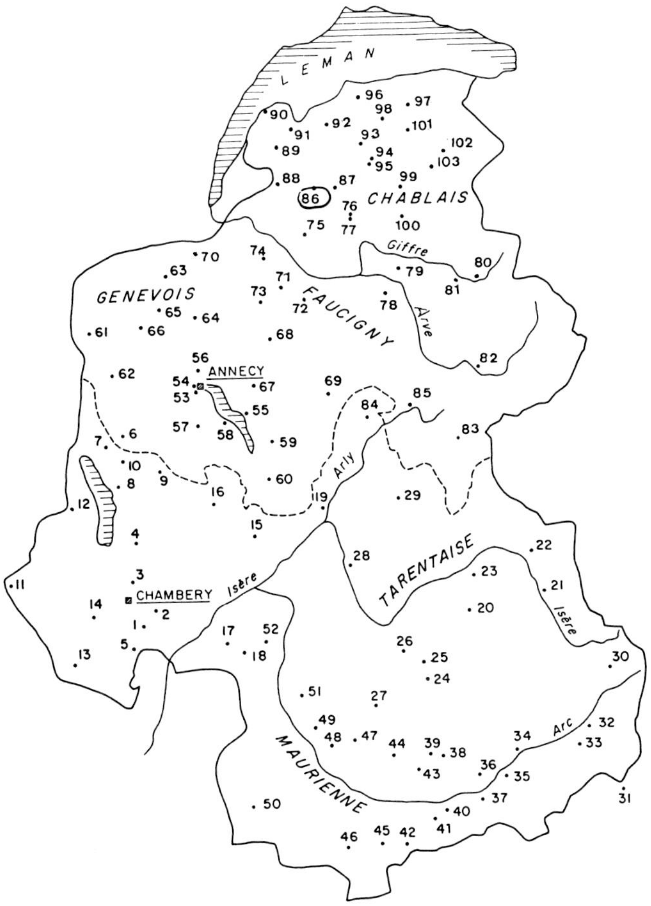

001 – N.D. de Myans – 8.IX
002 – Mt-St-Michel – Dim après 15.VIII
003 – St-Saturnin – 4e Dim VIII
004 – N.D. de Clarafond – 15.VIII
005 – Croix du Granier – 4e Dim IX
006 – N.D. de l'Aumône – 1er Dim V
007 – Croix du Mt Clergeon – 3e Dim VIII
008 – Croix de Meyrien – Dim après Ascension
009 – St Lazare à St Girod – 4e Dim VIII
010 – N.D. de Tout Pouvoir à Albens – J de l'Ascension
011 – N.D. de Pigneux – 15.VIII
012 – N.D. de la Montagne à Yenne – V
013 – Ste Madeleine à St-Pierre de Genebroz – VII
014 – N.D. du Lac à Aiguebelette – VIII
015 – N.D. de Bellevaux – L de Pentecôte
016 – Croix de Rossanaz – 4e Dim VII
017 – N.D. des Plaints
018 – N.D. de Prodin – 4e Dim VI
019 – Ste Anne à Pallud – 4e Dim VII
020 – N.D. des Vernettes – 16.VII
021 – N.D. de la Merci – 24.IX
022 – St Michel à Montvalezan
023 – N.D. de Tout Pouvoir à Montrigon – VIII
024 – N.D. des Neiges à Montagny – 15.VIII
025 – N.D. de Tout Pouvoir à Bozel – 8.IX
026 – N.D. des Neiges à Montagny – 15. VIII
027 – N.D. de la Vie – 15.VIII
028 – N.D. des Neiges à Cevins – 1er Dim IX
029 – N.D. des Châteaux – 2e Dim IX
030 – N.D. de Toute Prudence à l'Iseran
031 – N.D. des Neiges à Rochemolon – 5.VIII
032 – N.D. des Grâces à Bessans – 2. VII
033 – N.D. du Mt Carmel à Pointe de Tierce – 16.VII
034 – N.D. du Poivre à Termignon
035 – N.D. des Grâces à Bramans – L de Pentecôte
036 – St Benoît a Avrieux – 2e Dim VIII
037 – Ste Anne à La Repose – 4e Dim VII
038 – N.D. des Neiges à l'Orgère – 1er Dim VIII
039 – St Laurent à Polset – 2e Dim VIII
040 – N.D. du Charmaix – 8.IX
041 – St Roch à l'Arplane – 4e Dim VII
042 – N.D. du Mt Thabor – Dim après 15.VIII
043 – N.D. de la Délivrance – Langlacerey – 1er Dim VII
044 – N.D. des Anges à l'Arcelin – 1er Dim VII
045 – N.D. des Neiges à Valmeinier – 1er Dim VIII
046 – N.D. des Neiges à Bonnenuit – 5.VIII
047 – N.D. des Anges à la Bachellerie – 1er Dim VIII
048 – N.D. des Neiges à Mont Denis – 1er Dim VIII
049 – N.D. de Montandré – 1er Dim IX
050 – N.D. des Prés Plans – 21.XI
051 – N.D. de Beaurevaire – 15.VIII
052 – Croix de Rognier – VIII
053 – La Visitation – dernière sem. VIII
054 – N.D. de Liesse – 8.XII
055 – St Germain – L de Pentecôte
056 – N.D. de Provins – 3e Dim IX
057 – N.D. des Vernettes à Quintal – Ascension
058 – N.D. du Lac à Duingt – 15.VIII
059 – N.D. des Sept Fontaines – 15.VIII
060 – N.D. des Vignes à Faverges – 15.VIII
061 – N.D. de Lourdes à Bovines – 1er Dim V
062 – N.D. de L'Essert – V
063 – N.D. du Mt Sion – 1er Dim VIII
064 – N.D. des Coudrets – 15.VIII
065 – N.D. de Lourdes à Chavannaz – 15.VIII
066 – N.D. de Lourdes à Contamine Sarzin – 15.VIII
067 – St Clair à Dingy – L de la Fête Dieu
068 – St François de Sales à Thorens – 3e Dim VIII
069 – Bhreux Favre à St Jean de Sixt – 1er Dim VIII
070 – N.D. de la Salette à Feigeres – 15.VIII
071 – La Bénite Fontaine – 1er Dim IX
072 – N.D. des Evaux – Dim après 15.VIII
073 – N.D. des Crues – 1er Dim VIII
074 – N.D. de Saintange – 15.VIII
075 – N.D. de Peillonnex – 15.VIII
076 – N.D. de Lourdes à Onnion – 4e Dim VII
077 – Saint Jaccard à Onnion – 4e Dim IX
078 – N.D. des Grâces à Scionzier – 2e Dim IX
079 – N.D. du Mont Provent – 31.V
080 – Bhreux Ponce à Sixt – L de Pentecôte
081 – N.D. des Grâces à Sixt – 1ere sem VII
082 – N.D. du Lac à Servoz – Dim après Ascension
083 – N.D. de la Gorge – 15.VIII
084 – N.D. de Bonne Fontaine à Flumet – 2e Dim IX
085 – N.D. des Vertus – 15.VIII
086 – N.D. des Voirons – 15.VIII
087 – Calvaire de Miribel – Dim après 15.VIII
088 – N.D. de Chermont – 15.VIII
089 – N.D. des Vignes à Ballaison – 4e Dim VIII
090 – N.D. du Lac à Nernier – 15.VIII
091 – N.D. de Chavannex – 15.VIII
092 – St François de Sales aux Allinges – 2e Dim IX
093 – N.D. d'Hermone – 15.VIII
094 – N.D. de Nifflon – 1er Dim VIII
095 – N.D. des Mouilles à Bellevaux – 1er Dim VII
096 – Ste Anne à Marin – 26.VII
097 – N.D. des Sept Douleurs à St Paul – 3e Dim IX
098 – N.D. des Sept Douleurs à Feternes – 3e Dim IX
099 – St Guérin à St Jean d'Aulps – 4e Dim VIII
100 – N.D. des Mouilles aux Gets – VIII
101 – St François à Fion – 24.I
102 – N.D. de la Paraz – L de Pentecôte
103 – N.D. des Sept Douleurs – Plan de La Joux – 3e Dim IX

NOTRE DAME DES NEIGES

Unter allen Bergheiligtümern der Alpen zeichnet sich ein Ort durch Höhe und Würde besonders aus:

Rocciamelone
oder
Rochemolon bzw. Monte Romuleo

Knapp jenseits der französischen Grenze gelegen, aber zahlreich und häufig von Frankreich aus besucht, überragt und krönt er diese Vielzahl heiliger Stätten. Es ist der zweifellos höchste Wallfahrtsort der ganzen Alpen.
Er ist auch einer der ältesten Wallfahrtsorte der Alpen.
Für die Römer war der Rocciamelone der höchste Berg der Alpen.

Auf den Seiten 110 und 111 sind drei kleine Bergheiligtümer in Savoyen (französisch la Savoie, italienisch Savoie) dargestellt.

Auf *Seite 111* die kleine, unscheinbare „*Notre Dame des Neiges*", die Madonna im Schnee, knapp unterhalb der Tourismus-Retortenzentren rund um Val d'Isere. Neben den Bettenburgen und Nepp-Herbergen verkümmern diese kleinen Stätten der Frömmigkeit.

Seite 110 oben:
Nach vielen Steigungen ist der Col d'Iseran, mit 2 770 m einer der höchsten Alpenpässe erreicht. Dort wurde vor einigen Jahren die neue Wallfahrtsstätte errichtet: *Notre Dame de Toute Prudence á l'Iseran.* Von dort aus geht der Blick auf den Rocciamelone (3 538 m) mit der höchsten Wallfahrt der Alpen.

Seite 110 unten:
Vom Col d'Iseran geht es hinunter ins Maurienne-Tal, nach Bonneval und nach Bessans (1 720 m) mit der kleinen Wallfahrt *Notre Dame des Graces á Bessans.*
Schön und gediegen restauriert.

Im gesamten Altertum galt dieser Gipfel noch als der Höchste der Alpen. Schon vor den Römern war es der *Heilige Berg.* Für die Römer wurde er zum Monte *Romuleo.* Genau durch den Triumphbogen von Susa geht der Blick auf den Gipfel.
Am Hauptwallfahrtstag, das ist der 5. August, also *Maria Schnee* kommen Tausende von Pilgern aus dem Raum um Turin, aber auch aus Bessans und der gesamten Haute-Maurienne. Sie machen jedes Jahr diesen weiten Weg über die Gletscher. Im Jahre 1987 hat Abt Ponce, der damals 78-jährige Pfarrer von Bessans, die Wallfahrt angeführt.
Die vielen Berg-Kultstätten der Region stehen in einer langen Tradition. Viele sind selbstverständlich auch hier auf älteren Stätten der besonderen Verehrung erbaut, sind sozusagen „christianisiert".

Heilige Berge
Svete Gore

„Die slowenischen heiligen Berge begleitet oft die Volkssage, daß die Kirchen von den 'ajd' (Heiden) erbaut worden seien." („*Die Veneter*")

Überall in den slowenischen Berggebieten grüßen von den Höhen die Wallfahrtskirchen. Schon *Hoppe* schrieb in seinem alten, im Jahre 1903 erschienenen Werk über die Wallfahrten:

„Wo immer die Natur eine schön hervortretende Anhöhe bietet, baut der fromme Slowene eine Kirche hinauf ... weil er eben eine unausrottbare Neigung hat, auf hohe Berge Kirchen zu bauen."

Der *Magdalensberg* in Kärnten: ein besonderer Berg, ein *Heiliger* Berg, ein alter Kultberg, der Berg der Vierbergewallfahrt, der Berg mit dem berühmten Jüngling vom Magdalensberg, der Berg mit dem Kahnfahrer-Votiv (siehe Abbildung auf Seite 169), der Berg unserer Vorfahren, der Berg mit der Römerstadt.
Das ist auch ein Kraft- und Kulturzentrum besonderer Art.
Hier also beginnt die Vierberge-Wallfahrt, dieser *„Lauf"* von Berg zu Berg.
Wo einst *Mars Lotobius* verehrt wurde, wo die Römer beispielhafte Zentral- und Fußbodenheizungen eingeführt hatten, pilgern Wallfahrer hinauf, kommen Neugierige in Scharen, *Wurzelsucher* und andere.

Im Buch *„Die Veneter – unsere Vorfahren"* kommen die Autoren zur Erkenntnis, daß die zahlreichen Bergkirchen, die in vielen Fällen vorromanischen oder zumindest romanischen Ursprungs sein dürften, *„an den alten heidnischen Kultstätten errichtet"* wurden .
Herausragend der

Luschariberg:

„Wenn die Frühlingsblumen blühen,
Blickt der Kärntner auf zur Höh'
Zum Luschari muß ich ziehen
In die Muttergottesnäh.
Und er klimmt auf steilen Wegen
Froh zum Heiligtum hinauf,
Holt sich seiner Mutter Segen
Dort für seinen Lebenslauf."

Das alte Wallfahrtslied schwärmt. Der Autor Alfred Hoppe, ein Pfarrer in Ruhe, veröffentlicht 1913 das umfangreiche Werk *„Des Österreichers Wallfahrtsorte"* und schwärmt ebenfalls vom Luschariberg:

„Sei mir gegrüßt, du hoher, heiliger Berg, du stolzer Ruhm des Kärntnerlandes, du kostbares Juwel im Steingeschmeide der Julischen Alpen ... und darum, wenn wir dich heute rühmen und preisen, du prächtiger Berg, – nicht dich rühmen wir, nicht deiner eigenen Schönheit schallt unser Preislied, nein: Maria ist's, die wir grüßen, – sie alleine, die wir jubelnd preisen."

Gebetserhörungen
Von einer Lawine gerettet

In Tirol lebte eine fromme Frau, die zum Luschariberge eine ganz besondere Beziehung hatte; sie war schon sechzehnmal droben und sagte, obwohl sie mehrere Wallfahrtsorte kannte:

„Nirgends kann man so andächtig und innig beten, als auf dem Luschariberge."

Nun wurde das Haus dieser Frau im Jahre 1882 von einer Lawine gefährdet. Ein furchtbares Gewitter mit starken Regengüssen tobte die ganze Nacht hindurch; die Wildbäche schwollen an, Erdreich ablösend dröhnten die Lawinen mit unaufhaltsamer Wucht in die Tiefe und bedrohten auch jenes Haus gar sehr. Die fromme Tirolerin aber vertraute auf das Bild Unserer Lieben Frau vom Luschariberge, das in ihrem Zimmer hing und empfahl sich dem Schutze Mariens; das Bild, das sie stets so treu verehrt hatte, war ihr Hoffnungsstrahl. Und was geschah! Am nächsten Tage fand man, daß eine furchtbare Lawine, die unfehlbar das Grab des Hauses geworden wäre und deren Dröhnen man wohl vernommen hatte, gerade ober dem Haus von ihrere bisherigen Richtung abgewichen und seitwärts weiter niedergegangen war. Für dieses Abschwenken von der ursprünglichen Richtung war aber nach menschlichem Denken keinerlei Ursache zu finden. Die Tirolerin aber sagte: *„Das hat Unsere Liebe Frau vom Luschariberge getan!"*

Sachinformation: 13 000 bis 20 000 Kommunionen im Jahr.
Seehöhe: 1 789 m, 1 044 m über der Schnellzugstation Tarvis. Wegzeit von Tarvis: 3 1/2 Stunden.
In seiner umfangreichen, gründlichen, in der Beschreibung überaus färbigen und emotionellen Darstellung ordnet Hoppe die Wallfahrtsorte im Bereich der alten Monarchie peinlich genau nach *„Größe"* und Bedeutung.

Alpine Wallfahrtsorte, gemessen in merkwürdigen „Rekorden":

Statistische Daten, die Alfred *HOPPE* für sein 1913 erschienenes Wallfahrtsbuch herangezogen hat, sind die jährlichen Kommunionempfänge. Unter den Berg-Wallfahrten stehen in der ersten Reihe:

MARIAZELL/Steiermark
110 000 bis 130 000

ST. JOSEF OB CILLI/Jugoslawien
über 30 000

WEISSENSTEIN/Südtirol
20 000 bis 25 000

SONNTAGBERG/Niederösterreich
20 000 bis 22 000

RANKWEIL/Vorarlberg
20 000

MARIA LUGGAU/Kärnten
20 000

LUSCHARIBERG/Jugoslawien
12 000 bis 20 000

MARIA SAAL/Kärnten
12 000

MARIA KIRCHENTAL/Salzburg
11 000

FRAUENBERG bei Admont/Steiermark
8 000

TRENS/Südtirol
8 000

MARIAHILFERBERG/Niederösterreich
7 000

KALTENBRUNN/Tirol
4 000 bis 5 000

MARIA WALDRAST/Tirol
4 000 bis 5 000

MARIA SCHUTZ/Niederösterreich
4 000 bis 5 000

MARIA BILDSTEIN/Vorarlberg
4 000 bis 5 000

ABSAM/Tirol
3 000 bis 4 000

MARIASTEIN/Tirol
3 500

ST. GEORGENBERG/Tirol
1 600

HAFNERBERG/Niederösterreich
1 200

SAN ROMEDIO/Italien
1 000

Der Vierbergelauf

Alpiner Wettlauf und älteste Bergkulte in Kärnten

Jetzt ist daraus ein medienwirksames Spektakel geworden, umworben und aufbereitet von immer mehr TV-Anstalten.
Jetzt ist daraus ein rekordverdächtiger Hit geworden mit preisgekrönten Fitläufern, Rennfanatikern und Langstrecken-Trainern.
Es ist ansatzweise noch immer der uralte Ritus geblieben, durchgeführt von unentwegten Frommen aus dem Kärntner Land.

Der Weg des Vierbergelaufs

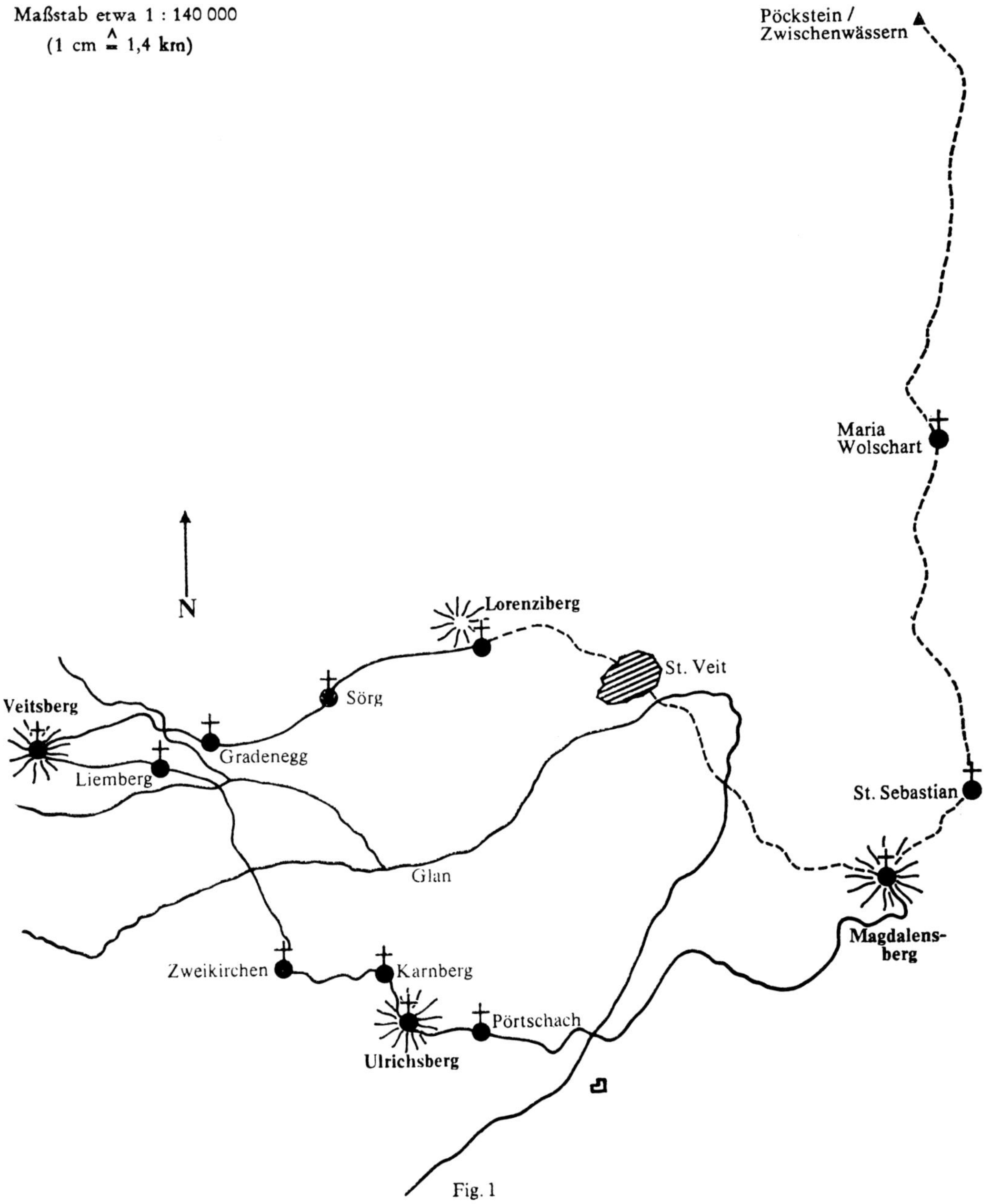

Fig. 1

Die weitum berühmte Wallfahrt ist der

„Vierbergelauf"

jeweils am 2. Freitag nach Ostern vom *Magdalensberg* zum *Lorenziberg*, weiter zum *Veitsberg* und schließlich zum *Ulrichsberg*.
Manche Experten und vor allem die Volksmeinung halten diesen Lauf für die *Älteste Wallfahrt der Welt*.
Seit Jahrtausenden ziehen die Wallfahrer im Dauerlauf von einem Berg zum anderen. *„Jahrtausende ziehen mit uns"*, schrieb dazu Bertl *Petrei* in seinem 1962 erschienenen Buch mit gleichem Titel.
Der bundesdeutsche Wissenschaftler Helge *Gerndt*, der derzeit den Volkskunde-Lehrstuhles in München innehat und Vorsitzender der Deutschen Gesellschaft für Volkskunde ist, hat 1973 den *Vierbergelauf* beschrieben, recht rationalistisch, den uralten Kult etlicher Phantasien und Volks-Urtümlichkeiten beraubend.
Helge *Gerndt* bekennt aber in der Vorbemerkung:

„Zu den bemerkenswertesten Erscheinungen der alpenländischen Volkskultur zählt ein Brauch, der sich alljährlich am zweiten Freitag nach Ostern in Mittelkärnten vollzieht. Eine Gruppe von Leuten, die in den 1960er Jahren durchschnittlich 120 Personen umfaßte, besucht in 17 Stunden, von Mitternacht bis in den Abend, auf richtungsbestimmtem Wege jeweils vier jeweils etwa 1 000 Meter hohe Berggipfel.
Viele Teilnehmer sammeln dabei auf den Bergen ganz bestimmte Grünpflanzen, einige tauschen mitgebrachtes Korn gegen geweihtes aus, und fast alle verrichten dort und in mehreren Kirchen am Wege religiöse Andachten. Auf häufig sehr beschwerlichen Pfaden werden bei diesem 'Vierbergelauf' nahezu 50 Kilometer zurückgelegt."

Warum ziehen hier seit Jahrhunderten, vielleicht seit Jahrtausenden die Menschen im Dauerlauf von einem Berg zum anderen?
Warum ziehen sie hinter einem grüngeschmückten Kreuz, aber ohne Pfarrer?
Warum ziehen sie dabei einen großen Kreis über die Talregion zu Füßen?
Warum findet das alles in der uralten Kultur- und Kultlandschaft des Zollfeldes, in der nächsten Nähe von Maria *Saal*, vom *Herzogstuhl* und der wichtigen Stätte auf dem Magdalensberg, statt?
Wird der *Vierbergelauf* als touristisch-medienwirksames Spitzenereignis der *„toten Saison"* zugrundegerichtet?
Wird der uralte *Vierbergelauf* stärker sein als alle Vereinnahmungs- und Abtötungsversuche?
Es bleibt ein faszinierendes Ereignis, eine geheimnisvolle, in vielen Elementen überaus wichtige Handlung. Vielleicht wird der Zug der Zeit gar noch mehr zur Aufwertung und damit zum Rummel beitragen.
Die vier Berge werden es überstehen.

Zu den Seiten 118 und 119:
Überall scheinen einander die Bilder frommer Pilger zu gleichen. Traditionelle Religiösität im *Veltlin* (Seite 118) und beim Vierbergelauf in *Kärnten* (Seite 119). Beide Male sind es alte Männer, würdige Vertreter alter Gläubigkeit, beide Male mit Vortragskreuzen und frommen Gebeten.

Junge „*VIERBERGER*", möglicherweise als Fit-Läufer oder doch in frommer Absicht, treffen mit älteren „*Vierbergern*" zusammen ...hier nicht gestört durch Fernsehen und gestellte Aufnahmen für TV-gerechte Darbietung durch Sensationslüsterne Reporter.

Links oben:
Wenn Pilgergruppen, also „*Vierberger*" aus zwei Orten zusammentreffen, halten die Kreuzträger die Vortragskreuze zur Begrüßung aneinander.

Links unten:
Immer zahlreicher strömen die „*Vierberger*" zu ihren vier Heiligen Bergen. Die Fachleute können nicht feststellen, wie alt dieser berühmte *VIERBERGELAUF* in Kärnten ist. In dieser heutigen Form ist er christlich, kann aber in ganz alte, sicher vorrömische Zeiten zurückreichen.

Bodo Hell

„ … hier hält man kurze Rast, zieht das Jausenbrot hervor, am Fuß des ersten Berges angekommen, vor den dunklen Waldflanken, Hangmuster durch Holzschläge von Jahr zu Jahr verändert, einer wirft dem andern einen Apfel hin, reicht die Schnapsflasche weiter, GEGRÜSSET SEIST DU MARIA VOLL DER GNADE/DER HERR IST MIT DIR/DU BIST GEBENEDEIT UNTER DEN FRAUEN/ UND GEBENEDEIT IST DIE FRUCHT DEINES LEIBES JESU/DER FÜR UNS BLUT GESCHWITZT HAT, man geht nicht zum Mosttrinken hinein, der Kläffhund an der Kette ist verschwunden, zwei weiße Ponies stehen hochträchtig im Garten, beiderseits mit Packtaschen bepackt, alter Mann stößt Scheibtruhe bergauf, die Flammen des Abfallfeuers lodern hell empor, ohne große Rauchentwicklung, der Obstgarten dahinter ist gut zu sehen, jetzt fährt die alte Frau mit einer Scheibtruhe heraus, wird gegrüßt, säender Landmann vor Maria Saal, das Wandbild ist in gutem Zustand, schwarzbunte Kälber stehen wie an die Hauswand gelehnt, hinter kahlen Birnbäumen, die langen Zaunstangen ragen weit über den Traktoranhänger hinaus, neben den frischgebohrten Löchern für die Stempen ist das Erdreich aufgehäufelt, in kleinen dunklen Kegeln, ROUND TABLE, eine Tafel am Haupthaus des Gestüts, man bittet um nichts, was einem nicht gegeben wird, HEILIGE MARIA MUTTER GOTTES/BITTE FÜR UNS SÜNDER/JETZT UND IN DER STUNDE UNSERES TODES AMEN, drüben an der Straße wartet eine kleine Gruppe, beim unscheinbaren Holzkreuz, zu den sieben Schmerzen Mariens, man begrüßt sich mit Handschlag, ist ordentlich gekleidet, hat noch keinen Staub auf den Schuhen, der Herr trägt eine schöne Hirschhornrosette auf der Brust, ein guter Rat: nicht mit neuen Schuhen gehen, die harten Nähte an den Hosenbeinen reiben die Haut der Oberschenkel wund, es wird schon bei der ersten Rast bemerkt, … kurz vor den Krappfeldern und Metnitztalern kommen die Leute aus Sörg auf der Gipfelwiese an, man geht gemeinsam betend das letzte Stück zur Kirche hinauf, läuft dreimal um den Bau herum, im Uhrzeigersinn, links hinter den Hochaltar zurück, rechts wieder heraus, das Opfergeld liegt in der dafür bereitgestellten Tasse auf dem Tisch, VERSCHONE UNS O HERR, ERHÖRE UNS O HERR, ERBARME DICH UNSER O HERR, Weihwasser für den ganzen Weg vorhanden, vom Herrn Pfarrer in Kanister abgefüllt, alle Räume des Berggasthofes sind bis zum letzten Platz mit Wartenden besetzt, unbeirrt vom Zustrom der Besucher geht der Vorbeter mit seinen Gehilfen unter dem Kreuzweg an der Kirchenwand entlang, zur vierzehnten Station, SEI MIT MU-UND UND HERZ VERE-EHRET, KREUZSTAMM CHRISTI-I, MEINES HERRN, jemand, den man in Zivilkleidung für einen Gendarmeriekommandanten hätte halten können, zelebriert im pelzbesetzten Priesterrock mit überlauter Stimme die Mitternachtsmesse, die Heilige Kommunion wird vorne und am rechten Pfeilaltar ausgeteilt, eine Filmleuchte bleibt die ganze Zeit über eingeschaltet, nach dem Ite-missa-est stockt die Bewegung vor der engen Kirchentür, Knöpfe in die Knopflöcher, Reißverschlüsse zu, jeder kann nur einzeln ins Freie gelangen, aus der warmen Menschenmenge in die kalte Nacht hinaus, gleich ist schwarz der Himmel offen, rotes Feuerwehrauto samt Besatzung steht nahe am Kirchenschiff, jetzt darf der Körper wieder in Bewegung sein, läuft wie von selbst den Hang hinunter, WIE ES WAR IM ANFANG SO AUCH JETZT UND ALLE ZEIT UND IN EWIGKEIT

Amen, die Vorbeiziehenden nehmen Feuer von den Wartenden auf, den Widerschein der Fackeln im Gesicht, die Kreuzträger sind weit voraus, Sonnenaufgang infolge Sommerzeit verschoben, Unser tägliches Brot gib uns heute/und vergib uns unsere Schuld/wie auch wir vergeben unseren Schuldigern/und führe uns nicht in Versuchung … ohne besondere Absprache treffen sich die Wallfahrer jeweils am zweiten Freitag nach Osten zum Lauf über die vier Berge, die das Zollfeld und das Glantal umstehen, die Sörger sind in Sörg angekommen, man verabschiedet sich bis zum nächsten Jahr, jeder Läufer beginnt den Lauf an seinem eigenen Ausgangspunkt, der Bauer verläßt den Hof und tritt auf die Straße hinaus, der Städter hastet das Stiegenhaus hinunter, der Bahnreisende tritt aus dem Bahnhofsgebäude, der Autofahrer schlägt die Autotür zu, der schöne Ort lädt zum Verweilen ein, am überdachten Marktstand wird Zuckerwerk verkauft, man reißt sich schnell los und tritt den Weiterweg an, auf der engen Hauptstraße kommt der Postbus entgegen, die schwankenden Gestalten weichen an den Straßenrand aus, der Bus wirbelt eine Staubwolke auf, man zweigt zum Anger links ab und stapft den Zaun entlang zum Waldrand hinauf, kommt an einem verwunschenen Wiesenstück vorbei, Felsblöcke vollständig von Gras überwachsen, man kämpft gegen den Sturmwind an, mit festem Schritt, zieht den Hut tiefer in die Stirn, einmal muß der letzte Anstieg sein, man wartet hinter den Kreuzträgern zusammen und zieht dann geschlossen in die Kapelle ein, der Wiesenbuckel vor der Kirche ist bis auf den letzten Platz von Lagernden besetzt, es kracht aus einem Militärsprechfunkgerät, auf dem Mauersockel vor dem Kircheneingang sind Wacholderzweige bereitgelegt, man steuert im Gedränge darauf zu, fischt sich einen Ast heraus, wirft eine Münze in den Korb, legt einen Geldschein auf den Teller, über dem Bild des heiligen Laurentius, der seinen Marterrost in der Hand hält, sieht man ein freistehendes Herz, in dem drei große Nägel stecken, der herbeigeeilte Priester stimmt das Te Deum an, alle fallen in den Lobgesang ein …"

(aus: *Droschl*, 666 Erzählungen, 1987)

Maria Brettfall in *Tirol* am Eingang in das Zillertal.

Eine andere Form religiöser Demonstration und eines Bekenntnisses in der Öffentlichkeit – im Tourismusrummel höchst fragwürdiges Folkloregetümmel und Show – sind die Prozessionen vor allem zu Fronleichnam in *Heiligenblut*/Kärnten.

Wallfahrt I.

In der Herrgottsfrühe sind siebzig Dörfler
Hinaufgepilgert
Zum Heiligen Wasser hinter der letzten Kurve
Kein Kreuz geht ihnen voran
Sie beten
Sie schweigen trauernd zwei Stunden bergauf
Siebzig arme Seelen
Dörfler in der größten Heunot
Beten um das Heu für ihre Kälber und Kühe
Im Sommer alles verregnet
Dreimal im Sommer der weiße Totenschnee
Über den Feldern
Die Ernte verflucht
Kein Kreuz tragen ihre Pfarrer und
Ministranten voran
Alles ist viel älter
Sie beten auch nicht wie es ihnen gelehrt
Worden ist
Niemand betet
Alle siebzig Dörfler schweigen
Atmen kurz durch, wischen den Schweiß von der Stirn
Die letzten Höhenmeter zum Denkmal
Am Heiligen Wasser
In den Bergen
Keine einzige Träne
Nur stumme harte verzweifelte rachsüchtige Trauer
Und die Not im Stall
Alle Dörfler nehmen sich bei den Händen
Rundherum der allergrößte Steintisch der Berge
Tanzen schweigend
Vergessen die Tränen zu trocknen
Das Bergheu für die Kühe
Die Milch vertrocknet der Butterkübel leer
Die Hände leer
Vom Heiligen Wasser trinken, die Augen waschen,
Die Not wegwischen
Sieben Stunden still verharren und warten
Warten auf die Tränen die sie heuer verloren haben
An Heiligen Wassern
Die Kraft
Die kleine Hoffnung
Und zurück ins Dorf hinter den vielen Steinen
Und Mauern …
(Hans *Haid*)

Wallfahrt II.

sie bewegten sich
zwischen den preiselbeerstauden
den anhöhen zu
alpenrosen am weg abreißen
einen roten blutbuschen
hinter dem letzten rücken
schweißgebadet
sie waren daran gewöhnt
die drangsal der berge
die seltenen kräuter
von der alten Weisheit
geerbt
viele Tage im Sturm
ausgeharrt
hinter den felsen
einige zugrundegerichtet vertrocknet
im nächsten herbst die gerippe
zum trocknen
aus den leeren augenhöhlen die bergangst
trauer
seltene Kräuter zum überleben
das eis berührt die wunden geheilt
den Kultplatz errichtet
steinhaufen geschlichtet
dreimal herumgehen
schweigen
die Sippe bewahrt das andenken
heimlich gehen sie über die
Anhöhen der herrlichen Berge
opfern
sterben
warten
vertrocknen mit den Tränen
dieser Hohen Berge
und bleiben in diesen drinnen
immerwährend zum
Angedenken an dieser Heiligen Stätte
des grauens und der hoffnung …
(Hans *Haid*)

rechts:
Die Ausgesetztheit bedrückt. Katastrophen reichen zur Haustüre herein. Das Eis ist allgegenwärtig. Das drohende Eis bricht ab und verwüstet die Felder.
Die Dorfbewohner beten und fluchen.
Ihre Ausgesetztheit ist mit keinem anderen Bergdorf der Alpen vergleichbar.
Überaus bedroht unter den Eismassen, die vom 3 779 m hohen Mt. Pourri in den savoyischen Alpen herabstürzen, erleben sie ihre extreme Bedrohung – diese wenigen Menschen, die hier ausgeharrt haben im kleinen Bergdorf *La Gurraz*, gar nicht weit vom anderen Extrem entfernt, von diesem Tourismusmonster Val d'Isere.
Bedrohung und Angst da wie dort.
Einmal menschenverschuldet, einmal naturgegeben …

Der LUSCHARIBERG, ein *„svete Gore"*, ein Heiliger Berg, hoch über Tarvis in Slowenien, auf 1 789 m. Ein gemeinsamer Heiliger Berg der deutschsprachigen und der slowenischen Bevölkerung. Ein Ort friedlicher Begegnung, über nationalistische Streitigkeiten hinweg.

Die Wallfahrt im Schnee des Luschariberges (siehe oben) und im Kontrast (rechts) die erhabene Kirche im WALD-Raum, die Kirche zum Heiligen Jakob dem Älteren in Strassen/Osttirol.

Wir pilgern nach *Castelmagno* in den südpiemontesischen Alpen, am Talende des *Val Grana*, hinauf bis auf 1 760 m. Der Ort ist schon seit frühester Zeit frequentiert. Reste megalithischer Bauten am Colle del Mulo sind ebenfalls hier zu finden wie ein römerzeitlicher Marstempel. Am Fuße des Berges wurde eine römische Totenstadt aus der Zeit um 300 n. Chr. entdeckt.
San Magno wird hier verehrt, der Heilige *Magnus*, ein alter Viehpatron.
1475 soll das erste christliche Kirchlein erbaut worden sein. 1703 erfolgte eine Erweiterung. Der großzügige Laubengang stammt aus der Zeit um 1880.
Am St. Magnus-Tag, das ist der 19. August, strömen die Pilger zum hochgelegenen Heiligtum, einem der wichtigsten im Piemont.
Vergleiche auch die Abbildung auf Seite 128.

Dieses überregional bedeutende Heiligtum *Castelmagno* in den piemontesischen Bergen hat den blauen Himmel der abertausend Sterne über sich. Die frommen Pilger schauen empor und müssen dem Himmel näherkommen.

San *Giorgio* di Valpolicella in der Nähe des Gardasees gilt als uraltes Heiligtum mit Spuren, weit älter als Urkunden und römische Kultur offenbaren.
Rundum sind eine Fülle von Schalensteinen, von Felsritzungen, in den Fels gemeißelten Labyrinten zu entdecken.

Notre Dame de la *Fontaines* in der Nähe des berühmten Monte *Bego* mit den mehr als 40 000 Felszeichnungen ist eine ganz besondere Stätte. Dort wird die Madonna zu den *Sieben Quellen* verehrt.

Innen ist die Kirche reichlich und überaus großzügig ausgemalt. Die Fresken von 1492 sind in ihrer Erzählkunst und von den Themen her beeindruckend. Gianni *Bodini* nannte sie die *„sixtinische Kapelle der Alpen"*.

Da weiße Lotta …
De wos eam gsegn hobnt
homs nocha sölba nit geglabt
Beim Oxnkreiz
wonn da Bamboat noß in Nebl
einigwoxn is
und de Luft so gleim
zommgedruckt woa
mit de Feichtn
hintan Ongazaun
De wos eam gsegn hobnt
hobnt nocha lei vom 'weißn Lotta' gredet
dawal duach senare Augn
mit da groaßn Ongst
de Neblschwodn duachgezogn san
Wonna im Schtodltoa
aufamol voa senen gschtondn is
Lei sölba hots kana glabn gwollt
von de wos eam gsegn hobnt
bis nocha wos gschegn is
beim Viech oda im Rausch
und nit söltn einwendig drin
in an Menschn
dem de Ongst mit de Neblschwodn
duach de Augn ziagt
dawal da Bamboat schwar voll Nässn
vom Oxnkreiz gwoxn is …
(Bernhard C. *Bünker*)

rechts:
Das unheimliche Wesen von *Burgeis* im oberen Vintschgau, in der Pfarrkirche, das geheimnisvolle Wesen mit den angstmachenden Augen, den verschlingenden Armen und den sechs Fingern auf der einen Hand.

Spezialitäten aus Bayern

Es existiert nicht nur das Kloster *ANDECHS* mit seinem *HEILIGEN BERG*, seiner computergesteuerten Brauerei und der krachledernen Frömmlerei. Kurfürst Maximilian I. von Bayern hat anno 1616 eine überlebensgroße Statue der Hl. Maria als Königin mit Szepter und Krone anfertigen und über dem Haupteingang der Residenz anbringen lassen. Maria als Herrscherin ist dieses Sinnbild der Macht, in dessen himmlischen Schatten sich der weltliche Herrscher gerne sonnen wollte. Also hat der *„gottselige Kurfürst"* das Bildnis als *„Patrone Boiariae"* feiern lassen und damit das unausrottbare Image der Bavaria Sancta und der Naabtalschen *„Patrona Bavaria"* festigen lassen.
Kult und Lederhose, Schmalz und Schlager bis hinein in die leidige Verbindung Herrschaft-Bayerntum-Madonna. Barokkes Wallfahren hat diese bayrische, hat die österreichische Volksfrömmigkeit bis in die Gegenwart geprägt. Prachtentfaltung und Frömmigkeit schienen und scheinen eng verbunden zu sein, wie es auf diese Weise wohl nirgendwo in den Alpen so ausgeprägt ist.
40 Prozent der im bayrischen Wallfahrtsbuch beschriebenen 128 Marienwallfahrten sind zwischen 1650 und 1700 entstanden.

Wallfahrt als Machtinstrument:
Während die Salzburger Bischöfe die protestantischen Gläubigen aus dem Land verjagten, setzten die Fürstpröbste von Berchtesgaden die Wallfahrt ein, um zu ihren politisch-religiösen Zielen zu gelangen. Salinenarbeiter waren überall aufsässig geworden. *„In Scheffau weigerten sie sich noch in den zwanziger Jahren des 18. Jahrhunderts, Vernunft und den katholischen Glauben anzunehmen, katholische Salinenarbeiter gab es aber keine. Die Franziskaner schufen nun mehrere Wallfahrten: ETTENBERG, KUNTERWEG und MARIA GERN. Wallfahrt wurde den Salinenarbeitern als Pflicht auferlegt, wer nicht mitmachte, wurde mit schweren Strafen belegt. Auch das Versäumen des sonntäglichen Gottesdienstes wurde unter Strafe gestellt, und wer 'freventliche Reden gegen die Muttergottes' von sich gegeben hatte, mußte nach dem Gottesdienst vor der Gemeinde mit ausgestreckten Armen die lauretanische Litanei beten."*

Bier und Wallfahrt Blut und Tränen

An vielen wichtigen Wallfahrtsorten in Bayern – nicht nur in Andechs – sind Brauereien angesiedelt, im östlichen Oberbayern in *DORFEN, ST. WOLFGANG, ERDING, GARS, HALFING*. *„In Altötting hat die Brauerei Held fünf Minuten vom Kapellenplatz ihren prächtigen Biergarten unter alten Roßkastanien ..." (HÖLLHUBER/KAUL)*

Überall in katholischen Landen, vorzugsweise aber auch in Bayern, lassen sich Wallfahrten auf weinende und blutende Madonnen zurückführen. Weinen und Bluten gibt es in *NEUKIRCHEN* beim *HEILIGEN BLUT* (1450), in *REE* in den Tessiner Alpen (1494), *LA SALETTE* (1846), und *HEILIGKREUZ* bei Kempten. Es blutet die Madonna, es blutet der Stein, es blutet die Christusfigur.

Salz & Kult

Daß ich im folgenden Kapitel dem *Salz* und dem damit verbundenen Kult eine solche Bedeutung beimesse und recht ausführlich über Kultformen schreibe, die offenbar wenig mit dem Salz zu tun haben, hängt mit mehreren Fakten zusammen.
Erstens erscheint im Zusammenhang mit dem *Salz* in den Alpen die erste alpenumfassende Kultur in der Geschichte der Alpenländer. Kennzeichnend dafür ist die *Hallstatt*-Kultur.
Zweitens kommt mir aufgrund meiner Forschungen und Vergleiche mit anderen Zeit- und Kulturepochen in der alten und ältesten nachweisbaren Kultur des Alpenraumes vor, daß es vorher und bis herauf ins Mittelalter nie eine solche Fülle an kultisch geprägten Äußerungen gegeben hat. Keine vergleichbare Zeit kündet von so wenig Krieg und Schlachten und dafür von soviel Kultgaben, Kultgegenständen und Musik-Darstellungen.
Drittens haben wir es mit einer Zeit- und Kulturepoche zu tun, die vieles an unserer heutigen Kultur entscheidend mitgeprägt hat. Salz-Regionen der Alpen sind heute ganz wesentliche und aktuell-lebendige Kultur-Landschaften, denken wir nur an das *Salzkammergut* und das *Berchtesgadnerland*. Gerade dort liegen Zentren der lebendigsten Volkskultur und Tradition. Mit teilweise ungebrochener Tradition durch Jahrtausende.

Seit über 4 000 Jahren wird in Hallstatt am gleichnamigen See, im Herzen des *Salz*-Kammergutes das Salz abgebaut. Also gibt es hier und anderswo in den Alpen die 4 000 Jahre alte *Salz*-Kultur. Dieses für Mensch und Lebewesen so notwendige, überlebensnotwendige *„weiße Gold"* hat ganze Geschichts- und Kulturepochen der Menschen bestimmt.
Immer hat es aufgrund der salzigen Lebensnotwendigkeiten auch das menschliche Gerangel und den Kampf ums Salz gegeben. Schließlich hat es nicht *„Privaten"* gehört, sondern wie im Mittelalter den Klöstern und schließlich den Landesherren; allerneuestens ist es Staatsmonopol.
Der Werdegang von Salz und Salzabbau in den inneralpinen Ländern ist sehr eng mit der inneralpinen *Kultur* verbunden. Dieses der Menschheit schon seit Urzeiten unentbehrliche Salz hat durch den kleinen Ort *Hallstatt* einer vierhundert Jahre dauernden Epoche den Namen gegeben. Unter der „*Hallstatt*-Zeit" verstehen wir die für ganz Europa wichtige Zeit zwischen 950 und 400 vor Christus. Es könnte, sagen viele Kenner und Experten, auch *Hallein*-Zeit heißen, denn das bei Salzburg gelegene Hallein wäre eigentlich bedeutender gewesen.
Das an den steilen Felsen gelehnte Hallstatt am gleichnamigen See des Salzkammergutes hat große Geschichte ge-

macht. Nicht nur wegen der Namensgebung. Das *„weiße Gold"* der Alpen wurde dort gewonnen, seit nunmehr über 4 000 Jahren, wo die Bergwelt zwischen Seen und Felsen am meisten zusammengedrückt schien. Dazu bekennt der große Hallstatt- und Salzkultur-Forscher Friedrich *MORTON* aus diesem Bergnest Hallstatt:

„In Wirklichkeit war Hallstatt nicht am Ende der Welt, sondern einer der Mittelpunkte der damaligen europäischen Welt."

Hallstatt – mitsamt dem gar nicht weniger berühmten Hallein und seinem Dürnberg – kann sich rühmen, Mittelpunkt einer durchaus friedlichen Kultur-Welt gewesen zu sein.
Fast wie ein geistiges Nervenzentrum, an dem Handelsströme und Kulturen sich kreuzten, wo die wichtigsten Handelswege des damaligen Mitteleuropa zusammentrafen. Von hier weg wurde wertvolles Salz durch mehrere hundert Kilometer, teils leichter, teils überaus beschwerlich über hohe Jöcher, gefährliche Pässe, durch schier unpassierbare Schluchten transportiert.
Von hier weg und nach hierher zogen Händler mit wertvollen Produkten durch die Länder, handelten und tauschten. Hier kamen die neuesten Schmuckkollektionen der damaligen Welt zusammen, hier fanden sich reiche Spezereihändler aus Venedig und dem Nahen Osten ein, hier hatten die scheinbar hinterwäldlerischen Salzkammergutler die große Welt des Schmuckes, der Geschmeide der neuesten Goldschmiedekreationen vor sich, in ihren Häusern und Villen.
Es war offenbar ein schönes Leben. Denn diese Salzproduzenten, diese Salzhändler und Kulturträger waren friedliche Menschen. Waren die allermeisten Epochen überwiegend oder gar ausschließlich kriegerisch geprägt, so schien es bei den Salzleuten anders gewesen zu sein.
Der *FRIEDE* und die *KULTUR* waren die einzigartigen Leistungen der Epoche.
Selbstverständlich waren es nicht ausschließlich die Salzvorkommen und der Handel mit dem *„weißen Gold"*, das Entdecker, Händler, Abenteurer in die Bergregionen zog. Es waren auch die Metalle, die Suche nach Eisen und Kupfer, nach den glänzenden Rohstoffen dieser und anderer Epochen der Menschheit. Ganz selten wird es die Suche nach einem Gelobten Land gewesen sein. Diese Suche wäre nur in den allergeringsten Fällen und nur sehr kleinräumig erfolgreich gewesen. Vielleicht im Tal von *SUSA*, im unteren *WALLIS*, im *AOSTA*-Tal oder in Teilen des *VINTSCHGAU*.

oben:
Die Barbarakapelle im Salzbergwerk von *ALT-AUSSEE* im steirischen Salzkammergut.

unten:
Am Ursprung der *AUSSEER* Heilquelle.

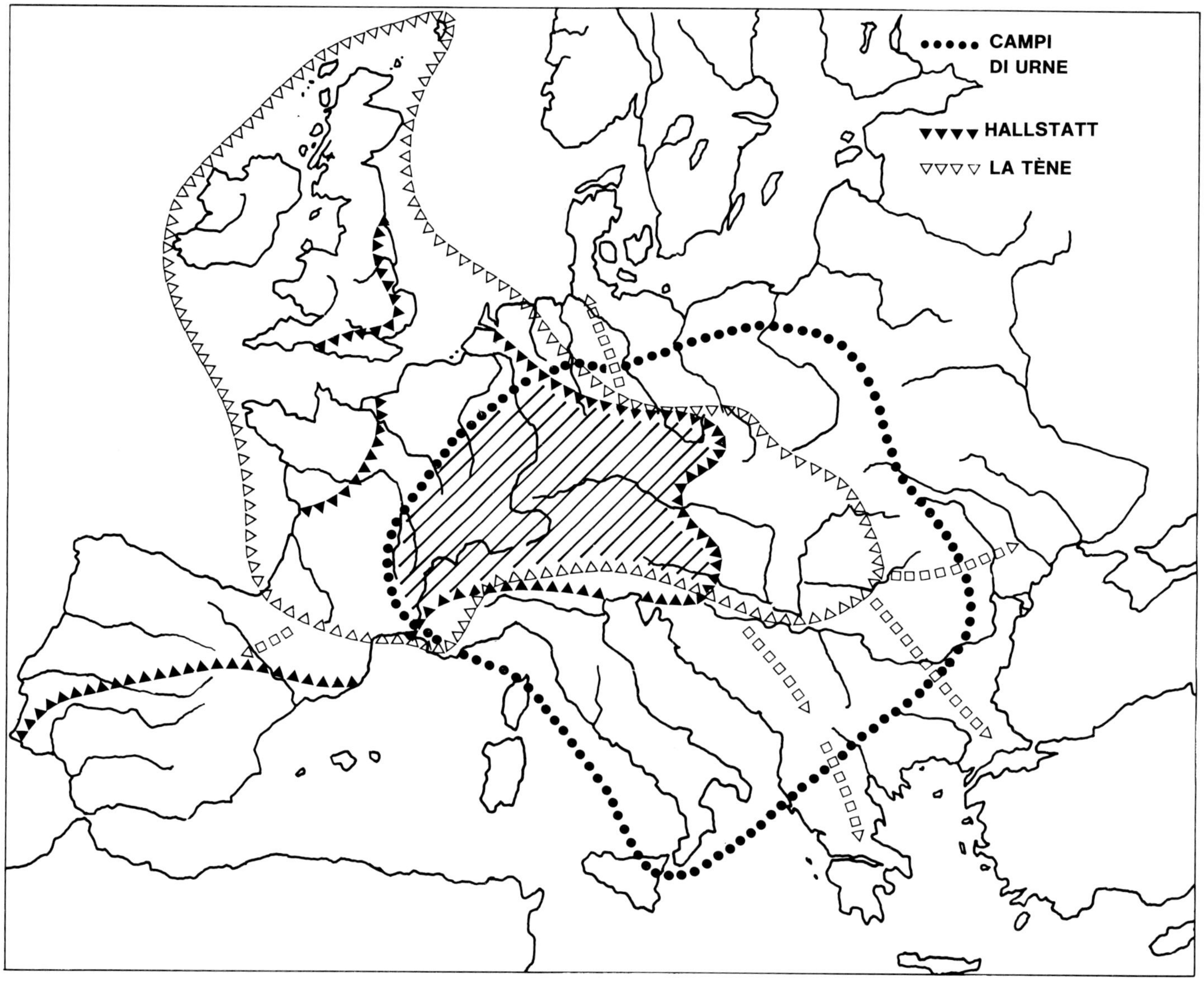

Reichweite und Ausdehnung der
URNENFELDER – Kultur (Campi di urne), ca. 1 100 – 99 v. Chr.
HALLSTATT – Kultur, ca. 950 – 400 v. Chr.
LA TÈNE – Kultur, ca. 450 – 300(?) v. Chr.

Vor allem die Hallstatt-Kultur hat den gesamten Alpenraum umfaßt und kann als kulturelles Bindeglied gelten: weitgehend durch das Salz und den Handel geprägt.

Salz war viel leichter aus dem Meer zu gewinnen, durch Verdunstung der Salzwässer. Von reich gewordenen Salzstädten an der Adria kam – als Konkurrenz zum Bergsalz – immer das billigere Meersalz in den Handel.
Umso erstaunlicher ist die überragende Bedeutung des Salzes für *„KULT & KULTUR"* im Alpenraum.
Einige der wichtigsten Handelswege durch die Alpen waren vom Salz geprägt. An einigen dieser Salzwege und Salzstraßen treffen wir die auffallendste Häufung von archaischen Kult- und Kulturstätten.

Schalensteine & Felszeichnungen

sind fast überall dort zu finden, wo bedeutende Salzhandelswege vorbeiführten. Das ist so von der Ligurischen Küste bis nach Genf, also von Genua bis an den Genfer See. Das ist ebenso zu sagen von den Salzsteigen durch das *„Tote Gebirge"*, wo unter anderem *„in der Höll"* bedeutende Felszeichen und Felsritzungen aufgefunden wurden. Noch deutlicher scheint es so zu sein bei der *„Notgasse"* im Salzkammergut, direkt an einem uralten Salzweg gelegen.
Dem aus Oberösterreich stammenden Forscher Ernst Burgstaller gebührt das große Verdienst, die innerösterreichische Alpenwelt durch seine Felsbildforschungen geschichtlich, vor allem kulturgeschichtlich, auf einen der ersten Plätze gerückt zu haben. Es steht mir nicht zu, die unbeweisbaren und unbewiesenen Zusammenhänge zwischen Salz und Felsbildern so mutig zu behaupten. Ich stelle dennoch den unmittelbaren Zusammenhang her. Einmal ziehe ich den Vergleich mit der berühmten Salzstraße von Genua nach Genf heran und dann die zeitliche Einordnung der Felsbilder. Ich vergleiche alpenweit und komme zum Ergebnis, daß sich die größte Häufung an Felsbildern, Felsritzungen oder Felszeichnungen (incisione rupestri) dort zeigt, wo alte Salzwege verlaufen. Alte Salzwege folgen selbstverständlich alten Alpenquerungen und Transitrouten. Aber die kulturelle Aufwertung der Wege kommt vielfach durch das Salz. Sicherlich ebenso bedeutsam durch die Tauschprodukte mit dem Salz: Bernstein, Schmuck und Geschmeide. Mit der Salzkultur sind die Felsbilder *„die ersten Zeugnisse für die über die Alpen hinwegführende Kulturbrücke, die die bisher so isolierten großen Fundgebiete von Felsbildern in Nord- und Südeuropa miteinander verbindet" (BURGSTALLER).*
Somit ist dieser Teil der Alpen, bedingt durch Salz und Felsbilder, eine der ersten Kulturregionen alpiner Frühzeit, beinahe ebenbürtig mit Monte Bego, Pinerolo, Veltlin, Surselva, Val Camonica und Vintschgau.
Für uns heutige Menschen erscheint es höchst erstaunlich, wie intensiv und auf wie weite Strecken gehandelt, getauscht und gewandert wurde, über wie weite Strecken Händler und Reisende, Wallfahrer und Abenteurer mit anderen Reisenden, Wallfahrern, Händlern lebendige Kontakte hatten. Der lebhafte Austausch brachte den lebendigen Kulturkontakt.

An den alten Salzstraßen finden sich auffallend viele Kultplätze und Kultobjekte, Schalensteine, Menhire, Felszeichnungen und sonstige Funde. Diese Straßen folgten vielfach noch älteren Routen und können als Kulturwege durch die Alpen bezeichnet werden.
Ein Beispiel aus *Ligurien:* eine außergewöhnlich tiefe Schale mit Abflußrinne an einem Schalenstein in der Nähe vom Mezzaluna-Paß.

Sehr ähnlich ist dazu der Schalenstein, ebenfalls mit einer Abflußrinne, an der Außenmauer der *St. Leonhard*-Kirche von Bad Aussee im steirischen Salzkammergut. Hier führte eine alte Salzstraße vorbei. Die Fuhrleute opferten hier und legten eine Rast ein. Nach der Sage soll an diesem Stein die Hl. Maria gerastet haben. Der harte Fels gab nach und erhielt eine körpergerechte Vertiefung.

Die Hallstatt-Zeit

Die Hallstatt-Zeit zwischen 950 und 400 v. Chr. war die nachweisbar

erste und umfassende alpine Kultur

von der Donau bis zur Ligurischen Küste, durch die ganze Schweiz hindurch und bis ins heutige Savoyen hinein. Der Handel machte es möglich. Die einheitlich friedliche Waffe „*weißes Gold*" machte es möglich. Die lebhaften Handelsbeziehungen und wahrscheinlich eine gut funktionierende Sprachbrücke machten es möglich. Mittelpunkt der Hallstatt-Kultur waren die Ostalpen. Diese Kultur übte somit einen starken Einfluß auf die gesamte mitteleuropäische Umgebung aus.

Nach zuverlässigen Deutungen ging diese Kultur schrittweise aus anderen Kulturen hervor. Am stärksten wurde die Hallstatt-Kultur von der

Urnenfelder-Kultur

geprägt.

Wer waren die Träger der beiden Kulturen? Wie alpin-eigenständig konnten diese Kulturen entstehen?

Ganz sicher spielten Einflüsse aus dem Südosten eine Rolle, die Verbindung zur etruskischen Kultur ebenso wie lebhafte Kontakte mit dem Mittelmeerkult, von Ligurien herauf über den Piemont, Veltlin, Gardasee-Raum.

Wir hier in den Alpen waren in diesen Jahrhunderten weitaus offener als nach der Zerschlagung des Römer-Reiches, als weit herauf durch das Mittelalter bis zur Renaissance.

Waren die Träger der Urnenfelder-Kultur und der Hallstatt-Kultur Illyrer?

Waren die *KELTEN* Träger der *HALLSTATT-Kultur*, wie vielfach bis in neueste Zeit von Forschern angenommen wurde? Waren die keltischen Druiden die prägenden Kulturvermittler? Konnte es diese offenbar sehr militante Kaste, konnten es die kriegerischen Horden gewesen sein?

Lag es nur am Salz? Oder doch auch an den internationalen, ganz Europa umfassenden Handelsbeziehungen, dem Tauschen mit Salz, dem Handeln mit Bernstein, mit kostbaren Gegenständen des Kultes – und auch des Krieges?

Ganz sicher dürfen wir diese Epoche nicht idealisieren.

Genauso wie kostbare Votivgaben, Kultgegenstände, Strettweger Kultwagen, Musikanten, die Situlen und der wertvolle Schmuck sind kunstvoll geschmiedete Schwerter und andere Waffen überliefert.

Könnte es nicht auch daran liegen, daß in dieser Epoche zwischen 900 und 400 vor Christus in unseren alpinen und mitteleuropäischen Landen der Übergang von der *MATRIARCHALEN* zur *PATRIARCHALEN* Gesellschaft vollzogen wurde?

Möglicherweise scheint es gerade dadurch zu einer letzten Blütezeit geheimnisvoller Frauen, weiser Herrscherinnen, weiblicher Gottheiten gekommen zu sein.

Ganz sicher war es eine von *ERDMÜTTERN* und weiblichen *GOTTHEITEN* geprägte Zeit.

Aus fast allen Teilen der Alpen sind regionale Gottheiten überliefert.

Sie heißen also *HULDA*, *SALIGA*, *MADRISA*, *SILVRETTA*, *MATREIA*, *RÄTIA*, *NOREIA*, *NOSSADUNA DELLA GLISCH*, *MATER GRAVIDA*, *VELDIDENA* usw. Es war also die „*MAGNA MATER*", die *GROSSE MUTTER*.

Der Verlauf einer der großen Salzstraßen von der ligurischen Küste bis zum Genfer See von mehr als 400 km Länge. Diese Straße führt an einigen Punkten vorbei, die als Kultplätze und Bergheiligtümer gelten: die Wallfahrt zu den sieben Brunnen, Notre Dame de la Fontaines (siehe Seite 134), die Felskulturwelt des Monte Bego, San Lucia di Coumboscuro, Castelmagno (siehe u.a. Seite 131), Elva, Susa, Bessans in der Maurienne, Col d'Iseran und schließlich an der Dolme von Regnier vorbei bis Genf (siehe dazu die Beschreibung auf Seite 167 ff)

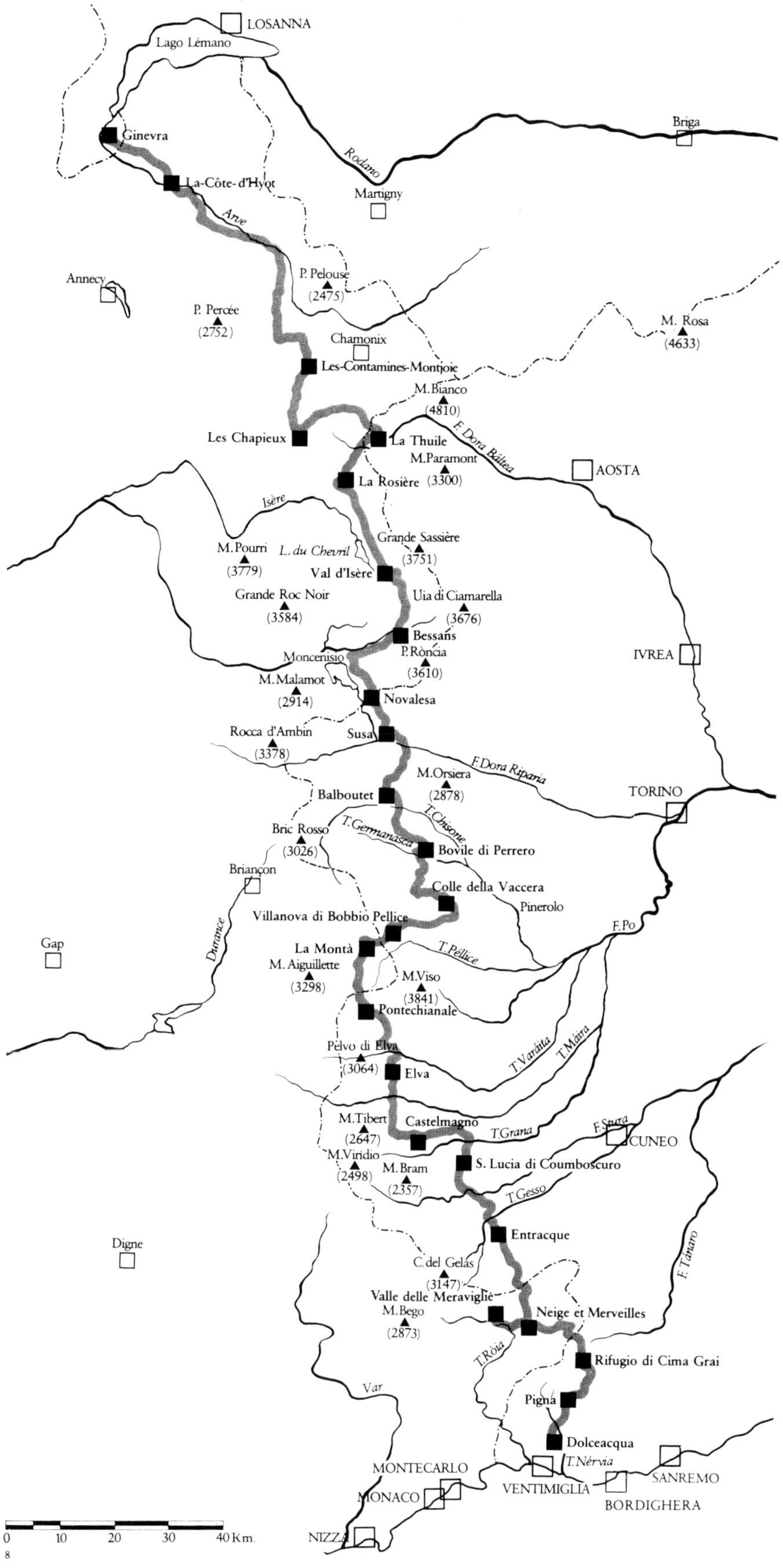

Als Gott eine Frau war

RÄTSEL UM RHETIA, NOSSADUNA DELLE GLISCH, MATER GRAVIDA UND MAGNA MATER:

In vielen Regionen der Alpen wirkten Lokal-Kulte. Einige Gottheiten brachten es auf überregionale Anerkennung und Verehrung. Zu den wahrlich erdverbundensten Kräften gehören die vielen *MÜTTER*. Es sind Erdmütter, Fruchtbarkeitsgottheiten, es sind *WISSENDE & WEISE*. Viele von ihnen waren namensgebend für Berge und Städte. Die Matrone *MATREIA* soll die Namensgeberin der Orte Matrei am Brenner und Matrei in Osttirol sein.
Der Muttergottheit *VELDIDENA* soll das römische Veldidena – jetzt der Innsbrucker Stadtteil Wilten – seinen Namen verdanken.
SILVRETTA soll eine Berg-Gottheit und Mutter geheißen haben, von der sich der Bergstock der Silvretta im Dreiländereck Vorarlberg, Graubünden, Tirol ableiten soll.
Die *MADRISA* soll für die heutige Almregion gleichen Namens im Kanton Graubünden namensgebend gewesen sein.
In einem der bemerkenswertesten Kultur-Täler der Schweiz, der *SURSELVA* im Kanton Graubünden, verbergen sich Dorf für Dorf kultisch-kulturelle Schätze, überreiche Megalithe und Schalensteine, Steinkreise und Menhire. Im kleinen Bergdorf Trun wird die *NOSSADUNA DELLE GLISCH* verehrt. Nach der Überlieferung soll ein blendendes Licht den Ort der Kapelle bezeichnet haben, die im Jahre 1663 zu Ehren der Jungfrau auf dem Hügel errichtet wurde, in der Nähe eines erratischen Blocks (Megalith). Um diesen Block zieht – so verspricht der Graubünden-Führer durch die *„unbekannte Schweiz"* – *„noch heute feierlich die Marienprozession"*.
In diesem Teil der Schweiz hat es in früheren Jahrhunderten den Brauch des Scheibenschlagens gegeben. Feuer wurden entzündet und zur Fasnacht Scheiben geworfen. In einem alten Lied aus dem Jahre 1695 heißt es weiter – in bezug auf den jetzt christlichen Marienwallfahrtsort:

„ ... das hast Du geändert, Du hast den Ort geheiligt, um unsere Gebete zu empfangen, Königin des Himmels, Maria Licht ... Regina del Parvis, O Maria della Glisch."

An anderen Orten im Kanton Graubünden, heute nur mehr in Teilen des Engadin, sodann im Vintschgau in Südtirol, im Oberen Inntal und ähnlich in Teilen Voralbergs wird der Brauch des Scheibenschlagens bis in die Gegenwart geübt, speziell im Vintschgau in großer Selbstverständlichkeit und Lebendigkeit. Die alte Wallfahrt mit dem Gang um den heiligen Stein erinnert an antike, an vorchristliche Kulte, erinnert an den Sonnen- und Feuerkult.

MATER GRAVIDA ist die *HOFFENDE*, die *SCHWANGERE*. Auf der Suche nach dieser deutlichen Hinwendung auf eine schwangere Mutter-Gottheit sind wir an zwei Südtiroler Orten sowie im Gasteinertal im Lande Salzburg auf bisher kaum beachtete Kulte hingewiesen worden. Die *SCHWANGERE* Madonna befindet sich in der Pfarrkirche von Schlanders im Vintschgau. Diese Madonnendarstellung regte die einheimische Bevölkerung

an, auf ihren Häusern, meist in einer Nische oberhalb des Haustores, eine Schwangere darstellen zu lassen. In der Gegend um Schlanders, Laas, Kortsch und Latsch sind diese kleinen Madonnen überwiegend aus Laaser Marmor, kaum 20 oder höchstens 30 cm hoch.
Eine weitere Darstellung der *„MATER GRAVIDA"*, der Hoffenden, findet sich in der Pfarrkirche von Sterzing auf einem Bild neben der Orgel. Diese hoffende Maria ist sehr selten. Dieser Darstellung können vorchristliche Glaubensvorstellungen zugrunde liegen, denn es geht um die *FRUCHTBARKEIT.*
Genau in diesem Geist sind die Darstellungen im Brauchtum der Vorweihnachtszeit zum Beispiel im Gasteiner Tal zu verstehen und zu deuten. Das *„FRAUTRAGEN"* von Haus zu Haus geht so vor sich, daß mehrere Bilder mit der *SCHWANGEREN* herumgetragen werden. Der Brauch deutet auch durch die einheimisch-volkstümliche Bezeichnung *„FRAU-TRAGEN"* mehr auf die – fruchtbare – Frau als auf die heilige Maria.

MATER MAGNA, DEA MADRE, TANNA DONNA DINDIA, GENTILDONNA DELLA FRATTA sind weitere Namen für fast ein und dieselbe Sache. Tief verwurzelte Kulte erhalten hier eine regionale Note. Diese Bindungen an Ort und Sprache, an örtliche Punkte und Glaubensvorstellungen festigten die lokale Identität. Diese Lokal-Bezüge bewirken eine besonders starke Bindung. Auch aus diesem Grunde scheinen viele dieser alten und ältesten Mütter mit ihren ganz regionalen Eigenheiten und Namen überlebt zu haben.
Vielleicht konnte auch deswegen der christliche Marien- und Madonnenkult die alten Vorgängerinnen nicht völlig beseitigen.

Was geheim, im Kleinen, im nahezu Unbekannten weiterlebt, wird auch die nächsten Jahrhunderte überleben.
Das Primäre ist stark: Zeugen, Gebären, Zurückkehren zur Erde.
Am Beispiel der Felszeichnungen weist Felix R. *PATURI* in seinem Buch *„Zeugen der Vorzeit"* nach, daß im Norden und Süden Europas die Unterscheidung nach männlichen und weiblichen *„Gottheiten"* offenkundig ist:

„Im Norden Europas, wo die Jäger sich nun auch der Viehzucht zuwandten, erschienen abstrakte Übermenschen an den Felsen, Ahnengeister, aus denen sich nach und nach eigenwillige männliche Gottheiten entwickelten: der immer siegreiche Wotan oder Odin mit der Lanze, der mächtig rasende, hammerschwingende Thor oder Donar.
Die ackerbauenden Stämme Mittel- und besonders Südeuropas verehrten dagegen weibliche Gottheiten. Der Boden, der im Frühjahr die Saat empfängt, um dann im Laufe des Sommers die Frucht auszutragen, legt dies nahe. Unser Begriff MUTTER ERDE geht auf dieses Bild zurück ..."

In Felsbildern Italiens ist also immer wieder die *„DEA MADRE"* oder die *„GROSSE MUTTER"*, die *„MAGNA MATER"* abgebildet.
Ebenso berichten Alpensagen mehrfach von großen Frauen, von geheimnisvollen Frauen, von Herrscherinnen. Da gibt es eine *TANNA*, die Königin der Crodères. Sie soll mit einem Schleier vor dem Antlitz und einer blauen Krone auf dem Haupte im dämmrigen Eispalast des Cornón de Frópa im Innersten der Marmolada, dem Hauptgipfel der Dolomiten, sitzen. Ebenfalls in den Bergen der Dolomiten haust die *DONNA DINDIA*, die auf den Bergen bei Rocca Piètore thronende *GENTILLDONNA*

DELLA FRATTA. Hochberühmt in den Dolomitensagen rund um das märchenhaft-archaiische Reich der FANES lebt die Fanes-Prinzessin DOLASILLA.
Für den Erforscher der Dolomitensagen Karl Felix WOLFF handelt es sich um einen Venusberg und somit um einen mutterechtlichen Herrschaftsbereich mit einer befehlenden Frau. Dem Sagenforscher WOLFF kann im positiven Sinn nachgesagt werden, die reiche Sagenwelt der Dolomiten erforscht und mit seinem Buch „*Dolomitensagen*" sehr bekannt gemacht zu haben. Sehr kritisch muß aber vermerkt werden, daß er sich angemaßt hat, die Sagen in seinem Sinne „*literarisch*" zu bearbeiten, ja ganze Sagenkomplexe und viele Einzelsagen zu großen, durchaus großartigen Sagen-Erzählungen ausgebaut zu haben, aus der schlichten Einfachheit ein Kunstwerk in seinem Sinne zu machen. Ähnliches geschieht ja auch mit vielen alten, höchst einfachen Volksliedern. Ein sich gescheit vorkommender „*Schulmann*" bastelt daraus einen Chorsatz, baut chorgemäße Kompliziertheiten ein, vermeint Gutes zu tun und schadet dem Kern.
Dennoch bleibt anzumerken, daß mit der Leistung von WOLFF die Dolomiten über die reichste – literarisch verformte – Sagensammlung verfügen.
Die Boznerin Brunamaria dal LAGO-VENERI hat in ihrer Dolomiten-Sagen-Sammlung „IL REGNO DEI FANES" ein wesentlich schlichteres, damit ursprünglicheres Bild der DOLASILLA, der MARA und VANNA nachzuzeichnen versucht. In diesem schlichten Gewande spricht noch mehr Kraft aus den ohnehin kraftvollen Persönlichkeiten unserer Alpen. Die bis in die Gegenwart reiche Kultur der Dolomitentäler ist ohne die prägende Schönheit der alten Sagenfiguren nicht denkbar.

Die ohnedies schon höchst subtilen Deutungs- und Interpretationsversuche werden bei den jetzt folgenden Fragen noch riskanter. Hier sind alle Deuter dem Spott der sogenannten ernsten Wissenschaft ausgesetzt. Hier müssen wir das Feld des Rationalen verlassen, wir müssen mutig spekulieren, gewagt deuten, noch riskanter Zusammenhänge ersinnen. Das bringt Farbe, weil sich aquarellartig Farben vermischen, weil es bewußt grell sein muß, überzeichnet und voll der deutenden Interpretation aus Herz und Bauch überlassen.

Das Geheimnis der Rehtia oder Rätia

Vielleicht war es die Madonna der Vorzeit in den Gebieten des heutigen Kantons Graubünden, im heutigen Tirol, Vorarlberg, im Veltlin, dem Val Camonica, dem Großteil Südtirols, Teilen von Oberbayern. Vielleicht war sie die SCHWESTER der norischen Landesgöttin NOREIA in weiten Teilen des heutigen Kärnten, der Steiermark, Sloweniens, des Friaul.

Die Räter waren kein Volksstamm, sondern die Anhänger eines Kultes, die Diener und Verehrer einer weiblichen Gottheit. Die von harten Lebensumständen geprägten Bewohner der steinreichen, murengefährdeten, lawinenbedrohten Bergtäler, die den Lebensbedingungen entsprechend harten Älpler waren also kultischen Weiblichkeiten ergeben.

Erst die Römer haben im Zuge der Alpenunterjochung die Provinzen so genannt und das relativ ferne Augsburg zur Hauptstadt gemacht.
Das *Räto-Romanisch* als Sprache ist ganz sicher einer Vermischung mit dem Latein der römischen Eroberer. Aber es hat keine rätische Sprache gegeben, mit der sich die neue Eroberersprache vermischen hätte können. Diese Bewohner der *Mitte der Alpen*, also die Zentraläpler sprachen eine Sprache, die bis heute nicht erforscht ist, vielleicht ein Illyrisch oder irgendeine Alpensprache. Sie haben wahrscheinlich *Venetisch* gesprochen, also ein Alt-*Slawisch*. Und damit werden liebgewordene und seit Jahrzehnten vertraute Kultur-Einteilungen hinfällig.
Statt *„Rätoromanisch"* könnte es auch *„Veneto-Romanisch"* oder *„zentralalpin-slawisch-romanisch"* heißen.
Der österreichische Ur- und Frühgeschichtsforscher Richard *Pittioni* stellt die Rehtia der norischen Landesgöttin an die Seite, und diese wiederum könnte oder sollte die berühmte schlanke Frauenfigur auf dem Strettweger Wagen sein.

„Wie dem auch sei, diese venetische Göttin (gemeint Rehtia) sollte für die österreichische Vor- und Frühgeschichte schon insofern wichtig erscheinen, als während der letzten Jahrzehnte das veneto-illyrische Volkstum der Ost-Alpenländer gegenüber der kurzlebigeren keltischen Oberschicht als bedeutsamer erkannt wurde ..."

(Pittioni)

Zentrum ihrer Verehrung oder gar ihr Sitz soll sich in der alten venetischen Hauptstadt *Este*, in der Nähe der Stadt Padua, befunden haben. Für *Pittioni* und andere Forscher ist sie die *„typische Muttergottheit. Sie ist die Spenderin von Gesundheit und Fruchtbarkeit für Mensch, Tier und Pflanze, gleichzeitig die Herrin der Toten und der verborgenen Zauberkräfte der Unterwelt" (Pittioni).*

Sicher ist sie die Nachfolgerin einer älteren mutterrechtlichen Gestalt.
Rehtia tritt uns zuerst – noch zaghaft – in der Hallstatt-Zeit entgegen. In der nachfolgenden *La-Téne*-Zeit ist sie d i e Muttergottheit im venetisch-alpinen Raum. Vor allem in der Römerzeit wird sie in Verbindung mit dem Wasser- und Quellenkult immer wieder genannt und verehrt. Vielleicht ist sie auch eine Patronin der Bergschätze. Sicher hat sie Kraft zu Quellen und damit zum Wasser. *Morton* und *Pittioni* bringen den *Rehtia*-Kult auch mit der Hallstatt-Kultur in Verbindung. Daraus könnte gefolgert werden,

„daß die Salzarbeiterbevölkerung des Salzbergtales eine Göttin verehrte, die eine Fruchtbarkeitsgöttin war. Möglicherweise, es entzieht sich dies gänzlich unserer Betrachtung, wurde sie auch als Göttin des Salzberges mit seinem weißen Schatz verehrt."

(Morton)

Die Römer hätten dann, so meinen die Forscher, der einheimischen Landes-Göttin einen den Römern verständlicheren Namen gegeben. Also schufen sie die *Isis Noreia*. Wiederum einige Jahrhunderte später gaben dann die katholischen Kirchenväter, Päpste und Missionare der *Isis Noreia*, vormals *Rehtia*, respektive *Noreia* einen katholischen Mantel. Es wurde die *Muttergottes* daraus,

MARIA in allen Schattierungen und Differenzierungen.
Also *„durfte"* und *„darf"* sie bis heute in der Sterzinger Kirche, in der Pfarrkirche von Schlanders schwanger sein, eine kultische Frau in der *„Hoffnung"*, sehr altertümlich und volksnahe.
Eines der Zentren der *ISIS*-Verehrung läßt sich auf dem *MAGDALENSBERG* in Kärnten nachweisen. Dort wieder ist die geheimnisvolle *RIESIN VON ST. DONAT* gefunden worden, dieses riesige Weib, das offenbar ehemals ein Menhir war. Diese Gestalt wird angeblich heute noch von Frauen aufgesucht.
Immer größer werden die Rätsel um *RÄTIA* (wie auch immer sie geschrieben werden soll).
Ein vor einiger Zeit im Stubaital in Tirol entdecktes *QUELLHEILIGTUM* soll Stätte einer Rätia-Verehrung gewesen sein. Frauen kamen zu *RÄTIA* und *QUELLE.* Sie mußten vom heilbringenden Wasser trinken und als Votivgabe die Trinkschalen hinterlassen.
Immer tiefer geraten wir in kultische Dunkelheiten. Voller Hoffnung und eine Welle von Emotionen auslösend.
Sogar die von den Kärntnern hochverehrte Landespatronin, die heilige *HEMMA*, begraben im Dom von Gurk, wird auf ältere Vorgängerinnen zurückgeführt, so auf die ladinische Contessa de *DOLEDA*. *HEMMA* als herrschende Frau auf dem Venusberg? Warum noch zusätzlich der Durchkriech-Stein im Gurker Dom? Warum dieses Fruchtbarkeitszeremoniell?
Scheinbar ist doch alles klar: Die katholische Kirche hat alte und älteste Kultvorstellungen geschickt adaptiert, aber nicht ausgerottet. Sie hat Altes und Ältestes nicht ausrotten können.
Im *VIERBERGE-LAUF*, zu und von den Bergen Magdalensberg, Ulrichsberg, Lorenziberg und Veitsberg in Kärnten, entdecken wir sehr viele alte Elemente. Die Bedeutung der Berge weist darauf hin. Daß es alte Heiligtümer von herausragender Bedeutung sind, ist längst bekannt.
Wie in einem Puzzle fügen sich die Teile zueinander und ergeben erst bei völliger Montage ein Bild. In unserem alpenländischen Kult-Bild fehlen noch die meisten Teile. Nur ganz wenige sind bisher aufgefunden worden.
Ein wichtiges Element ist die *SONTGA MARGRIATHA* im rätoromanischen Lied. Diese heilige Margeritha ist keine *HEILIGE* im christlichen Sinn.
Sie rutscht über einen Felsen, und das ist die Handlung, um fruchtbar zu werden.
Deshalb wird sie mit der Muttergottheit *MADRISA* in Verbindung gebracht.
Noch einmal sei auf die schon erwähnte *SILVRETTA* hingewiesen. Diese war ein *„verführerisch schönes Mädchen, das, wie die MADRISA/ST. MARGERITHA, eines Tages plötzlich auf Nimmerwiedersehen verschwand ..." (WOLFF).*
Sie und alle ihre *„Kolleginnen"* verschwanden mit dem Einzug des Christentums.
Das alte *HEILIGTUM* auf der *KASER* im hinteren Ötztal läßt uns aber noch weiter in dieser westtirolischen Region verweilen. Eine *SCHWANGERE* kommt dort nieder. Unter dem Stein fließt ein Wasser (Quellheiligtum der Rätia?). Frauen pilgern noch 1990 in einer Wallfahrt zu diesem Heiligtum. (Siehe im Kapitel: *„Vom Ältesten"*, über die Kaser, Seite 11)

Je mehr wir bohren und forschen, desto mehr Rätsel tun sich auf.
Deshalb forschen wir weiter.

Hier sind sie in der eigenartigsten Weise gezeigt: *St. Aubet* und *St. Cubet* knieen am Boden und *St. Guere* wurde gekreuzigt. Diese drei heiligen Weiberleut sind ident mit *Ambet, Borbet und Wilbet* (siehe u.a. Seite 157 f). Ambet als junge Frau und Göttermutter, Borbet als Sonnenfrau und Wilbet als Mondfrau. Was ist daran sehr christlich?

Südlich von *Schönwies* im Weiler *Obsaurs* (Bezirk Imst/Tirol) steht das alte Heiligtum, wo die drei Heiligen Frauen *Ambett, Gwerbett und Wilbett* verehrt werden (ähnlich wie in Meransen/Südtirol). In unmittelbarer Nähe der Kirche wird auf dem markanten Platz, „*Burschl*" genannt, ein alter Kultplatz vermutet. Dort soll ein Schatz begraben liegen, in einer eisenbeschlagenen Truhe verwahrt. Den Schlüssel dazu hat ein schwarzer Hund im Maul.

Rechts:
Eine andere Dreiheit entdeckte Gianni *Bodini* in einem alten Bauernhof im Piemont (Val Varaita).

S·AMBROISE
IOSEPH 1758 CALCIUS

St. Anna di Vinnadio/Vinai

Auf 2 010 Meter Seehöhe liegt eines der wichtigsten Wallfahrtszentren des Piemont. Ganz nahe an der französisch-italienischen Grenze, pilgern sowohl Franzosen als auch Italiener zum hochgelegenen Heiligtum. Am Hauptwallfahrtstag, dem 26. Juli, kommen sie in großen Scharen.
ST. ANNA hat im Piemont alle älteren Muttergöttinnen und Fruchtbarkeitspatroninnen *„abgelöst"*. Allein zu Ehren von St. Anna habe ich im Piemont an die zwanzig Wallfahrten festgestellt. Alle wurden, so berichtete mir der Gewährsmann Sergio *ARNEODO* aus dem Dörfchen S. Lucio di *COUMBOSCURO*, auf alten, heidnischen Bergheiligtümern errichtet.
ST. ANNA DI VINNADIO steht in Verbindung zu alten Handelswegen über die Jöcher, steht auch in Zusammenhang mit alten Salzsteigen. Darüberhinaus ist die Wallfahrtsstätte auch ein Kloster und gilt als das *HÖCHSTGELEGENE KLOSTER EUROPAS*.
Die Rätselhaftigkeit des *ST. ANNA*-Kultes wird bestehen bleiben. Dennoch versuchen wir in das Geheimnis des Rätsels weiter vorzudringen.
Forscher bringen die *ANNA* in Verbindung zur *ANBED* oder *AMBED*, zur *IN' NANA* der Sumerer, die sie als Gottheit der Fruchtbarkeit verehrten. *ANA* soll verwandt sein mit *NANA* = Mama und soll Mutter heißen; zugleich aber auch mit der Bedeutung *NANA/NONA* für Großmutter = Urmutter. Und es soll sogar *ANNA-PURNA* in Tibet sowohl der Name für Erdmutter als auch für den gleichnamigen Berg sein.
Rätsel über Rätsel. Großartige, undeutbare Geschichten einer faszinierenden alten Welt unserer Vorfahren.
Unergründlich und hoffentlich nie völlig ergründbar, denn wir leben vom Geheimnisvollen. Lassen wir es dabei.
Am St. Anna-Tag des Jahres 1987 pilgerten an die hundert Frauen zur Alp *MADRISA*, um eine riesige Staumauer und die damit verbundene Verbauung zu verhindern.
Zu St. Anna pilgerten die ehemals Frommen aus Längenfeld in Tirol mit Kreuz und Pfarrer zur *MADONNA MARIA HILF*. Die Frommen beteten darum, daß große Muren und Naturkatastrophen abgewendet würden.
Seitdem das profane Bettenvermehrungs- und Tourismuszeitalter über diese Dörfer gekommen ist, verlieren die Dörfler, die ehemals frommen Bergbewohner, jedes Maß. Und erst neuerliche Katastrophen unvorhersehbaren Ausmaßes werden sie wieder zum *ALTEN KULT* zurückführen. Dann werden sie wieder große Wallfahrten und Bußübungen versprechen, werden sie sich wieder ihrer alten Schutzgottheiten besinnen: St. Anna, St. Wendelin und St. Leonhard, St. Medardus, St. Erhard, St. Margherita mit Aubet, Cubet und Quere werden wieder angerufen werden, und in den ehemals blühenden Touristenmetropolen, in den siebenstöckigen Neppherbergen zu *ST. GURGULA* und *ST. ISERE* werden sie eine große, aber glückliche Bescheidenheit erleben. Und vielleicht wieder der Natur näher sein.
Nach *MERANSEN & OBSAURS* werden sie zu den *DREI HEILIGEN JUNGFRAUEN* pilgern, zu ihren vergessenen Heiligtümern mit den drei Steinen auf dem *LOCHERBODEN*. Die geheimnisvollen drei Frauen, *AUBET, CUBET* und *QUERE*, werden an diesen heiligen Orten verehrt – wie seinerzeit Bettenzuwächse, Aufstiegshilfen und touristische *„Komplettierungen"*. Eine Heilige allein reicht nicht mehr. Es müssen ihrer drei

sein. Drei Parzen oder die *DREI HEILIGEN MADLN* Katharina, Barbara und Margaretha und noch weit geheimnisvoller als *AUBET, CUBET* und *QUERE* auch *AINBET, GWERBET* und *WILBET* geschrieben. Im fernen Worms am Rhein – dem neben Tirol zweiten Zentrum der Drei-Frauen-Verehrung – hießen sie vom 13. bis zum 15. Jahrhundert *EMBEDE, WARBEDE* und *WILLEBEDE.*

Alpenmusik

„Auf die Stellung der Musik im Leben und Glauben alpiner Hirtenbauern um 397 n. Chr. werfen die Nonsberger Berichte einiges Licht: Man singt in Flurprozessionen, mit der Tuba ruft man die Gemeinde zusammen, entflammt zu Krieg und Aufruhr und bläst zur Vertreibung der Dämonen durchdringend auf einen Deliquenten ein; 'strepentes et horridi jubili pastorales' verscheuchen die Totengeister während der Verbrennung der Märtyrer auf dem Scheiterhaufen. Die Musik verhalf dazu, sich gegen Gewalten der Natur und der Seele, denen man ausgesetzt war, seelisch zu behaupten. Keineswegs war sie immer nur 'magisch'. Das Hirtendasein bot breiten Raum auch für andere Sinnzusammenhänge der Musik: in der Muße und Abgeschiedenheit des einsamen Hüters für Spiel, Funktionslust, primäres Klanglauschen usf., im Miteinander für Fernverständigung, Geselligkeit, Liebe, Wettstreit. Man wetteiferte in Kraft und Geschicklichkeit, in Leistung der Stimmung und Instrumente, im schlagfertigen Improvisieren. Höhepunkte bildeten die Älplerfeste, den Olympischen Spielen von gemeinsamer Wurzel her verwandt."

(Walter WIORA in *„Die Musik in Geschichte und Gegenwart"*, Kapitel *„Alpenmusik"*)

Ambet, Borbet & Wilbet

AMBET
soll die junge Frau und Göttermutter sein.

BORBET
soll die vorgeschichtliche Sonnenfrau sein.

WILBET
wird mit dem Mond identifiziert und wäre somit die kultisch-mythologische Mondfrau.

Warum treten sie in dem im Oberinntal gelegenen *OBSAURS*, im Gemeindegebiet von Schönwies, sowie in dem in Südtirol gelegenen *MERANSEN* als Dreiheit auf? Immer stehen sie einzeln und zu dritt in Verbindung mit Sonne, Mond, Quelle und Baum.

„Auf ihrer Flucht gelangen die drei Jungfrauen nach Latzfons, werden von dort vertrieben, ziehen weiter nach Meransen und machen auf halber Höhe des Meransener Berges erschöpft Rast. In diesem Augenblick sprudelt eine Quelle aus dem Boden, und ein Baum erwächst daselbst mit Blättern und Früchten, um den dreien Schatten und Nahrung zu spenden."

Soweit aus der Meranser Drei-Jungfrauen-Legende. Später einmal haben übereifrige Geistliche die offenbar heidnisch-kultischen Weiberleut zu den drei göttlichen Tugenden *SPES, FIDES* und *CARITAS* umgewandelt. Das war laut Visitationsprotokoll im Jahre 1650.

Nach der Pfarrchronik von Schönwies war Obsaurs um die Mitte des 17. Jahrhunderts noch vielbesuchter Wallfahrtsort aus *„nah und fern"* (MANTL).
Hier wurde um Regen für die Felder und Äcker gebetet. Es wurde auch um Kinder gebetet und es wurde reichlicher Kinder-Segen herbeigewünscht. Also ging es wie so oft um Fruchtbarkeit.

„Der uralte Kult der drei weiblichen Gottheiten, dieser urzeitlichen Dreieinigkeit, tritt in Obsaurs besonders deutlich hervor. Es ist ein Bauernglaube und eine Bauernfrömmigkeit, die sich hier offenbart, zugleich aber die erdgebundene Religiosität der Hirten und Senner auf den Alpen ... Das Burschl (Name der Lokalität, wo das Heiligtum steht/Anm. des Autors) *war also ein echtes Bauernheiligtum für die drei weiblichen Urgottheiten, die hier auch noch ihre alten Namen bewahren konnten."*
(Norbert MANTL)

Die *BETEN* sind eng verbunden mit Steinen und Höhen, mit Bergen und Quellen. Im Raum Imst finden sich die drei – neben der Dreiheit in Obsaurs – auch getrennt: in Dormitz mit dem Heiligtum der *AMBET*, in Barwies mit dem der *BORBET* und in Wildermieming mit dem der *WILBET* (Norbert MANTL).
Es darf zusätzlich daran erinnert werden, daß die *DREIHEIT* in anderer Form, scheinbar profan, noch in weiteren Zusammenhängen auftaucht, nämlich in der Volkssage.
Aus dem Ötztal hat der Sagensammler Christian Falkner die Sage *DIE DREI WILDEN FRÄULEIN AM FERNER* aufgezeichnet:

„Am Fernerrand lebten einst drei wilde Fräulein. Sie wohnten in einem unterirdischen Palast, der durch eine geheime Felsgrotte zugänglich war. Die Gemsen waren ihre Haustiere: sie fütterten sie, tränkten und pflegten sie und schützten sie vor den Jägern. Gegen die Leute waren sie freundlich, kamen zu ihnen in liebenswürdiger Gestalt und gaben ihnen allerlei weise Ratschläge ... "

Also geriet ein junger Mann zu den *„wilden"* Fräulein, wurde dort empfangen und mußte, wie in solchen Sagen üblich, der Wilderei abschwören. Die Leidenschaft war aber stärker. Er schoß auf eine Gemse und stürzte über einen hohen Felsen.
Noch in einer weiteren Sage aus dem Raum *VENT* im Ötztal erhalten wir Kunde von *„DREI SALIGEN FRÄULEIN"*.
Diese Dreiheit in den Sagen ist im gesamten Alpenraum weit verbreitet.

Votive & Kultgaben

aus der Hallstatt-Zeit beweisen den Zusammenhang von Wohlstand und Kunstsinn. Zu den bedeutendsten Werken der Kunst und des Kultes dieser Zeit gehört zweifellos der *KULTWAGEN VON STRETTWEG*.
Der kleine Ort Strettweg bei Judenburg in der Steiermark gilt als einer der wichtigsten Fundorte der Hallstatt-Zeit. Im Jahre 1851 wurde unweit des Ortes an der Mur beim Pflügen ein hallstattzeitliches Hügelbrandgrab gefunden, *„das durch seinen prachtvollen Inhalt Berühmtheit erlangen sollte"* (MORTON). Neben bronzenen Aschenurnen, Kesseln

und Becken aus Bronze, Schmuckstücken aus Bronze und Gold, Bestandteilen von Pferdegeschirr wurde als Glanzpunkt der bronzene Kultwagen gefunden:

„Vier achtspeichige Räder mit 13,5 und 14 bis 15 cm Durchmesser tragen eine 35 cm lange, 18 cm breite und 2 mm starke Wagenplatte mit Rahmen. Die vier Achsenträger gehen in Köpfe von Hirschkühen aus. In der Mitte der Platte ist eine 22,6 cm hohe unbekleidete Göttin, die mit den erhobenen Armen eine flache Schale von 15 cm Durchmesser trägt. Um die Frau herum sind verschiedene Menschen angeordnet. Vorne und hinten stehen je zwei Männer. Sie halten mit ihren Händen einen Zehnender, dessen Geweih im Verhältnis zum Körper übergroß dargestellt ist. An den beiden Längsseiten der Wagenplatte sehen wir zwei nackte Reiter, die eine kegelförmige Kopfbedeckung tragen und mit Speer und Schild bewaffnet sind. Schließlich stehen hinter den Hirschen je ein Mann und eine Frau. Sie sind ebenfalls unbekleidet. Diese Männer halten in der hocherhobenen Rechten ein Tüllenbeil, das auf den für die Hallstatt-Zeit charakteristischen, knieförmig gebogenen Stiel geschäftet ist."

(MORTON)

Ganz sicher ist es ein *KULT*-Gegenstand. Das einzigartige Stück weist auf höchste handwerklich-künstlerische Leistung hin. Sicher wird es mit einem Fruchtbarkeitskult zusammenhängen. Ähnliche Motive finden sich bei skandinavischen Felszeichnungen. Ganz markant ist die weibliche Mittelfigur, um die herum sich dienende Männer befinden. Vielleicht huldigen sie der *NOREIA* oder der *RÄTIA*?

Als Grabbeigaben wurden eine ganze Reihe von bronzenen *RINDERFIGUREN* bei Ausgrabungen in Hallstatt gefunden. Drei Originale sind erhalten geblieben. Außerdem wurden im Salzbergtale Kultgefäße gefunden, darunter eine Henkelschale aus dunkelbraunem Ton.

Musik & Tanz zur Hallstatt-Zeit

Ebenfalls aus der Hallstatt-Zeit besitzen wir Darstellungen einer ganzen Reihe von Lyra- und Flötenspielern. Auf einer Bronzesitula, die in Welzelach in Osttirol gefunden wurde, befindet sich ein ganzer Zug *„flöteblasender Männer" (URBAN)*. Frauen tragen Gefäße auf dem Kopf. Männer musizieren. Frauen arbeiten. Männer machen Musik. Das müssen interessante Zustände gewesen sein, damals in Osttirol zwischen 750 und 400 v. Chr.
Der Hallstatt-Zeit zugeordnet wird auch der Leierspieler, umgeben von vier Tanzenden, dargestellt auf einer Urne, die bei Reichersdorf in Niederösterreich gefunden wurde.
Aus derselben Zeit existieren noch eine Darstellung, ein Mann beim Spiel der Lyra und zwei Frauen mit erhobenen Armen beim Tanz (oder beim Gebet) – sie stammen aus *SOPRON* im heutigen Ungarn.
Wir können mit großer Wahrscheinlichkeit annehmen, daß die *HALLSTATT*-Kultur von einer überreichen Musikausübung geprägt war, daß es also eine sehr musikalische Zeit gewesen sein muß. Daß die

Musik der damaligen Zeit nicht ausschließlich, aber überwiegend im Dienste des *KULTES*, der *RELIGIO*, des Mythos stand, dürfen wir annehmen.
Die älteste *KUNST* ist primär vom Kult geprägt und bestimmt.
Also auch die Musik.
Im Zusammenhang mit Salz dürfte es die überhaupt älteste Darstellung eines Musikinstrumentes aus den Alpen geben:
Die schwer datierbaren Funde in der *SALZOFEN-HÖHLE* im Toten Gebirge/Steiermark bergen als größten Schatz wohl eine Knochenflöte, datierbar zwischen 40 000 und 10 000 v. Chr.

Ötztal sind *VENETISCH*. Die Altslawen kamen nicht um 600 nach Christus in die Alpenregion, sondern schon um 1000 vor Christus. Das venetische Gebiet reichte im Westen bis weit in die Schweiz hinein. Die Veneter waren angeblich auch *TRÄGER* des *„RÄTISCHEN"* im Zentralraum Engadin, Oberinntal, Montafon.

Kompakt besiedeltes Gebiet der Veneter nach der Urnenfelder-Kultur (aus: *„Unsere Vorfahren, die Veneter"*, S 69)

Die Veneter: unsere Vorfahren

Die Veneter waren, behaupten Wissenschafter in neuen Forschungen und Publikationen,

TRÄGER der URNENFELDER-Kultur
um ca. 1 100 - 900 v. Chr.,

TRÄGER der HALLSTATT-Kultur
um ca. 950 - 400 v. Chr.,

TRÄGER der Kulturen von Villanova, Golasecca, Este und Melaun.

Die *VENETER* waren Alt-Slawen. Unsere *„Venediger-Mandl"* in den Sagen, die Berge *„Großvenediger"* in Salzburg, *„Venet"* bei Landeck in Tirol, der *„Wendenstock"* in der Schweiz, der Ort *„Vent"* im

Jozef *SAVLI* und Matej *BOR* haben im Jahre 1988 mit ihrem Buch *„Unsere Vorfahren die Veneter"* in der Fachwelt Aufsehen erregt. Es war absolut *„anstößig"*, daß hier nicht mehr keltische, illyrische oder germanische Ursprünge anerkannt wurden, sondern eben die *VENETISCHEN*. Auch die *KELTEN* schienen zu kurz gekommen zu sein. Zwei Ketzer schienen am Werk und haben dabei alles über den wissenschaftlichen Haufen geworfen. Das in den *„Editiones Veneti"* erschienene Buch blieb – möglicherweise aus diesem Grunde – ziemlich unbekannt. Begeben wir uns also auf die Spuren der Veneter, erkunden wir die Besonderheiten der venetischen Sprache, erforschen wir, was von der venetischen Kultur in den Alpen übrig geblieben ist. Mit großer Selbstsicherheit schreibt *SAVLI:*

„Die Hallstattkultur ging aus der Urnenfelderkultur hervor und gehört den VENETERN ... Sie waren nicht Illyrer, wie deutsche Autoren bis in die sechziger Jahre vermuteten ...“

Den Siedlungsbereich der slowenischen Vorfahren in den Ostalpen schätzen Historiker auf etwa 70 000 km². Dort hätten geschätzte 150 000 bis 200 000 Menschen gelebt.

Zahlreich sind die Ableitungen von *VEND* gerade bei Berg- und Flurnamen der Alpen. Im alpinen Hochgebirge haben sich viele topographische Alm- und Bergnamen altslawisch-venetischen Ursprungs erhalten:

GROSSGLOCKNER – slow. klek: ein weithin sichtbarer Berg

PASTERZE – slow. pastirica: die Hirtin

GOLLING, HOHER GÖLL, HOCH GALL – slow. golica: mit Gras bewachsener Berg

PRÄGRATEN – slow. pregrade: die Schranken

SAALACH – slow. zala: die Fließende

SCHARNITZ – slow. carnica: der Grenzposten

BAD TÖLZ – slow. dolec, dol'c/Diminutivform von dol: kleines Tal

RAMOL-KOGEL – slow. kramol: Felsvorsprung

KORTSCH – slow. koritca: kleiner Flußkessel

MATSCH – slow. mocila: Quellwiese, Feuchtwiese

SCUOL – slow. skol: die Klippe, der Fels

STRELA-PASS – slow. strela: der Blitzschlag

PIZ MEDEL – slow. medel: verschneit

FLUMS – slow. flum: der Lehm

LÖTSCHENTAL – slow. loke, loce: Talwiese

CERVINO – slow. ker, cer: die große Klippe

BOSCO-GURIN – slow. gurina: hochgelegener Ort

Solche und ähnliche Beispiele sind im genannten Werk einige von mehr als hundert Beispielen aus den Zentralalpen bis weit hinein in das Wallis und sogar bis zum Piemont.
Uns interessieren mehr die Kultur-Zusammenhänge, die Verbindungslinien zum *KULTISCHEN.*

Inschrift an der Situla von Skocjan:
OSTI JAREJ = Bleib jung (bzw. gesund).

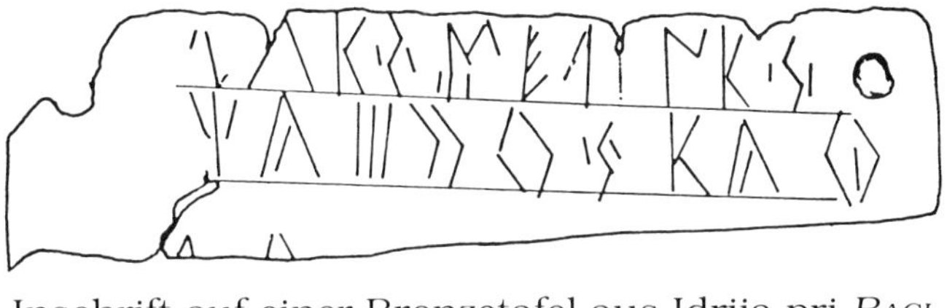

Inschrift auf einer Bronzetafel aus Idrija pri *BACI* (Slowenien): *LYK Z(E)MELIN K D/HAJI COS KA B* = Wenn es diese Feier der Erde ist, ruhe dich aus, möge es sein, was immer.

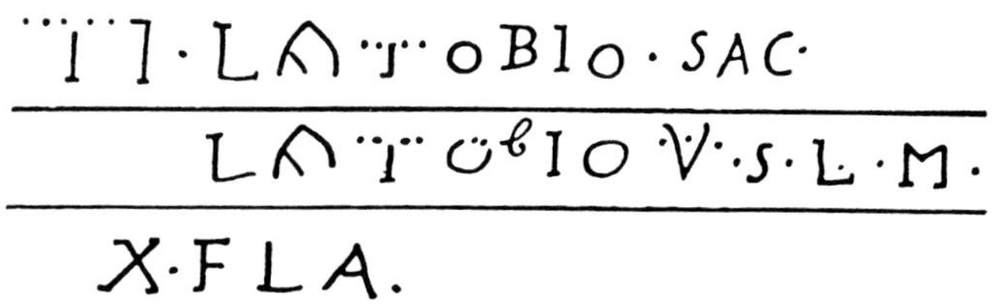

Nach K. M. MAYR könnte das übersetzt lauten:
Dem Mars Latobius geweiht/
Dem Latobius hat das Gelübde eingelöst und nach Gebühr/
Sextus Flavius

Die GOLASECCA-Kultur (800-150 v. Chr.) in Teilen des Piemont, von Ligurien und in Teilen der Lombardei brachte – wohl in der Vermischung mit der keltisch beeinflußten La-Tène-Kultur die Felsbilder der Val Camonica hervor. Das ist e i n e Meinung.

Von großer regionaler Bedeutung in Südtirol, Graubünden und Teilen von Nordtirol sowie Vorarlberg ist die MELAUN-Kultur (800–100 v. Chr.). Aus dieser Kultur sind uns die eindrucksvollen Kleinfiguren von Balzers, von Landeck und Imst erhalten. In Nord-Tirol ist die Meláun-Kultur unter dem Spezialbegriff „*Fritzens*"-Gruppe geläufiger. Auf der Parzin-Alpe bei Gramais, am alten Übergang von Imst in das Lechtal, wurde das bronzene Relieffigürchen gefunden; eine Frau mit erhobenen Händen, 8 cm hoch, vermutlich in Gebetshaltung (siehe rechtes Bild).

Diese berühmte Kostbarkeit befindet sich im Tiroler Landesmuseum Ferdinandeum in Innsbruck. Walter Torbrügge rechnet in seinem Werk „*Europäische Vorzeit*", dieses Figürchen ebenso wie jene aus Balzers und Landeck der veneto-illyrischen Kultur zu. Aus derselben Epoche, vermutlich zwischen dem 5. und 3. Jahrhundert vor Christus, stammen auch die bronzenen Relieffigürchen mit Hanteln in den Händen, gefunden auf dem „*Brandopferplatz*" in Landeck, von den Einheimischen noch immer „GÖTZENACKER" genannt. Diese kleinen Figürchen mit überdimensionalen Phalli „*nehmen einige Motive der Situlenkunst auf, so den Kampf zwischen Männern mit hantelartigen Geräten*" (TORBRÜGGE).

Großartig, wie hier durch 3 000 Jahre Glaubensvorstellung und Tradition überliefert sind, wie lebendig in diesen kleinsten Dingen der uralte *KULT* erhalten geblieben ist.

Das ist höchst eigenständige Tradition.

Das ist überlebensfähige Kultur in die nächsten Jahrzehnte und Jahrhunderte hinein.

Diese Figürchen sind höchst erstaunliche Kleinkunstwerke von zeitloser Gültigkeit.

Immer wieder ist dabei der *KULT* eine unersetzbare Motivation. Ähnlich den Figürchen von der Parzin-Alpe und vom Götzenacker sind die *WEIHEGABEN* aus einem Heiligtum auf dem Gutenberg bei Balzers in Liechtenstein. Es sind auch Hirsch und Eber dabei, geformt in „*einheimisch-hallstättischer Tradition*".

Die Bronzefigur von der *PARZINALM* bei Imst (Tirol, gefunden auf ca. 2 000 m Seehöhe. (Ausschnitt) – vgl. dazu die Abbildung auf Seite 171, oben.

Der Gutenberg war also ganz sicher einer der wichtigen inneralpinen Wallfahrtsorte.

Im Nordosten des venetischen Kulturkreises zur Hallstatt-Zeit lag in Venetien und Friaul das Kerngebiet der *ESTE*-Kultur (800-100 v. Chr.). Die *SITULEN*-Kunst hatte hier ihren Höhepunkt. Für die kultisch-kulturelle Entwicklung des Alpenraumes hatte diese Kultur einen sehr großen Einfluß. Im Jahre 1911 wurde in der Nähe von *SKOCJAN* in Slowenien einer der wichtigsten Funde gemacht, eine Situla in Bronze, mit der Inschrift *„Osti jarej"* im Original, im heutigen Slowenisch *„OSTANI JAR"*, die übersetzt etwa *„BLEIB GESUND"* lautet. Es könnte auch *„Bleib jung"* bedeuten. Das Buch *„Unsere Vorfahren/DIE VENETER"* endet mit dieser Inschrift und dem Satz:

„Unsere gemeinsamen Vorfahren, die Veneter, die sich nicht durch kriegerische Eroberungen, sondern mit der friedenstiftenden und mit den völkerverbindenden Handelsbeziehungen berühmt gemacht haben, mögen unsere Vorbilder sein. Osti jarej, bleib jung und gesund!"

Salz, Kloster & Herrschaft

Klöster gehören seit dem frühen Mittelalter zu den Besitzern von Salinen. Sie hatten weitgehend das Salzmonopol, in den Alpen genauso wie bei großen Salzvorkommen in der Lüneburger Heide.
Von den Klöstern – und einigen Privaten – gingen die wichtigen, überaus mächtigen Besitztümer nach und nach auf den Landesherren über, bis hinauf in die österreichische Gegenwart. Die Salinen sind Staatsbesitz, und Salzgewinnung ist eines der fundamentalen Staatsmonopole.
Die Klöster und Stifte *ADMONT, REIN, ST. LAMBRECHT* (alle in der Steiermark), *GURK* in Kärnten, *BAMBERG* und viele andere teilten sich den Besitz. Die Herren von Cisterz, also die *ZISTERZIENSER*, waren die Kenner und Betreiber. Diese waren überhaupt Spezialisten im Bergbau, den sie im 12. Jahrhundert an mehreren Stellen im Deutschen Reich betrieben. In diesem Orden gab es eine Reihe von fachkundigen Mönchen und Laienbrüdern.
Getreu dem biblischen Auftrag, *„SALZ DER ERDE"* zu sein.
Ging es um die lebensnotwendige Würze des Lebens oder um Macht über Salz und Seele?
In einer Dokumentation über den Salzbergbau in *AUSSEE* im steirischen Salzkammergut, vornehmlich im Katalog der 12. Sonderausstellung im Landschaftsmuseum Schloß Trautenfels (7. Juni bis 31. Oktober 1975), hat Franz *STADLER* sehr präzise, überaus gewissenhaft und fleißig das *STEIRISCHE* Salz erforscht. In seinem Büchlein über *„Salzerzeugung, Salinenorte und Salztransport in der Steiermark"* werden unter anderen die Salzstellen im Mittelalter und die Klostersalinen dargestellt. Ein ausgedehntes Netz von Salztransporteuren, von Salzsteigen und Salzwegen ist damals aufgebaut worden. An diesen Wegen, Steigen und Straßen befinden sich einige der heute noch wichtigen Kultstätten, katholischen Kirchen, Wallfahrtsorte, aber auch schier unzugängliche Felsen mit Felszeichnungen. Hoch über Sölk-Paß,

Die fünf Knöpfe auf der Brust der Bronzefigur von der Parzinalm sind die genaue Entsprechung zu den fünf Schalen auf diesem Schalenstein vom *Pfraumer Bödele* oberhalb von Castelbell im Vintschgau/Südtirol.

Rechts:
Streng geometrische Anordnung der Schalen findet sich auf sehr vielen Schalensteinen. Zum Vergleich noch einmal (im Überblick) die Schale vom Vintschgauer Sonnenberg.

Glattjoch, über Schoberpaß und *SALZSTEIGJOCH* (im Toten Gebirge) wurden die Salzlasten geschleppt.
Hoch oben, im *TOTEN GEBIRGE* an einer für heutige Verhältnisse eher unscheinbaren Stelle, auf knapp 2 000 Meter liegt die frühgeschichtlich höchst bedeutsame „*SALZOFEN-HÖHLE*". Forscher und Kenner wissen nicht, wie sie die dortigen Funde aus der Zeit zwischen 40 000 und 10 000 v. Chr. mit dem Salz in Verbindung bringen könnten. Es ist auch nicht geklärt, ob diese Salzofenhöhle an einem sehr alten Salzsteig liegt. Es bestehen stichhaltige und nach wie vor höchst rätselhafte Zusammenhänge zwischen *SALZ* und *MAGIE*. Aufgrund der Funde zahlreicher Höhlenbären wird vermutet, daß hier einem „*HÖHLENBÄRENKULT*" gehuldigt wurde.
Also kann mit allen Einschränkungen und aller Skepsis doch geschlossen werden, daß hier im *TOTEN GEBIRGE*, an einem sehr abgelegenem Ort, sich eine der höchstgelegenen *KULTSTÄTTEN* der Alpen befunden haben könnte. Aus Vergleichen mit ähnlichen Höhenkultstätten in der Schweiz wird einiges verständlicher.

Berg–Sonnenuhren & Salzstraßen

Die als *BERG-SONNENUHR* bezeichnete Orientierung an Bergen hängt in mindestens zwei oder drei Fällen direkt mit der Salz-Kultur und dem Salz-Transport zusammen.

Von der *SALZOFENHÖHLE* im Toten Gebirge kann nicht eindeutig auf die Salz-Kultur geschlossen werden. In unmittelbarer Nähe, nur auf Detailkarten eingezeichnet und den Einheimischen von Gössl und Grundlsee kaum bekannt, stehen nebeneinander die *NEUNER*, *ZEHNER*, *ELFER*, *ZWÖLFER*, *EINSER-KOGEL*.

In den Sextener Dolomiten sind ebenfalls *NEUNER*, *ZEHNER*, *ELFER*, *ZWÖLFER* und ebenfalls noch ein *EINSER* als Berg-Sonnenuhr zu bewerten.
Führten hier alte Salzsteige vorbei? Von Hall in Tirol über die Jöcher ins Pustertal und weiter über Sexten mitten in die Dolomiten hinein? Oder umgekehrt von Venedig aus in die Alpen?
Ludwig *PAULI* hält es für höchst wahrscheinlich, daß am Misurina-See vorbei ein alter Salzweg führte.
Im 2 000 Meter hoch gelegenen ROJEN, von Reschen aus erreichbar und auf einem sehr alten Weg in das Engadin gelegen, soll sich ein alter Sonnen-Kultplatz befinden. Von der Stelle aus, an der die jetzige kleine Kirche steht, sind eindeutig „*ZEHNER*, *ELFER* und *ZWÖLFER*" als Sonnenuhr zu erkennen. Dort heißen sie *„Zehnerkopf"*, *„Elferspitz"* und *„Zwölferkogl"*.
Führten hier alte Salz- und Handelswege vorbei?

Sicher wurde der Reschen-Paß von den Menschen der Ur- und Frühzeit eher gemieden – wegen der felsigen Zugänge, der Schluchten und weil die Menschen eher die Wege über die Berge, die Höhen entlang suchten. Ganz sicher ist der Übergang vom Vintschgau, aus dem Oberen Inntal und dem weiteren Einzugsbereich in den Engadin und umgekehrt, sehr alt, sehr bedeutend und sehr

wichtig. Die alten Bergtäler dieser „*rätischen*" Region standen untereinander in engem Kontakt.
Es ist höchst wahrscheinlich, daß über ROJEN auch Salz transportiert wurde.
Die *STUNDENBERGE* von *HALLSTATT* hängen selbstverständlich mit dem Salz und der Salzkultur zusammen:

„Keine Uhren hat es in jener hastlosen Zeit, in der die Zeit keine Rolle spielte wie heute noch im Orient oder im mañana der lateinamerikanischen Tropenländer gegeben. Dennoch waren die Menschen uns weit überlegen! Sie besaßen den uns schon stark abhanden gekommenen Zeitsinn, und naturverbunden, wie sie waren, wußten sie sich die zwei STUNDENBERGE Hallstatts zunutze zu machen. Zu Mittag stand die Sonne, die in ihrem Geistesleben sicher eine große Rolle spielte, genau über dem Zwölferkogel, und um die Sommersonnenwende ging sie über dem Sechserkogel auf. So bot sie zwei Zeitmarken, nach denen sich der ganze Tagesablauf richten konnte."

So hat der Hallstatt-Forscher Friedrich MORTON im Buch „*Salzkammergut*" den konkreten Hinweis gegeben.
Selbstverständlich wäre es eine Anmaßung, jetzt alle Bergsonnenuhren, alle Zehner-, Elfer- und Zwölferspitzen oder Kogel mit dem Salz in Verbindung zu bringen.
Die Deutung steht uns allen zu. Die Phantasie läßt sich beflügeln. Die Weisheit der ältesten Alpenbewohner, ihr Umgang mit Natur und Kult fasziniert. Wir lernen heute daraus. Wir sollten diese alten Weisheiten und Erkenntnisse noch weit besser nützen.

Salzstraßen in den Alpen
Le vie del Sale

Von den vielen bekannten und den weniger bekannten Handelswegen, die oft über weite Strecken führten, sollen vor allem die von der Ligurischen Küste nach Genf und die von Venedig in die ostalpinen Regionen hinein genannt und beschrieben sein.
In der Dokumentation „*LUNGO LE STRADE DEL SALE dal Mar Ligure a Ginevra*" haben Enzo *BERNARDINI* und Ombretta *LEVATI* den Weg des Salzes von Genf bis Genua beschrieben. Auf dieser Strecke fällt auf, daß eine Reihe der wichtigsten Kult- und Kulturstätten berührt werden. Sie führt vorbei am *MONTE BEGO* im oberen Teil des *ROJA*-Tales (vergleiche den Ort mit demselben Namen „*ROJEN*" im obersten Vintschgau), führt durchwegs über die innersten Bergtäler des Grana-Tales, des Val Varaita, Val Pellice, Val Germanasca nach Susa. Von dort weg geht es über den alten, sehr wichtigen Col du Mt. Cenis nach Lanslebourg und Lanslevillard, Stätten wichtiger Felszeichnungen. Vorbei am 1 830 m hoch gelegenen Bonneval führt der Weg über den 2 770 m hohen Col d'Iseran nach Val d'Isere und Bourg St. Maurice, weiter in die Nähe des heutigen Chamonix und schließlich an den Genfer-See. Die letzte berühmte Kultstätte vor dem Ziel ist der Dolmen von *REGNIER*.
Auf der Strecke werden die höchst bedeutsamen Felszeichnungen nicht nur des Monte Bego und von Lanslevillard berührt, sondern auch die im Val Pellice, im Val Germansaca. Auf dieser Strecke kommen wir auch nach S. Lucia di

Coumboscuro, besuchen das hochgelegene Castelmagno und das einsame, ehemals sehr wichtige *ELVA*. Im Tal von Susa, in den Bergtälern des südlichen Piemont, im Tal der oberen Isere und fast überall begleiten uns Menhire und andere Zeugen ältester Kultur. Wie differenziert die Salzwege und Salzsteige am Beispiel der Region *PIEMONT* sind, dokumentiert die Zusammenstellung von Petiti in seinem Buch *„Sentieri perduti"* und dort vor allem im Kapitel *„Le vie del sale"*.
Allein die vielen Ortsnamen, in denen die Silbe *SAL*, *SEL* oder ähnliches steckt, weisen auf das Salz hin. Da ist auf die Orte und Lokalitäten Monte *SAL*eron, Becca di *SALE*, auf die Höfe *SAL*ere und *SAL*irod zu verweisen, auf Ciu*SAL* und *SAL*erone bei Ivrea, auf Ca*SALE* und *SAL*uggia. Hauptort der salzbezogenen Lokalitäten dieser Region ist sicherlich *SAL*uzzo. Von dort weg könnte eine Straße in Richtung Kas*SEL* in der heutigen Bundesrepublik Deutschland geführt haben und ebenso nach *SALZ*burg über den Brenner.

„Die Hallstattleute haben ja bekanntlich Steinsalz industriell abgebaut und über weite Strecken vermarktet."

(PETITI)

Der Forscher und Alpenkenner Paul *GUICHONNET* bemerkt dazu:

„Salz gegen Luxusgegenstände – wenn man sich diesen Austausch vorstellt, dann muß man sich auch ein gut organisiertes Transportwesen vorstellen, dessen treibende Kraft sicher die Produzenten in Hallstatt waren ... "

Eines ist nicht ganz klar: Wurde das Salz aus Hallstatt und anderen alpinen Salzorten in die europäischen Länder verfrachtet, oder wurde hauptsächlich Meersalz aus Venedig, Genua und anderen Küstenorten in die alpinen Länder gehandelt? Oder war ein reger Tauschhandel eingerichtet? Wurde das alpine Steinsalz höher bewertet?
Petiti versucht sogar – mit einigem Zögern – einen Salzweg bis nach Upp*SALA* und einen anderen bis nach Brüs*SEL* führen zu lassen. Es soll auch eine Salz-Verbindung zwischen *SAL*isbury und Ver*SAILL*es geben. Ganz sicher hat es gesamteuropäische Verbindungen gegeben. Ba*SEL* ist ebenfalls vom Salz geprägt. Innerhalb der Regionen *PIEMONT* und *AOSTA* in Italien, dem *WALLIS* in der Schweiz und *SAVOYEN* in Frankreich erfolgte reger Handel und Austausch. Kreuzungspunkt einer Reihe von überregionalen Wegen war im *VALCHIUSELLA* im Piemont, nahe der Grenze zu *AOSTA*. Angeblich kreuzten dort u.a. die Wege von Nizza über Saluzzo usw. nach Kassel, die von Tarent, Florenz und Monferrato nach Genf bzw. in die Normandie, schließlich die von Ventimiglia (Ligurien) über Salassa, in das Tal d'Ayas (am Fuße des Monte Rosa) und nach Zermatt.

Immer wieder sollen regionale, überregionale und internationale Vergleiche herangezogen werden: das Votivboot aus Bronzeblech (rechts oben) stammt aus dem gallo-römischen Heiligtum von Blessey im Dep. Côte-d' Or in Frankreich. Das Votivboot aus Ton wurde auf dem Magdalensberg in Kärnten gefunden. Vermutlich eine keltische Votivgabe (rechts unten).

Von Venedig nach Hallstatt & Hallein

haben sicher einige Wege geführt. Wo haben die Salz- und Bernsteinreisenden die Ostalpen überschritten? Es könnte sein, daß ein Weg von ESTE, der alten Hauptstadt der Veneter (in der Nähe von Padua) durch das Piavetal, zum hochgelegenen Misurina-See, durch das Sextental und dann entweder über den Kreuzberg oder das Pustertal nach Lienz und schließlich über den Felbertauern nach Norden führte. Es könnte auch über den Iselsberg und das Hochtor am Großglockner gewesen sein. Es bietet sich auch die Möglichkeit an, von *ESTE* in Richtung Udine, vorher aber den Tagliamento entlang, über den Plöcken-Paß ins Lesachtal, über den Gailbergsattel ins Drautal nach Lienz. Von da weg ergab sich wieder die Möglichkeit, einen der Tauernpässe zu wählen. Als Verkehrsübergang zwischen Slowenien und dem Nordalpenrand standen unter anderen der Mallnitzer Tauern, der Radstädter Tauern, der Katschberg und die Turracher Höhe zur Verfügung.

„Eine zentrale Lage besitzt das Talbecken der Mur bei Judenburg in der Steiermark, denn hier laufen viele Täler und Straßen zusammen. Nur so ist es zu erklären, daß aus Strettweg jener berühmte Kultwagen der älteren Eisenzeit stammt."

(L. *PAULI*)

Hier finden wir also wieder die befruchtenden Zusammenhänge von Salz, Macht und Kultur.

Sankt Mauritius & das Salz

Auffallend ist der enge Zusammenhang von überregionalen Salzstraßen mit Heiligtümern des heiligen Mauritius:

S. MAURIZIO Canavese (vgl. Valchiusella)
Bourg ST. MAURICE im Wallis
ST. MAURICE in Savoyen
ST. MORITZ im Kanton Graubünden

Riccardo *PETTITI* hat in Frankreich, der Schweiz und in Italien insgesamt 63 Heiligtümer des hl. Mauritius ausgeforscht und aufgezählt.
Auch in *BOEGE*/Savoyen, nahe am Genfer See, ist der heilige Mauritius Kirchenpatron. In der Nähe und zu Boege gehörig liegt das Bergheiligtum Notre Dame des Voirons, der *„Heilige"* oder der *„Schöne"* Berg genannt. Ehemals stand dort nach der lokalen Überlieferung ein heidnischer Tempel. Die Bauern verehrten dort ein heute nicht mehr bekanntes *„IDOL"* (also eine Kult-Figur). An dieser Stelle wurden prähistorische Funde gemacht.
Rundum lassen sich salzig-kultische Zusammenhänge nachweisen oder vermuten. Überall ist dieses edle Produkt im Mittelpunkt von Handel, Macht, Kult und damit Teil der Geschichte.

Der *Tartscher Bühel* im Vintschgau/Südtirol. Eine der wichtigsten Kult-Stätten der Alpen.

La ciansun di paisan

(canzone anonima della Val Germanasca)

Muntagnin! Ciantumo-ne üno
quë nû dune gioi â cör:
â reitünn d'la nöit brüno
fësen reitünir notre acord.
Bèl lu sère,
duço la tèro
dî païsan.
Dë ti filh
eicuto lî bram
ënfiamo notri ciant.

Ciantumo l'obro d'la tèro
quë n'u fan ënsëmp â Bundiu;
ciantumo la neu d'la muntagno
quë fai pi vërzaçiòu lu riu.
Bèl lu sère,
duço la tèro ...

Ciantumo la pradarìo flürio,
lâ triffa e la bla möir;
la racolto sì bèllo
qu'fai dëman sëgur.
Bèl lu sère,
duço la tèro ...

Ciantumo la vito
quë nû tëttën â même cros,
òub la simplo muralo
dë li ëhpruvèrbe velh.
Bèl lu sère,
duço la tèro ...

Ciantumo la pas dâ vialage,
la suvënanço di velh,
la ciansun quë d'age ën age
an aduçi notri dölh.
Bèl lu sère,
duço la tèro ...

Sut brassetto òub la calignairo,
tut â gèl lüiënt d'eitèla d'or,
ciantumo, giuvëntü giuiuso,
l'amur quë sulèvo lu cör.
Bèl lu sère,
duço la tèro ...

La canzone dei contadini

Montanari, cantiamone una
che ci dia gioia al cuore:
all'eco della notte bruna
facciam echeggiare il nostro accordo.
Bello il monte,
dolce la terra
dei contadini.
Dei figli tuoi
ascolta il grido,
infiamma i nostri canti.

Cantiamo l'opera della terra
che facciamo insieme con Dio;
cantiamo la neve del monte,
che rende più giocondo il rio.
Bello il monte,
dolce la terra ...

Cantiamo il prato fiorito,
le patate e il grano maturo;
il raccolto così bello
che il domani rende sicuro.
Bello il monte,
dolce la terra ...

Cantiamo la vita
che beviamo alla stessa culla,
con la morale semplice
dei vecchi proverbi.
Bello il monte,
dolce la terra ...

Cantiamo la pace del borgo,
il ricordo degli antenati,
i canti che d'età in età
ci hanno addolcito i lutti.
Bello il monte
dolce la terra ...

A braccetto con l'amorosa,
sotto al ciel lucente di stelle d'or,
cantiamo, gioventù gioiosa,
l'amore che solleva il cuore.
Bello il monte,
dolce la terra ...

(aus: BERNARDINI/LEVATI: *„Lungo le Strade del Sale ..."*)

La ciansun di paisan – La canzone dei contadini

(anonym; Germanasca-Tal)

Ihr Freunde, singen wir eins,
das uns das Herz erfreut.
Der Widerhall in der Dämmerung
hat unsere Stimmen vereint

Schön ist der Berg
Gut ist das Land,
Höre den Ruf deiner Kinder,
befeuere unseren Gesang

Wir singen von unseren Feldern,
die wir mit Gott bebau'n;
wir singen vom Schnee auf den Höhen,
gibt den Bächen den fröhlichen Laut

Wir singen von den blühenden Wiesen,
den Kartoffeln, dem reifen Korn.
Und laßt uns den Erntedank singen,
für den langen Winter das Brot

Wir singen von der Freude zu leben,
wir alle einer Mutter Kind.
Begleitet von den Sprüchen der Alten,
was in der Wiege beginnt

Wir singen vom Frieden in der Gemeinde,
von denen, die lange schon tot.
Wir singen die Lieder, die zu allen Zeiten
in der Trauer uns bringen den Trost

Und Arm in Arm mit der Liebsten
unter dem Himmel voll Stern'
singen wir, freudige Jugend,
von der Liebe, die erhebt uns das Herz.

Schön ist der Berg,
Gut ist das Land ...

(Nachdichtung: Xaver REMSING)

Vom Neuesten

Die großen Ereignisse in den Alpen kommen aus dem Kult, aus der großen Angst vor den Bergen, den Gefahren, den Bedrohungen. Überall schlägt der unbarmherzige Bergtod zu, reißt seine geliebten Murbrüche aus allen Steilhängen und Runsen, lockt die wunderschönen weißen Todeslawinen aus den offenen Steilhängen, und sie jauchzen zu Tal, immerfort das Verderben hinter sich herziehend. Wehe, wehe den darunter wohnenden Lebewesen, den Menschen, Schafen, Ziegen, Bergböcken, Gemsen. Die Kleinen überleben, die Ameisen, Bergkäfer und Firnläuse.

Zur Abwendung drohender Gefahren haben sich die Menschen ihre kultischen Spiele ausgedacht, meist sinnlose Ablenkungsmanöver, kleine Beschwichtigungsversuche angesichts der übermächtigen Kraft dort oben, ganz oben, auf den Graten und Abbruchstellen, den Karen und Murensammelstätten, dem Pfeifen der zusammengetragenen Schneefahnen, dieses erschreckliche Pfeifen und Sausen.

Also haben die kleinen Menschlein ihre Ablenkungsspielchen ersonnen, ganz und gar harmlose Menschenzaubereien. Sie haben sich den *Kreis* ausgedacht, das Umschreiten der Gefahren, das Herumgehen und das vermeintliche Einhüllen.

Betruf

„ ... durch den feierlichen Betruf oder Alpsegen singt vor Einbruch der Nacht ein Senne heilbringende Geister zum Schutz gegen das Feindliche und Unheimliche herbei.
Er glaubt, der Segen und Bannkreis reiche so weit wie seine Stimme und ruft darum durch einen lautverstärkenden Trichter von einer Anhöhe über das Land. Die Form ist eine freie Verskette. In einigen Fassungen verharrt die rufende Stimme in magisch starrer, primitiv-abstrakter Tonwiederholung, in anderen variiert sie ein liednahes zweizeiliges Modell, das auch sonst in der Alpenmusik verbreitet war und nicht aus der Kirche stammt. Der Anfang 'Lobet, o Lobet' hat offenbar 'Loba' ersetzt, ein Grundwort der Hirtenreligion (später = Kuh).
Alle Merkmale deuten auf einen früher heidnischen Ritus."
(Walter Wiora in *„Die Musik in Geschichte und Gegenwart"*, Kapitel *„Alpenmusik"*)

Langanhaltend, daß es über die Ränder der Almen hinausreichen solle, schreit der Älpler in seinen Seihtrichter hinein, hält den Mund an die verengte Milchdurchlaßstelle und schreit, ruft, klagt in die unheimliche Alpe hinaus, Alp und Alpdruck über sich, das Muhen der verängstigten Kalbinnen und der alten Milchkuh knapp vor dem Werfen des Kalbes hinter sich. Also stellt er sich breitbeinig auf den Grenzstein der Alp und hält den Trichter an seinen Mund:

„Ho-ho-ho-oe-ho-ho-oe-ho-ho
ho-Lobe-ho-Lobe
nemmet all tritt in Gottes
Namen Lobe."

Dazwischen aber kreist über der Alp der Alpdruck, kreist der große schwarze Pleitegeier, setzt sich gierig aufs Hotel Monte-Rosa-Blick, pickt dem schlafenden Hotelier die Augen der Weisheit aus dem pleitegeführten Hotelbetrieb. Unten im Tal donnert die Autolawine. Oben steht der Älpler auf seinem Grenzstein, hat den Seihtrichter vor dem Mund und schreit nach allen vier Himmelsrichtungen seinen Zauber- und Bannspruch:

„Lobä! Zuä Lobä! I Gotts Namä! Lobä!
Lobä! Zuä Lobä! Isärä liäbä Fraiwä Namä! Lobä!
Lobä! Zuä Lobä! Allä Häiligä Gottes Namä! Lobä!
Gott und der liäb häilig Sant Antoni, Sant Wendel und Sant Marti wellid is
diä Nacht uf därän Alp diä liäb Härd erhaltä.
Äs isch äs Wort, das wäiß der liäbi Gott wohl.
Hiä und uber diser Alp schtaht ä goldigä Thron.
Drinn sitzt diä liäb Muätter Gottes mit irem allerhärzliäbschtä Sohn.
Und isch mit vilä Gnadän ubergossä.
Gott und diä Hochhäiligscht Drifaltigkäit ischt in irem Härzä verschlossä:
's Erscht isch Gott der Vater, 's Ander isch Gott der Sohn, 's Dritt isch Gott der liäb Häilig Gäischt.
Gott well is behiätän und bewährä vor allem Ibel und besä Gäischt.
Ave! Ave! Ave Maria!
O liäbi Muätter Gottes Maria!
Jesus! Jesus Chrischt! O liäber Herr Jesus Chrischt!
Bhiät Gott Seel, Lib, Veh, Ehr und Guät,
Und alles, was uf disi Alp derzuä geherä tuät.
Äs walti Gott und der liäb häilig Sant Antoni!
Äs walti Gott und der liäb häilig Sant Wendelin!
Äs walti Gott und der liäb häilig Sant Marti!
Äs walti Gott und der liäb häilig Landesvater Bruäder Chlais!
Äs walti Gott und der liäb allerhäiligscht Jungfrai Maria!
Äs walti Gott und der Hochhäiligscht Drifaltigkäit:
Gott der Vater, Gott der Sohn, Gott der liäb Häilig Gäischt!
Lobä! Zuä Lobä! I Gotts Namä! Lobä!"

So schreits der alte Chunz auf der Alp im Pilatusmassiv. Ganz drunten sammeln sie das allerliebste Geld, raffen die herzallerliebsten Fränkli zusammen. Es walte Gott und der heilige Profit.
Drüben aber im Lungernseegebiet steht der alte Romano mit gekrümmten Beinen, die ihn seit drei Jahren arg quälen, daß es zum Erbarmen ist, knapp neben der Hütte auf dem kleinen Steinhaufen, unter sich das breite Tal und die Lichter von unten herauf. Er hebt wie jeden Abend nach getaner Arbeit den Seihtrichter vor den Mund, schreit, singt, psalmodiert, wird immer lauter

An diesem hervorragenden Platz, im Angesicht des 3 606 m hohen Similaun in den Ötztaler Alpen/Tirol, auf der „*Kaser*", haben im Jahre 1981 die Bergführer des inneren Ötztales diese Kapelle errichtet. Wohl unbewußt der Bedeutung dieser uralten Kultstätte, zeigt sich die erstaunliche Kontinuität durch möglicherweise 2 500 Jahre und beweist, daß Neues aus der alten Überlieferung heraus geschaffen werden kann. Die neue Widmung hängt unmittelbar mit dem, in den meisten anderen Fällen zerstörerischen, Einfluß des Tourismus auf diffizile Bereiche der Volkskultur, und des Volksglaubens zusammen. Es ist auch höchst bedeutsam, daß die Bergführer diese Kapelle der „*Mutter Anna auf der Kaser*" weihen, obwohl das in die neue Kapelle übertragene Gnadenbild *Maria Hilf* darstellt.

und eindringlicher, setzt dazwischen immer kurz ab, sich kurze Verschnaufpausen gönnend. Zur Abwehr von Unheil, Seuchen, Bergstürzen, dem unvermuteten Dahinscheiden, dem Abstürzen seiner geliebten Tiere dient sein beschwörendes Rufen. Die Verse auf immer gleicher Tonhöhe, nur am Ende läßt er seine Stimme herunterfallen, fast wie wenn er seine Stimme schleifen ließe, und dann wieder setzt er fort, um den allerletzten Ton, dreimal kurz abgesetzt, stoßend in die zu schützende Alp hinaus, hinunter ins Tal, auch hier in alle vier Richtungen. Hier rufen die Älpler das Allerälteste, lassen rufend den magischen Kreis um die Alp ziehen, ganz aus himmlischem, kultischem Gold. Ganz in der Mitte der Alp aber sitzt Sie mit ihrem Kind. Der Thron ist aus purem Gold. Auf ihrem Schoß das herzallerliebste Kind. Rund um die Alp der zweifache Ring: aus Gold und außen herum der tief gezogene Graben. Auch dieser aus purem Gold und in diesem drinnen die altberühmte Dreiheit. Verchristlicht Gott Vater, Gott Sohn und Gott Heiliger Geist, altüberliefert, nur in den Namen dem damals über alle Alpen hereinbrechenden Christentum angepaßt, ganz alten vorchristlichen Ursprungs mit sonderbaren Namen, die wir heute nicht mehr kennen. Also erschalle seine Stimme weit hinaus, hinauf und hinunter, sie erschalle, und ebenso weit dringt der vermeintliche Bann, der hinausgeschriene Abwehrzauber:

„Zio Lobä! Zio Lobä! I Namän i Gotts Namä!
Zio Lobä! Zio Lobä! Isi liäbi Frouwä Namä!
Zio Lobä! Zio Lobä! Isi liäbi Häiligä Namä!
Der häilig Sant Antoni, der häilig Sant Wendel und der liäb häilig Brioder Chlois wäind disi Nacht hiä uf diser Alp iri Herbärg haltä.
Das isch das Wort, das wäiß Gott wohl.
Hiä und um disi Alp umä da gaht ä goldigä Ring.
Darin sitzt Maria mit irem härzänallerliäbschtä Chind.
Hiä und um disi Alp umä da gaht ä goldigä Thron.
Druif sitzt Maria mit irem härzänallerliäbschtä Sohn.
Hiä und um disi Alp umä da gaht ä goldigä Grabä.
Drin sind dri häiligi Knabä:
Das Erscht isch Gott der Vater, das Ander isch Gott der Sohn, das Dritt isch Gott der Häilig Gäischt.
Si wäind is a Seel und Lib, an Ehr und Giot bihiätän und biwahrä.
Ave! Ave! Ave Maria!
Jesu! O mi liäber Herr Jesus Krischt!
Bhiät Gott Veh, Seel, Lib, Ehr und Giot,
Und alles, was uf disi Alp geherä tiot.
So mengs Hoid Veh als uf dieser Alp isch, se mengä giotän Engel sig oi derbi.
So sell das Veh und diä Alp dem Schutze Gottes empfohlä si.
Im Namä der Hochhäiligschtä Drifaltigkäit:
Gott Vater, Sohn und Häilig Gäischt. Amä."

Danach humpelt er in die Alphütte, greift zum Weihwasser hinter der Tür, hängt den Seihtrichter an den Holzpflock, setzt sich zum Tisch, wärmt sich seine alten Glieder, schläft später ein. Vergißt das Beten. Murmelt im Schlaf.
Vielleicht hört er drüben den a n d e r e n Betruf. Weil er vom drohenden Bohren gehört hat. In der Nacht kann er nicht schlafen.
Er hört immer deutlicher den Abwehrruf. Es soll also der ganze Atomabfall auf der Alp gelagert werden. Gerade auf seiner Alp und knapp daneben: Glaubenbie-

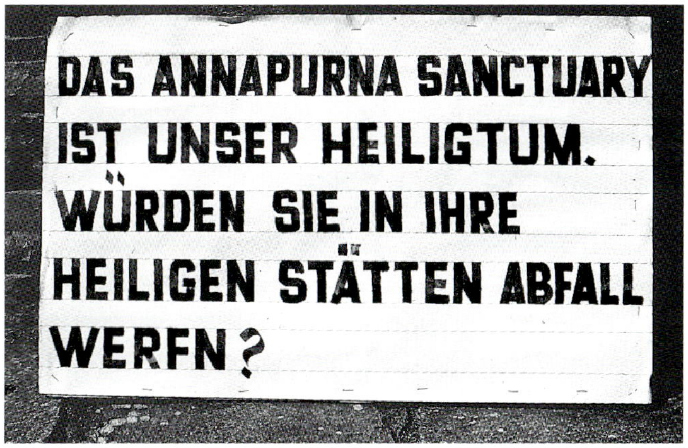

Zweimal „*Anna*“: auf der Kaser im Ötztal/Tirol sowie im Himalaya.
Um ihr Bergheiligtum *Annapurna* besorgte Bergbewohner haben in verschiedenen Sprachen diese Hinweistafeln angebracht.
Die Ötztaler *Anna*-Kapelle auf der *Kaser* wurde geschändet. Diebe haben das *Maria-Hilf*-Bild geraubt.

len. Das ist ein neues Bann-Wort, eine neue Alpengefahr. Drunten in Kerns hat ein Poet die alte Melodie im Ohr, die alten, seit fast tausend Jahren überkommenen Formeln.

Laut und über das ganze Schweizerland erschallt der neue Ruf, aus allen Zeitungen der Region, und selbst aus dem ersten Blatt für Satire und Bissigkeit können es die wachsamen Schweizer vernehmen. Biedere Schweizer sind erbost: *„Da schändet einer den alten Kult-Ruf. Das dürfen wir uns niemals gefallen lassen."* Immerwährend soll es nur den einen und einzigen Betruf geben. Sie drohen. Die Jodlerchöre proben den Aufstand.

Der scheinheilige Protest erschüttert den Poeten. Er hat den neuen Betruf zu seinem eigenen gemacht, auch zu dem der besorgten, der aufgeweckten Landesbürger.

Bewahre uns vor Unglück, Muren, Katastrophen und Alpinzerstörung!
Hier haben fromme Ötztaler nach der Wasserkatastrophe vom August 1987 den dreizehn Toten ein Denkmal gesetzt.
Hier entstand eine neue *Kult*- und Besinnungsstätte (zu den Abbildungen auf den Seiten 178 und 179).

„Betruf 1976 uf der Alp Glaubenbielen"

Zuä grabä, zuä grabä, am Atom z lieb
wemmer grabä,
zuä grabä, zuä grabä, am Gäld z lieb
wemmer grabä,
zuä grabä, zuä grabä, der Herrä z lieb
wemmer grabä!

Angschd und Noot, Gysel und Atomabfäll
welid ab jetz uf diser Alp iri lieb Herberg
haltä
und ys Nutz und Gmeinwool erhaltä.

Das isch es Word und d Herrä wissid das
wool.

Hiä und um disi Alp da gaad e goldigä
Ring,
drin sitz der Profit, das härzallerliäbschti
Chind.

Hiä und um disi Alp um gaad e goldigä
Troon
us luiter unbruichbarem Atom
und isch mit tuisig Gfaarä ubergossä.

Weitergraben, weitergraben, dem Atom
zuliebe wollen wir graben,
weitergraben, weitergraben, dem Geld
zuliebe wollen wir graben,
weitergraben, weitergraben, den Herren
zuliebe wollen wir graben!

Angst und Not, Geisel und Atomabfälle
wollen ab jetzt auf dieser Alpe ihre liebe
Herberge halten
und uns Nutzen und Gemeinwohl
erhalten.

Das ist das Wort und die Herren wissen
wohl.

Hier und um diese Alpe da zieht ein goldener Ring,
drin sitzt der Profit, das herzallerliebste Kind.

Hier und um diese Alpe spannt sich ein goldener Thron
aus lauter unbrauchbarem Atom
und ist mit tausend Gefahren übergossen.

(Julian *Dillier*)

„*Eine geschmacklose Entgleisung*", ein „*Mißbrauch des Betrufes in unqualifizierter Weise*", „*Verletzung des Volksempfindens*", „*Was ist uns das religiöse Volksgut noch wert?*", „ ... *das Gedicht stellt nicht nur eine Entgleisung oder Ironisierung oder Lächerlichmachung des alten Betrufes dar, sondern ist schlicht und schlank ein widerliches Pamphlet!* ... ", „ ... *es verunglimpft in unflätiger, wahrheitswidriger Weise zuständige Behörden und Wirtschaftskreise und erdreistet sich, für einen Wutausbruch die urgewaltigen Worte des alten Betrufs in unqualifizierter Weise zu mißbrauchen* ... "

So und ähnlich kommentierten Schweizer „*Patrioten*" den Betruf von Julian *Dillier* aus Kerns im Kanton Obwalden. Ein Aufstand gar des pervertierten „*Volks*"-Gewissens? Wirklich ein Sakrileg oder die selbstverständlich zeitaktuelle Neuschöpfung eines Poeten und zutiefst betroffenen Zeitgenossen?
Das überaus sensible Reagieren beweist die Lebendigkeit des Kultes.
Hier wie anderswo.

Steinmannli gegen Atomseen

Seit Sommer 1985 steht auf der Alpe *Preda Sovrana* im Val Madris/Avers im Kanton Graubünden die „*Steinfrau*", liebevoll auch die „*lange Heidi*" genannt. Sie ist ein Mahnmahl gegen den geplanten Pumpspeichersee auf den Alpen Preda und Preda Sovrana. Kaspar *Schuler-Schnyder*, Hirt und Journalist, ist maßgeblich beteiligt. Im Inneren der „*langen Heidi*", mit einer Höhe von 3,6 m und einem Umfang an der Basis von 7,4 m die größte Steinsetzung Graubündens, ist folgende Inschrift angebracht:

„*Diese Steinfrau widmen wir*

— *allen vergangenen und zukünftigen Hirten von Preda Sovrana, im Kanton und zwischen Alaska und Tasmanien;*

— *den Ingenieuren der Kraftwerke Hinterrhein AG und deren Unterländer und italienischen Aktionären. Möge ihnen der Himmel auf den Kopf fallen, noch bevor sie ihr Projekt verwirklichen können;*

— *dem Sternenhimmel über dieser Erde unter uns und allen Kindern und Hirtenhunden dazwischen.*

Viva Preda!

Alp Sovrana, 14. August 1985.

Die Hirten: Bruno Walder,
Kaspar Schuler."

Der alte Brauch, auf den Bergen Steinsetzungen zu errichten, wird hier in neuer

Die Hirten und Hirtinnen der Alp Sovrana und anderer Alpen des Kantons Graubünden haben diese Steinfigur errichtet und sie als „STEINFRAU" bezeichnet, entgegen der Übung, diese Steinsetzungen überall als „STEINMANN" zu benennen. Die „LANGE HEIDI" mit 3,6 m Höhe ist ein Mahnmahl gegen die Zerstörung der Alpen und Almen durch Speicherseen und Militärübungsplätze.
Demonstrativ und alten Ritualen folgend haben Frauen aus der Region zu einem Gang über die Steintreppen und zur Alm aufgerufen. Am ANNA-Tag des Jahres 1987 sind diesem Aufruf etwa 100 Frauen gefolgt (siehe Abbildung auf Seite 182, oben).
Zur Abschlußkundgebung auf dem Dorfplatz von Sogio im Bergell haben sie aus mitgebrachten Steinen eine Steinfigur errichtet (Seite 182, mitte) und die Hirtin der Alpe Preda hat vor den versammelten Frauen eine Rede gehalten (Seite 182, unten).

Form aktualisiert und widerständig belebt. Die Hirten haben die Steinsetzung nachträglich als „Steinfrau" allen kommenden Hirtinnen und engagierten Frauen gewidmet. Das geplante Kraftwerk und der riesige Stausee dienen nicht der zusätzlichen Stromgewinnung, sondern der sogenannten *„Stromveredelung"* zur Gewinnung von *„Spitzenstrom"*, der sich besser und mit mehr Gewinn verkaufen läßt. Es soll hinter einem Damm von 163 m Höhe und 630 m Länge ein riesiger Pumpspeichersee entstehen. Mit dem Ausbau ihrer Kraftwerksanlagen könnten die Kraftwerke Hinterrhein aber nicht mehr Strom produzieren als heute. Im Gegenteil, das Pumpspeicherwerk würde 17 Mio kWh Strom fressen pro Jahr.

Murmeltiere können nicht schwimmen Wir Kühe wollen nicht ertrinken

Mit einfallsreichen Slogans haben aufgeweckte und aufgeschreckte Bürger und Bürgerinnen aus Graubünden in der Stadt Zürich protestiert. Auch hier werden alte *„Brauchformen"* in neuer Form aktualisiert; der Almabtrieb wird nachvollzogen – in den Straßen von Zürich. Der

Alpaufzug auf der Bahnhofstraße am Limmatquai in Zürich wurde am 20. Juni 1987 durchgeführt.

100 FRAUEN ÜBERQUEREN AM 26. JULI 1987 DEN 2 700 METER HOHEN PRASGNOLAPASS AUF DER URALTEN STEINTREPPE – AUS BESORGNIS UM DAS BEDROHTE VAL MADRIS:

Bei der Schlußkundgebung auf dem Dorfplatz von Soglio im Bergell spricht die Rinderhirtin von *PREDA SOVRANA*/Val Madris zu den Teilnehmerinnen der Frauenwanderung wider den Stausee.

Auf überaus aktuelle Weise wird der altüberlieferte Termin des *ANNA-TAGES* (26. Juli) für die neue Bitt-Prozession verwendet. Das ist in dieser Art neuartig in den Alpen. Das ist allerdings Agitation mit den alten Mitteln von *BITTGANG*, *KULTGANG*, *PROZESSION* und *DEMONSTRATION*.

Christianisierte Bittgänge sind ebensolche Kultgänge, Prozessionen und dienen ebenso der Demonstration.

Höhenfeuer

Eine weitere aktuelle Erneuerung alter und ganz alter Kult-Handlungen sind die *HÖHENFEUER* auf Graubündner Almen Mitte August in den Jahren 1987, 1988, 1989 und 1990. Dem Aufruf, gegen die Zerstörung der Alp zu demonstrieren und nach alter Sitte *BERGFEUER* zu entzünden, folgten Hirten und Hirtinnen auf fast 100 Graubündner Alpen.

Alte *ALPENFESTE* erfahren die Erneuerung. Einfall, Spontaneität, Bindung an alte Formen und bewußte Übernahme alter Traditionen haben im Kanton Graubünden eine in den ganzen Alpen einmalige Aktion bewirkt.

So lebt altes Brauchtum weiter. So überstehen scheinbar abgestandene und überholte Traditionen die nächsten Jahrzehnte. Auf diese Weise entsteht bei den Einheimischen, bei Hirtinnen, Hirten, Sennern, Älplern, Bäurinnen, Bauern, Wanderern, Touristen eine neue regionale *IDENTITÄT*. So erstarkt autonome, eigene Kultur. *RELIGIO* und *KULT* spielen dabei eine entscheidende Rolle.

„Rendezvous mit den Berggeistern"

Unter diesem Titel plant eine Projekt-Gruppe *„Freiraum"* mit dem Sitz in Hamburg für die Jahre 1991 und 1992 in den Bergen von Tirol, Graubünden oder Salzburg eine neuartige Auseinandersetzung mit den *„BERGGEISTERN"*. Im Mittelpunkt stehen Architekturen und Skulpturen in Schnee und Eis in den Sommermonaten vor und hinter der Bergkulisse eines Tourismusortes. Zehn Personen wollen 14 Tage lang dieses Rendezvous installieren. Benötigt werden alle verfügbaren technischen Hilfsmittel, Stromzuleitungen, Scheinwerfer für Festbeleuchtung, Hochdruckgebläse, Fallschirme, alte Ballone.

Es soll eine neuartige Auseinandersetzung mit der Natur, mit Eis und Schnee sein, ein Versuch, mit Schnee und Eis neue und bisher nie dagewesene Formationen zu bilden. Diese Architekturen und Skulpturen erfordern einen höchst sensiblen Umgang mit der Natur.

Ist es ein Mißbrauch? Eine plasphemische Berggeister-Herausforderung? Wird es ein Tourismus-Spektakel mit dem *Geist* aus Eis und Schnee?
Kunstschnee aus Kanonen, Kunstschnee aus Bakterien würden sich bestens eignen; Wetter und Touristenmanager werden mitspielen. Könnte es nicht versuchsweise eine ernsthafte Herausforderung sein?

Tribus & Triendl's Apollotempel in den Tiroler Bergen

Hier loben und preisen wir neue Berg-Ideen. Auf 2 300 Meter im Roßkogelgebiet erbauen die beiden Tiroler Künstler *Tribus & Triendl* ein Trockensteinmauerwerk, ganz im Sinn der alten, der uralten Steinmänner und Steinfrauen, der Trulli und Steinhütten auf den Alpen des Poschlav. Fünf Jahre wollen sie unentwegt bauen, alles von Hand, zu ihren speziellen kultischen Zwecken. Sie erbauen den *Apollo*-Tempel in den Tiroler Bergen und stoßen auf Schwierigkeiten. Grundbesitzer, Gemeinde, Jagdpächter und ein paar amtliche Verhinderer wollen die Kultstätte nicht zulassen. Wir loben und preisen die engstirnigen Verhinderer, weil sie den Mut und die Wichtigkeit der Tempelerbauer verstärken. Hier stellen zwei Kulturfanatiker ihr Kult-Denkmal auf. Zwei Außenseiter bringen mehr kulturelle Lebendigkeit in die Region als eine ganze Schar amtlicher, gemeindeherrlich geförderter Blasmusik- und sogenannter Marschier-Kultur, als all die scheinheiligen Advent- und Passionssingen zusammen. Meine ich halt. Umso lobenswerter ist also die vermeintliche Verhinderung, weil sie tatsächlich nur vermeintlich einen Geist abtöten will.

Ich schrieb zu dieser schönen Geschichte aus den Tiroler Bergen eine traurige, eine aufmunternde Glosse und gab zu bedenken:

„Um den katholischen Landesfrieden herzustellen, sollen sie ihr Steinkunstwerk doch nicht – um Gottes und des Landes willen – nach dem Apoll benennen, sondern meinetwegen Zur Madonna im Schnee oder Zur Madonna in den Felsen oder Zur Schutzmantelmadonna für alles Getier auf den Bergen, insbesondere der Gemsen, und es soll diese katholische Wallfahrt wenn schon denn schon zu Ehren des bergsteigenden Landesbischofs errichtet werden, sozusagen als neuartiges Stecher-Koppele und dann wäre Frieden im Land ... Tribus & Triendl sollen genau dort weitermachen, wo die Menschen der Berge seit Jahrtausenden ihre Steinmale errichtet haben, große und kleine Kultstätten."

Diese Kostprobe an Kult, Kulturverhinderung, uralter Tradition und lustigem Protest gereiche dem sogenannten *„Hei-*

Das beleuchtete Schnee-Modell des „*Apollo*-Tempels“, der in den Tiroler Bergen von den Künstlern „*Tribus & Triendl*“ in mehrjähriger Bauzeit errichtet wurde. Behördliche Maßnahmen, aber auch Jagdpächter und andere Verhinderer verzögerten den Bau und hätten die beiden Künstler fast zum Abbruch der Arbeiten gezwungen.
Ein Beispiel für der Fortführung der bei fast allen Bergvölkern und anderen Erdenbewohnern geübten Handlung, zu bestimmten Zwecken *Steindenkmäler* zu errichten, solche zu kultischen Zwecken und solche aus der Notwendigkeit des Spielens und Gestaltens.

ligen Land Tirol" wahrhaft zur Ehre und zum Ruhm, sollte es tatsächlich gelingen, daß *Tribus & Triendl* – wie angedroht – auf Gemeindegeheiß diesen Platz verlassen müssen, daß sie sogar die Kosten einer fast gemeindeeigenen Baufirma in sehr großer Höhe tragen müssen, daß also auf Gemeindegeheiß die Firma den Ruhmestempel abtragen wird, dann also wieder einmal *Willkommen* in diesem Lande! Der Spott ist Euch sicher, ihr Gemeindeoberhäupter, ihr akademischen Jagdpächter und Exekutionsbeamten.
Tribus & Triendl lassen es in diesem Paradefremdenverkehrsland darauf ankommen.
Wir haben ein weiteres Kult-Denkmal mehr in unseren Bergen. Das Interessanteste ereignete sich immer aus Protest, aus übergroßem Spaß an der Sache, aber nie mit amtlicher Planung.
Solche Ideen und Taten entsprießen immer kreativen Hirnen und benötigen viel Mut, Eigensinn, Schönheitssinn und Phantasie.
Alles wurzelt im *Kult.*

Jakob de Chirico

Ein Künstler aus Meran ist in der Bilder- und Kultwelt der Andachtsbilder, Marterltafeln, Barockkirchen, des Andenkenkitsches an Wallfahrtsorten, der unentwegten Frömmigkeit des alten Landlebens aufgewachsen. Wie er sind viele Landsleute darin eingebunden gewesen, konnten nicht entrinnen. Konnten nur mitmachen oder Außenseiter sein. Wer nicht in den Religions-Kult- und Kulturkessel hineinpaßt, ist im Lande zwangsläufig ein Außenseiter. Also ist auch Jakob de Chirico ein geächteter Außenseiter, einer der wenigen, die die religiösen Fesseln abgeschüttelt haben und dennoch ganz in dieser Gedankenwelt verbleiben. Die Andachtsbilderwelt wird parodiert. Das Hausaltärchen in der Glasflasche mit der Heiligen Notburga mit der Sichel wird als sein eigenes Kunstkitschwerk in Frage gestellt.

„ ... ich weiß nicht recht, ob sich durch jakob de chirico eine echte zeitlose frömmigkeit manifestiert, oder ob er ironisch das 2 000 jahre alte christliche weltbild in frage stellt. vielleicht ist beides der fall. fest steht, daß man nur starkes und scheinbar unausrottbares bekämpfen muß. wie weit de chirico das christentum bekämpft oder wie weit er es doch immer wieder als goldglänzende grundstruktur seines werkes durch alles hindurch dringen läßt, ist ihm wahrscheinlich selbst nicht klar. augenscheinlich ist, daß sein werk ein spiel mit archetypen und grundsymbolen des lebens ist ..."

Das hat Hermann *Nitsch* dem Südtiroler Künstler in den neuen Ausstellungskatalog hineingeschrieben. Der fromme Mensch in den Bergen kommt nicht um diese und andere Ausprägungen herum. Deswegen stelle ich Jakob de Chirico in diesen Zusammenhang.

Berg-, Joch- & Gipfelkreuze

Seit einigen Jahrhunderten errichten fromme Talbewohner auf exponierten Anhöhen die Kreuze. *„Eine erste Blütezeit erlebte das Bergkreuzwesen in der ersten Hälfte des 17. Jahrhunderts, als in den deutschen Nachbarlanden der Dreißigjährige Krieg tobte."* Wilhelm Eppacher hat in seiner Publikation die *„Berg- und Gipfelkreuze in Tirol"* beschrieben, eine im Jahre 1947 mit viel Fleiß zusammengestellte Sammlung.
Nach dieser ersten Hochblüte der Gipfelkreuze folgte eine zweite Welle, die der *Wetterkreuze:*

„Man bezeichnet sie als Wetterkreuze, weil sie, von einem tiefen Volksglauben hingestellt, die unheildrohenden Gewitter von Heimstatt und Ernte verscheuchen oder doch ihre Stärke brechen oder mindern sollen. Mit der Errichtung solcher Kreuze brachten die heimischen Siedler, welche Kultur, Sitten und Bräuche vom Tale ständig höher hinauf zu pflanzen trachteten, zum Ausdruck, daß sie Hindernisse religiös-christlicher Natur entgegenstellten. Diese wettergrauen Kreuze verkörpern damit die Verchristlichung der älteren heidnischen Vorstellung, nach der Blitz, Donner und Hagel mit ihren furchtbaren Begleiterscheinungen zu bösen, überirdischen Mächten zählten ..."
(Eppacher, S 6)

Eppacher registrierte bis zum Jahre 1957 allein in Tirol rund 300 Gipfelkreuze. Damit ist nur ein sehr kleiner Teil der Berggipfel *„erschlossen"*. Meist sind es die markantesten Gipfel, die höchsten Spitzen, die den Talbewohnern wichtigen Hausberge. Nach Ansicht maßgeblicher Kreise von Alpenverein, Naturfreunde, Naturschützer soll aus Rücksicht auf die Unberührtheit der heimischen Bergwelt nicht auf jedem x-beliebigen Berggipfel ein Kreuz errichtet werden.

„Das Gipfelkreuz soll gewissermaßen eine Auszeichnung sein für jene Auslese von Bergen, die dem Tiroler als Inbegriff der Heimat besonders lieb und teuer sind."
(Eppacher, S 9)

Nach vielen Ratschlägen *„für die Aufstellung und Einweihung eines Gipfelkreuzes"*, nach einem *„Wort zur Betreuung der Gipfelkreuze"* werden die Gipfelkreuze nach Bezirken aufgelistet und beschrieben.
Wir beachten insbesondere die *Motivation*, die zur Aufstellung eines solchen Kreuzes unter oftmals großen Strapazen führte. Für den 3 163 m hohen *Nederkogel* im Ötztal, dessen Kreuz im Jahre 1948 aufgestellt wurde, folgen wir der Schilderung Eppachers:

*„Hervorragend schönes Kriegergedächtniskreuz, 9 m hoch ... durch eine Berggemeinschaft von Sölden in vorbildlicher Zusammenarbeit 1948 durchgeführt...
Die Durchführung stellte keine sportliche Betätigung schlechthin dar, sondern muß als ein Glaubensbekenntnis eindringlichster Art gewertet werden.
Drei abgefeuerte Pöllerschüsse gaben das Gelingen der Kreuzerhöhung dem Tale kund ..."* (S 25)

Einen Boom gab es nach 1945. Damals wurden viele *Heimkehrer*-Kreuze errich-

tet. Andere Kreuze entstanden als Gedenkkreuze für die Gefallenen im II. Weltkrieg.
Viele Gipfelkreuze wurden von den jeweiligen Alpenvereinssektionen errichtet. Im Jahre 1934 erhielt der 2 372 m hohe Tschirgant ein Holzkreuz, *„das vom christlich-deutschen Turnverein Karrösten zum Gedenken an den ermordeten Bundeskanzler Dr. E. Dollfuß aufgepflanzt wurde"*.

Das 5 m hohe Holzkreuz auf der 3 739 m hohen Weißkugel errichteten im Jahre 1948 die Mitglieder des Jugendchores *„Walter von der Vogelweide"* in Zusammenarbeit mit Mitgliedern der katholischen Jugend von Saggen, St. Nikolaus und Pradl (Stadtteile von Innsbruck).
Auf dem Glungezer waren es die Freunde vom Sportverein der Gemeinde Tulfes, auf dem Hafelekar ein Innsbrucker Maurermeister, auf dem Seegrubenkopf eine bayerische Filmgesellschaft.

„Reine Jugend – starkes Volk"

ist der markige Spruch auf dem Gipfelkreuz der Naunspitze im Zahmen Kaiser.
Das 3 m hohe, mit Eisenbeschlägen reich versehene Gipfelkreuz auf Österreichs höchstem Berg, dem 3 798 m hohen Großglockner, haben im Jahre 1880 Mitglieder des Österreichischen Alpenklubs zu Ehren des Österreichischen Kaiserpaares gestiftet. Später wurde das dortige Gipfelkreuz *„zum österreichischen Kriegerdenkmal umgedeutet"* und mit folgender Widmung versehen:

„Die ihr auf unsrer Heimat höchster Zinne steht,
wie sie durch dunklen Fels zum Lichte geht,
denkt derer, die aus Licht ins Dunkel gingen,
dem Vaterlande helles Licht bringen!
Denkt ihrer treu, dann wird dem Mutterland
ihr Tod der Auferstehung Unterpfand.
Seinen im Weltkrieg gefallenen Mitgliedern
Der Österreichische Alpenklub."

„CHRISTUS, SCHÜTZE JUGEND UND HEIMAT" ist auf dem Gipfelkreuz der 3 514 m hohen Finailspitze in den Ötztaler Alpen zu lesen.
In Kreisen von Alpinisten und Bergfreunden hat sich ein neuer, im Kern uralter Kult entwickelt.

Zur Erinnerung an Dr. Sepp *STEIXNER*, der Anfang Juni 1989 in Schönberg zu Grabe getragen wurde, schrieb die Tiroler Bauernzeitung am 8. Juni die Bergkreuz--Motavation (oder Ideologie?) wie folgt zusammen und brachte es auf den sprichwörtlichen Punkt:

links oben:
Eines der vielen *„HEIMKEHRERKREUZE"* die nach 1946 errichtet wurden. Auf dem Ederplan bei Lienz/Osttirol.

rechts oben:
Nach dem Motto *„Gipfelkreuz vor verschneiten Bergen"* eine Aktion fürs fromme Touristenland *TYROL*.

links unten:
Wuchtige Eisen- und Aluminiumdemonstration auf Gipfeln der Hohen Tauern ...

rechts unten:
...und in Osttirol, dramatische Zurschaustellung von sicherlich ernstgemeinter Religiosität und Volksfrömmigkeit.

DEN TOTEN KAMERADEN
DIE HEIMKEHRER

DANKET DEM HERRN-
DENN SEINE GÜTE
WÄHRET EWIGLICH.
MEIN AUGE SCHAUET,
WAS GOTT GEBAUET
ZU SEINEN EHREN
UND UNS ZU LEHREN
WIE SEIN VERMÖGEN SEI
MÄCHTIG UND GROSS.

Das kleine einfache Holzkreuz, zum Gedenken an die mehr als 20 Toten bei der Wasser- und Murenkatastrophe im August 1987 im *Veltlin*.

Im *„Bergfreund"*, der Zeitschrift des Österreichischen Alpenvereins, Ausgabe Juli/August 1988, werden die Gipfelkreuze im Bezirk Nenzing/Vorarlberg, beschrieben. Kennzeichnend, typisch, beispielhaft auch hier wieder die inneren Beweggründe:

„Als Zeichen des geretteten Lebens ... Letzten Endes bilden beide – Kreuz und Himmel – einen Begriff, über das Kreuz führt der Weg ins unendliche Leben des Glücks und der Freude ..."

Fast keine Woche vergeht, ohne daß im Sommer nicht von idealistischen Gipfelkreuzerrichtern berichtet würde.
Es lebt: das Gipfelkreuz auf den höchsten Höhen!
Gleichzeitig lebt das andere Dokument menschlichen Geistes: die Seilbahn auf höchste Gipfel. Immer das Höchste, Beste.
Wir danken.

„Ein Gipfelkreuz ist nämlich mehr als ein Trigonometer, als ein Schmuckstück der Berge, mehr als ein alter Brauch. Es ist das Bekenntnis gläubiger Menschen, eine ständige stille Predigt, die allen, welche sie zusammenstellen und aufbauen halfen, die Verpflichtung des Dafür-Einstehens in ihrem langen, wechselvollen Leben auferlegt. Darüber hinaus ist es ein äußeres Bekenntnis einer ganzen Gegend zu einem bestimmten Glauben und einer Lebenshaltung, die in diesem Zeichen gefordert wird; also eine Verpflichtung für alle!"

„Passion in der Landschaft"

Eine der bemerkenswertesten Ausstellungen der letzten Jahre hat Hans Jäger aus Ötz im Sommer 1990 dem interessierten Publikum in seiner *„Galerie zum Alten Ötztal"* anzubieten.

Leiden in der Landschaft
Tod in den Bergen
Unglücke in den Bergen
Tafeln von zu Tode gestürzten Menschen

Nachrichten von Verunglückten
immer darüber die Berge und die Gefahr,
die Lawinen, Murstürze, der jähe
Blitzschlag
die zu Tode Gestürzten
die malenden Schwestern Strigl
Tüifelemaler
Andachtsbilder im ganzen Tal und überall

Immer war der Mensch in dieser Berggefahr der Abhängige.
Dann errichteten die Nachkommen eine Tafel zur Erinnerung an den Toten. Lawinentote sterben unter den weißen Schneemassen.
Der Stier wirft den Bauern zu Boden.
Die *„Passion in der Landschaft"* ist die unaufhörliche Suche nach dem Abbau der Abhängigkeiten.
Immer schon und auch weiterhin errichten Nachkommen, Hinterbliebene, Trauernde ein Denkmal, ein Mahnmahl, ein Kreuz, ein Marterl, einen Bildstock.
Immer noch und immer wieder entstehen diese Denkmäler religiöser Klein- und Naivkunst.
Hans *Jägers* bedenkenswerte und fast resignative Sätze müssen nicht generell zutreffen:

„Die uralte Verbindung Religion – Kirche – Kultur, die immer unser Fundament war, verliert schnell an Einfluß, meist weil die Männer der Kirche selbst gerne bereit sind, die Kultur fallenzulassen. Übriggeblieben ist ein steriler Rumpf von 'moderner Religionsauslegung', die den Leuten zu verdünnt erscheint und es ihnen leicht macht, sich von der Kirche zu distanzieren. Die ehemals aus dem religiös-bäuerlichen Jahresablauf wachsende, so ungemein reiche Volkskunst ist längst versiegt, jetzt lebt man entfernt und findet nur mehr schwer etwas anderes, hat noch gar keine Vorstellung davon. Wie war die Verbindung herrlich von jahreszeitlicher Arbeit des Bauern mit dem Festkalender der Heiligen und den Hochfesten, der Vielfalt des Brauchtums. Heute verflacht alles, und bald bleibt nichts mehr Feiertägliches mehr, man kommt zu Weihnachten und Ostern mühelos ohne den Trost der Kunst aus und was bleibt ist Jahrmarkt ..."

Der Zerfall ist die leidvollste Passion. Der Pessimismus des Kulturzerfalls ist die allerletzte Passion. Eine ohne Hoffnung. Aber wir setzen auf die letzten Funken. Also bekennen wir uns zu den neuesten Denkmälern der *Landschafts – Passion* in den Alpen.

Nachdem in der Nacht vom 24. auf 25. August des Jahres 1987 im Ötztal durch die Fluten der Ötztaler *Ache* auf mehrere Kilometer Straßen und Lebenswege weggerissen worden waren, nachdem in den verdreckten Fluten dieses Baches dreizehn Menschen ums Leben gekommen waren, davon elf Einheimische, darunter zwei Kinder eines Teppichwebers aus dem Tal, da entstand binnen weniger Wochen eine neue

Gedächtnis- & Kultstätte „Im Maurach"

zwischen Umhausen und Längenfeld. Seit diesem Zeitpunkt, also seit September 1987 brennen an dieser Gedenkstät-

te ununterbrochen, durch nunmehr drei Jahre, die entzündeten Lichter, bleiben immer wieder Autos an der Unglücksstelle stehen, verweilen besonders an Sonn- und Feiertagen Andächtige aus dem Tal, beten, entzünden neue Lichter, verweilen in Trauer, gedenken und beten. Es ist eine neue *Wallfahrts* – Stätte entstanden.
Auch als Zeichen noch immer nicht restlos zugrundegerichteten Glaubens.
Immer wieder vermerke ich staunend, wie in der wirtschaftlich hochkonjunkturell aufgebauten Welt Menschen dem *Kult* der *Passion* und der *Trauer* frönen, statt unablässig, dem örtlichen Geldstreben nachgehend, ihre wertvollen Stunden dem Geldverdienen zu widmen.
Hier durchbrechen wir die rationell erfaßbaren Schranken.
Hier lebt die alte Kultur.
Die *Passion in der Landschaft* wird sich tausendfach wiederholen: im Veltlin, im Martelltal, in den Hochtälern der Alpen.
Es wird immer dann eine Renaissance der *Volks*-Religiosität geben, wenn Katastrophen über uns hereinbrechen.
Wir warten also wieder einmal auf den Untergang, zumindest auf den Denkzettel ...
Dann errichten wir wie eh und je unsere *Kult* – Stätten.
Wir bedanken uns bei den Lawinenverursachern. Wir danken für die Muren und Wasserkatastrophen ...

Alp-Druck & alpine Katastrophe

Der Druck hat sich auf die alpinen Menschen gelegt. Die unheimlichen Berge haben zurückgeschlagen.
Jetzt ist der neue Alp-Druck auf erschreckend grausame Weise über sie gekommen.
Im Sommer 1987 kam der Berg; im Veltlin, im Poschlav, im Martelltal, im Stubaital, im Ötztal. Der unheimliche *Alp*-Traum wurde Wirklichkeit.
Im Veltlin erdrückte der Alp-Traum riesiger Wassermassen, unheimlich gigantischer Erdmassen mehrere Ortschaften, Häuser, Friedhöfe, Stallungen.
Insgesamt erdrückte er dreißig Menschen.
Der Ötztaler *Alp*-Traum stürzte in der Nacht vom 24. auf den 25. August des Jahres 1987 von den Alpen ins Tal, verbreitete Jammer und Elend durch das Tal hinaus, erdrückte in den Wasser- und Schlamm-Massen dreizehn Menschen, darunter zwei Kinder, elf Einheimische, zwei Feriengäste, mehrere Autos, drei Kilometer Straße.
Die *„Jahrhundert-Katastrophe"*, *„schwerste Unwetterkatastrophe seit Menschengedenken"* hat zugeschlagen:

„Wie nach einem Bombenanschlag",
„Telefonmasten knickten wie Streichhölzer",
„ganze Landstriche kilometerweit verwüstet" ...

Die APOKALYPSE in den Alpen, Teil I im Sommer 1987:

olles kimmet zeweege
vön gipflen oaha
is gröeße schtarbm
dr plottarputze
tschachputze
di SAALIGN
keemen virha
olle oltn ZOACHN
vön pargnen
durchs tool außn
eis & töet
olles außngschwemmet
in maurach
dreizeene
olles in poche
außngschwenzet
lei a preckle
afan wossrrechn
hängen bliibm
a drimmle zen plearn
und inngroobm
olle ondrn weit weck
niematn mea gseahn ...
lei in KOPPELAN dinnan di noomen
di noomen vön töetnen
olle nachte is leichtn in maurach
vön liechtlein
vön töetnen
und die FROMMEN bringen kerzen
und tränen

alles kommt daher
von den gipfeln herunter
das große sterben
der PLATTER-putz
der TASCHACH-putz
die SALIGEN fräulein
kommen heraus
alle alten zeichen
aus den bergen
durch das Tal hinaus
eis & tod
alles hinausgeschwemmt
in das maurach
dreizehn
alle im bach drinnen
hinausgeschwenzt
nur ein kleines Stück
am wasserrechen
hängen geblieben
ein stück zum weinen
und zum eingraben
alle anderen sind weit weg
niemanden mehr gesehen nur in
der kleinen kapelle
drinnen die namen
die namen der TOTEN
alle nächte das leuchten
im maurach
das leuchten
von den toten ...

Sogenannte *„ROSA-MYSTICA-STATUEN"*, auf blutende und weinende Gnadenbilder zurückgeführt, sind in Bayern besonders in *MÜNCHEN-WALDPERLACH*, im Kloster *WELTENBURG*, in *ALTÖTTING* und *WIGRATZBAD* propagiert worden. *„Unterstützt auch durch zumindest wohlwollendes Schweigen Papst Johannes Paul II., der in einer dieser Publikationen mit der Statue der Rosa mystica auf dem Petersplatz gezeigt wird, entwickelte sich eine Sonderform des Fatimakults ..."* (HÖLLHUBER/KAUL)

„Die Rosa-Mystica-Bewegung ist eine ganz eindeutig reaktionär-konservative Bewegung, wie sie in einem kirchlichen Klima gedeihen kann und sogar gefördert wird, das mit Riesenschritten vor das

Vatikanische Konzil zurückgeht. Es kann keine Rede davon sein, daß diese Bewegung nur alte Frauen und senile Männer erreicht. Die Gläubigen werden an ungezählten Schriftenständen damit konfrontiert. Zahlreiche Priester vertreten sie und hämmern sie ihren Gläubigen ein ..."

(Höllhuber/Kaul)

Das „*Kultplatzbuch*", der „*Führer zu den alten Opferplätzen, Heiligtümern und Kultstätten in Deutschland*" von Gisela Graichen bringt für den alpinen Teil in Bayern „*nur*" zwei Beispiele:
Den „*Wasserfeldbühel*" bei Oberaudorf und den „*Brandopferplatz*" von Schongau.
Der Oberaudorfer Pfarrer vermerkt mit Stolz, daß „*Oberaudorf einer der wenigen Orte ist, die einen Kultplatz aufweisen können*". Haufenweis wurden Scherbenfunde gemacht. Der Hügel repräsentiert das „*Prinzip mythischer Erhöhung, wie es den mittelamerikanischen Opferpyramiden und dem babylonischen Turmbau zugrunde liegt*".

Die Autorin kommt sodann zum bemerkenswerten Schluß, wonach die beiden Flügel des Winkels am Treffpunkt ein kleines Plateau bilden mit dem Blick gegen die aufgehende Sonne. „*So mag an diesem heiligen Platz vor vielen Generationen ein Sonnenkult gefeiert worden sein.*" (S 178)

Es bleibt faszinierend, in diese alte Welt der Glaubensvorstellungen möglichst viel hineinzuinterpretieren. Es ist verlockend, nach und nach den Geheimnissen auf die Spur kommen zu können, sich auch zu falschen Deutungen hinreißen zu lassen.

Der *Brandopferplatz von Schongau* im Bereich des Schloßberges sei als Opferstätte zu erkennen und zwar gut am schwarz-kohligen Boden sichtbar, an fast schwarzen Tonscherben.
Bemerkenswert ist die auffallend geringe Zahl an *Kultplätzen* im gesamten süddeutschen, also auch im oberbayrischen Raum.
Das liegt sicher – wie auch bei weiten Teilen der österreichischen Bundesländer Vorarlberg, Tirol, Salzburg, Oberösterreich und anderen – am äußerst geringen Wissensstand. Bis in die Gegenwart hat kaum ein Forscher, Archäologe, Volkskundler, Hobbyforscher nach diesen Wurzeln der einheimischen Kulturgeschichte geforscht.
Der Bestand an „*Kultstätten*" ließe sich beliebig vermehren.

„Mia ziachns den Fodn wohl umadums Haus ... "

Zu Neujahr 1986 und 1987 haben wir in einem kleinen 160-Einwohner Dorf im oberen Vintschgau, in einem dortigen kleinen Seitental, hochgelegen auf über 1 600 m, am lebendigen Brauch der Dorfburschen teilhaben können. Um

Das *Kreisziehen* um die Kirche, hier bei der Kirche zum Heiligen *Leonhard* im Lavanttal in Kärnten.

Mitternacht singen sie alle gemeinsam im einzigen Dorfgasthaus zum ersten Mal das Neujahrslied. Dann teilen sie sich in zwei Gruppen und gehen von Haus zu Haus, meist in die dunklen Vorhäuser, in die nicht mehr beleuchteten Hausgänge. Dort zünden sie das Licht an, stellen sich auf, warten nicht, ob oben oder daneben jemand von den Hausleuten aus der Kammer kommt. Sie singen, oft ohne Hausleute, meistens aber im Laufe des Liedes für die Hausleute – weil sie sich kurz zeigen. In einer den Burschen bekannten Ecke, in einem Kasten steht der bereitgestellte Schnaps. Sie trinken. Mit insgesamt zwei Liedern ziehen sie bis gegen vier Uhr früh von Haus zu Haus. Mit dem Satz *„Mia ziachns den Fodn wohl umadums Haus"*, beginnt das eine dieser Lieder. Der Vorsänger stimmt an, die anderen fallen ein. Zuerst haben sie mit ihrem Wunsch den Kreis gezogen. Mit der uralten Symbolhandlung bewahren sie das Haus und den Hof mitsamt den dort wohnenden Menschen und Tieren vor allem Schaden und Ungemach. Diese Beschwörungsformel ist ident mit dem Ziehen des Kreises um die Alp beim schweizerischen Betruf und ist ident mit der Umgürtung mancher Leonhardkirchen mit einer Kette oder einem Faden. Diese Beschwörungsformel ist auch ident mit der Kunst des Venter Paters Josef *HÖLLRIGL*, wenn er bei Neubauten den Besitzern rät, sie sollen einen Kupferdraht um das Haus herum vergraben. Sie und alle anderen ziehen den Kreis, sie kreisen ein und weisen ab. Was gut ist, soll drinnen bleiben, was schlecht ist, soll draußen bleiben. In der vielfältigen Geschichte von Kult, Ritus, Brauchtum und Sitte treffen wir weltweit diese und sehr nahe damit verwandte Vorstellungen und Handlungen. Im *„Handwörterbuch des ABERGLAUBENS"* finden sich überaus zahlreiche Hinweise dazu.

Verstärkt wird das Kreisziehen an vielen Orten, so auch im Vintschgau dadurch, daß sich die Musikanten beim Neujahrs-*ANSPIELEN* – und nur bei dieser Gelegenheit – im Kreis aufstellen. Wir haben das in einigen Orten gesehen. Den Brauch des Neujahr-Anspielens übt dort die jeweilige Musikkapelle aus. Sie bewahren das *KREISZIEHEN*, obwohl sie sich trachtlich modernisiert haben, obwohl sie den Brauch vereinsmäßig ausüben. Der Kreis vor dem Haus oder auf dem Platz jedoch ist selbstverständlich. Aber nur zu Neujahr!

Ob es der von Menschen gezogene Kreis ist, ob es der ums Haus gezogene Kupferdraht ist oder der goldige Ring um die Schweizer Alpe, die Kette um die Leonhardkirche oder der in früheren Jahrhunderten weitverbreitete *REIGEN* im Tanz: Immer ist es eine bewußte oder unbewußte Kult-Handlung.

La Migrazione

... il verbo di „COLUI CH'ESISTE PER SE"
risuonò nei cavi spazi dell'eternità:
– guardatevi dal salire la montagna
dal toccarne le falde –

Da quell'istante il Sinai fu – luogo alto
dell'umanità –.
Vertice e Centro del Supremo
(„Porta di Dio" dissero gli Unti).
L'interdizione sugellò per sempre
questo Punto diverso/staccato/
trascendente
impossibile da toccare con sole forze
d'uomo
(... l'accesso indebito al suo culmine avrà
conseguenze di morte ...).

Il Popolo della Bibbia allora sovrappose
alla montagna dell'incontro con Jahvè
quella del tempio/modello rivelato
nell'immagine primaria dell'altura
archetipo ed emblema di
santuari futuri
per facitori ebraici cristiani ...
Altre genti vivevano fuori dalle dodici
Tribù d'Israele
e non conobbero l'alba della teofania
nè udirono l'Astratto che comanda
al designato di salirgli incontro
onde realizzare l'alleanza
sospesa
tra cielo e terra.
Erano quelli che i sapienti
chiameranno „dell'età della Pietra
Levigata".
Conoscevano soltanto riti iniziatici
maschili
e femminili di propiziazione:
del viaggio al Paese dei Morti avevano
idee confuse, eppure
fecero uscire dai chiusi montoni e pecore.
Scelti dagli Anziani che di questa
prima transumanza
sarebbero stati archimandriti,
si ordinarono davanti all'ancestrale
grotta
in lunghe file vocianti.
Al fianco dei portatori si fissarono
gli essenziali picconi e falcetti
e il vasellame scuro,
le femmine accolsero nei sacchi da spalla
neonati e sementi.
Dieci Iniziati sottostavano al totem d'olivo
dalla Leggenda Primaria rivelato
„Padre" del clan.
Sulle piste
sulle petraie, incitandosi a gesti
o con gli antichi fonemi tribali,
si allontanarono
– nella stagione giusta –
dal catino cinereo del mare,
con andatura costante risalendo
i calanchi contrafforti del continente
finchè furono orizzonte confuso.
I corpi avvezzi a cacciare
si muovevano senza difficoltà
fra eriche, anche dove
non arriva il salmastro e dove
di spini e triboli il percorso
diventa ostile.
Ogniqualvolta la notte occupava l'arco
del cielo
si accendevano fuochi e si formavano
con giacigli di pelli
confortanti tane;
si elevavano anche piramidi di sassi per
quelli che sarebbero venuti poi.
Nei torpori notturini accettavano
che il sogno espugnasse le menti e,
con le forti erbe della Donna
della Medicina
recasse sonnambule nozioni
dagli antenati che primi (nessuno ormai
sapeva)
avavano posseduto i litorali.

Per lunghissimi giorni la bufera
spazzò l'odore di pianure
poi di colline. Il vento
portò pollini dalla grande savana.
Nel sole e nella folgore distinsero,
immensamente plurali oltre la tundra,
cime dove un gene misterioso il guidava.
Le tacche sui bastoni segnatempo
dicevano cinquanta cicli di luna
e le agnelle più volte si erano sgravate
quando
toccarono la neve che non scioglie
e loro alimento fu la certezza
d'avere toccato il paese delle solitudini.
Quella fu „l'alba della luce viola"
dalle pupille accolta
destino consenziente mentre
si anestetizzavano le piaghe
a contatto del ghiaccio
abitacolo e prigione d'ogni acqua.
Con i poteri di chi officia,
sopra un masso erratico scelto
quale cippo ed ara,
Colui che Può incise un uomo
e anche
una serie di conche che bagnò
– secondo il rituale che non va rivelato –
del sangue di un capro sgozzato
mentre il clan approvava la
consacrazione.
Lo Spirito della vecchia Montagna
gradì l'omaggio e favorì gli erranti
comprimendo nelle viscere
una frana mortale mentre,
per passi mai tentati, superavano
l'ultima voragine diretti
alle vene di quarzo che
di preziosi barbagli segnano un colle.
Videro allora, lontana parecchio ma già
nitida,
oltre il candore delle nevi
con specchi d'acque e vello d'abetaie
l'ampia valle che s'apriva
come cosce di donna, disposta
a farsi schiava di coloro
che avevano creduto senza conoscere.

Per essi, stelle caddero sui pascoli.

MA NON ERA, QUESTO VERSANTE,
ALTURA STUPENA/... GIOIA DI TUTTA
LA TERRA/... DIMORA DIVINA/... CITTÀ
DEL GRANDE RE (Salmo XLVIII, 2–4;
10–12)
BENSÌ SPAZIO D'OGNI
SOFFERENZA/LUOGO DI TUTTE
LE FATICHE/TERRA CRUDELE DI
PERICOLI/BATTISTERO
E CIMITERO SENZA L'ARMONIA DELLE
BIBLICHE TEOLOGIE.

Mondo a parte, non
favolosa scala per ascendere

(Piercarlo *Jorio*, 1970)

aus: *Riccardo* Petitti, *„Sentieri perduti"*

La migrazione – Die Wanderung

Das Wort dessen, DER SICH SELBST
GENÜGT,
ertönte in den hohlen Räumen der
Ewigkeit:
„Hütet Euch, den Berg zu besteigen,
und seine Flanken zu betreten."

Von da an war der Sinai geweihter Ort
der Menschheit,
Gipfel und Zentrum des Allerhöchsten
(„Pforte Gottes", so die Gesalbten).
Das Verbot versiegelte für immer
diesen anderen, abgeschlagenen,
jenseitigen Punkt,

unmöglich erreichbar mit Menschenkraft
allein
(und wer sich ihm unerlaubt näherte,
ward mit dem Tode bestraft).

Da behalf sich das Volk der Bibel:
statt den Berg der Begegnung mit
JAHWHE setzte es
den Tempelberg, angedeutet bereits
in jenem Urbild des Berges,
Archetyp und Emblem
künftiger Heiligtümer
von jüdischer, von christlicher Hand.

Andere Völker jedoch, nicht im Kreis der
zwölf Stämme,
wußten nichts von der Morgenröte der
Theophanie,
sie hörten nicht den Großen Geist,
der dem Auserwählten befiehlt,
emporzusteigen zu Ihm
und so zwischen Himmel und Erde
den Bund zu schließen mit Ihm.
Es waren jene Völker, die die Gelehrten
später unter: geschliffene Steinbeile
einreihen werden.
Sie kannten nur männliche Initiations-
und weibliche Versöhnungsriten.
Von der Fahrt ins Totenreich hatten sie
nur eine verschwommene Vorstellung,
und doch
trieben sie Schafe und Ziegen aus der
Umzäunung.
Von den Ältesten erwählt, die bei dieser
ersten Transhumance die Erzpriester
waren,
stellten sie sich vor der Grotte
in langen, lärmenden Reihen auf.
Den Trägern band man die Hacken,
die Sicheln um,
so wichtig auf dieser Reise,
und die dunkle Keramik;
die Weiber legten in die Umhängetücher
Säuglinge und Saatgut.

Zehn Eingeweihte unter dem Oliventotem,
den die ersten Stammessagen
als „Vater" der Sippe geoffenbart.

Auf den Steigen, über Geröll,
einander mit Gesten
oder mit archaischen Lauten ermunternd,
verließen sie – in der günstigen Zeit des
Jahres –
die bleifarbene Satte des Meeres,
erklommen mit beständigem Tritt
die Felsen, Strebepfeiler des Erdteils,
bis sie mit dem Horizont verschmolzen.

Die jagdgeübten Körper
bewegten sich ohne Schwierigkeit
zwischen dem Heidekraut, auch dort,
wo der Salzgeruch nicht mehr da war
und Dorn und Gestrüpp
den Weg nach vorne zäh versperrten.

Jedesmal wenn die Nacht aufzog
über die Wölbung des Himmels,
entzündeten sie Feuer, und bereiteten
aus Fellen sich wohnliche Höhlen;
auch erhoben sich Steinpyramiden,
um jenen den Weg zu weisen,
die nach ihnen zogen.
In der Dumpfheit des Schlafes
ließen sie es geschehn,
daß der Traum ihre Sinne bezwänge
und mit den seltsamen Kräutern der
Medizinfrau
Ahnung brächte und Bilder der Ahnen,
die als erste (was niemand mehr wußte)
die Küstenstreifen besaßen.

Viele Tage verwehte der Sturm
die Gerüche der Ebene, dann jene der
Hügel.
Der Wind trug die Pollen aus der großen
Savanne herbei.
Im Sonnenlicht, im Blitzen erschauten sie,
endlos aufgetürmt jenseits der Tundra,

die Berge, wohin sie ein geheimnisvolles
Gen ihrer Zellen geführt.

Die Kerben der Zeitstäbe zeigten fünfzig
Mondwechsel an,
und die Schafe hatten mehrere Male
gelammt,
als sie das Eis erreichten, das nicht
vergeht.
Und ihre Speise war die Gewißheit,
das Einsame Land gefunden zu haben.
Es war die „violette Morgendämmerung",
von den Augen aufgenommenes Ziel,
willfähriges Schicksal,
während die Wunden gereinigt sich
schlossen
in der Berührung des Eises,
Haus und Gefängnis jeglichen Wassers.

In einen gewaltigen Findling
Markung und Kultplatz zugleich,
ritzte der Kundige, in der Vollmacht des
Priesters,
das Bild eines Menschen
sowie eine Reihe von Mulden,
in die er das Blut des geopferten Bockes
vergoß.
Das Ritual ist ein strenges Geheimnis.
Die Sippe war Zeuge der Weihe
und stimmte ihr zu.

Der Geist des alten Gebirges
nahm gnädig das Opfer an
und schonte die Wanderer,
indem er den tödlichen Felssturz
für dieses eine Mal verhielt,
während sie auf nie betretenen Pfaden
die letzte Kluft überwanden;
vor sich schon auf den Felsen
die Adern von Quarz, die mit goldenem
Schimmer
das verborgene Erz prophezeien.
Und dann sahen sie, fern noch, doch
deutlich,
jenseits des blendenden Schneefelds,
mit spiegelnden Wassern und tannenem
Flor
das Tal ladend sich breiten,
öffnend wie eine Frau,
bereit, Sklavin zu werden,
jenen zu dienen,
die geglaubt, ohne zu wissen.

Für sie fielen Sterne herab auf die
Matten.

DOCH DIESE HÖHEN, DIESER
HERRLICHE BERG, WAR FÜR SIE NICHT
... DER HEILIGE TEMPEL / DIE FREUDE
DER GANZEN WELT / ... DIE STADT DES
GROSSEN KÖNIGS (Psalm 48, 3 und 10)
SONDERN ORT JEDEN LEIDENS /
STÄTTE DER MÜHSAL /
UNERBITTLICHER ORT DER GEFAHR /
TAUFSTEIN UND FRIEDHOF OHNE DIE
HARMONIE, VON DER DIE BIBLISCHEN
GOTTESLEHREN KÜNDEN.

Eine andere Welt,
nicht eine märchenhafte Leiter,
auf der man emporsteigt.

Übersetzung: Xaver Remsing

Alles wie vor 4 000 Jahren

Nachweisbar haben sie nie Kriege geführt. Sie haben, soweit die bekannte Geschichte zurückreicht, nicht ein einziges Mal einen Angriffskrieg geführt. Sie haben sich mehrmals verteidigt, haben ihre Lebensregionen geschützt.
Sie hatten nie eine kriegerische Macht an ihrer Spitze, keine streitbaren und bis aufs äußerste bewaffneten Königinnen, Herrscherinnen, keine blutrünstigen Anführer.
Diese Tiroler, Räter, Bergler, Montafoner, Vintschgauer, Veltliner haben nie angegriffen. Sie sind mehrmals angegriffen worden. Dann haben sie sich gewehrt.
Einzig, so heißt es in der Geschichte, hätten im 15. Jahrhundert die Engadiner einen Angriffskrieg gegen die Tiroler im Vintschgau geführt. Aber kurz zuvor, hieß es, hätten die Habsburger mit ihren kriegerischen und kriegslüsternen Mannen die Engadiner Bergdörfer angegriffen, hätten Dorf für Dorf die dort lebenden Menschen brutal niedergemetzelt, hätten sich dorfweise mit der Feuerrache über ihre Dörfer hergemacht, Dörfer und Höfe dem Erdboden gleichgemacht, hätten die dort lebenden Nachbarn brutal niedergemetzelt. Dann hätten die Engadiner zurückgeschlagen, hätten es bis in den mittleren Vintschgau mehr oder weniger erfolgreich versucht. Statt der Kriegsführung bauten sie Steinmänner, errichteten ihrer Rätia Steindenkmäler, ritzten heilige Zeichen der Abwehr in die Felsen, gruben tiefe Löcher in den Steinboden und errichteten darauf ihre *Menhire*, den von der Kaser, den aus Algund und aus den Tälern rund um Valtelina und Camonica, Wallis, Aosta, Susa und Monte Bego.

Die friedlichen Älpler

Das am meisten von Naturkatastrophen heimgesuchte Älplervolk schien also das frömmste zu sein, das geschundene Herz wollte mit eingeritzten Zeichen Gottheit günstig stimmen. Deshalb bauten sie ihren Steinschafmenhir im Ötztal, setzten den Widderschädel darauf, meißelten den Widderkopf hinein, ritzten die Symbole ihrer Arbeit auf den Stein, den *Kultur*-Vorfahren beim Pflügen und Umackern.

Alles vertrauten sie dem *Kult*.
Immer stärker wußten sie sich dort geborgen.
Bis der Massentourismus zu ihnen kam.
Das war das erste Mal in ihrer mehrtausendjährigen Geschichte,

— *daß ihnen das rechte Maß abhanden kam,*

— *daß sie zum Angriff übergingen,*

— *daß sie sich der massenweisen Berglerprostitution hingaben,*

— *daß sie die SCHÖNHEIT ihrer Täler gegen Geld eintauschten.*

Auf dem Weg zum *ROCCIAMELONE* können die Pilger und Wanderer einen oder mehrere Säcke mit Sand bzw. Schotter mitnehmen. Auf dem Gipfel soll damit zum Bau einer kleinen Kapelle und Unterkunft beigetragen werden.

Sie verkauften und verbauten, was sie vordem besaßen.
Sie bauten neue Altäre, errichteten neue Götzendenkmäler, fielen vom alten Glauben ab, verspotteten den alten Dorfpater in seiner braunen Kutte, vertrauten dem Geld und den Nächtigungsziffern.
Solange, bis die *NEUE KATASTROPHE* zu ihnen kam.
Dann krochen sie zurück.
Aber sie haben in ihrer langen Geschichte niemals den Angriffskrieg inszeniert.
Die an sich friedlichen Älpler wurden erst dann brutale Angreifer, als ihnen Nächtigungsrekorde weggenommen wurden, als ihre Hotelburgen durch die Konkurrenz aus den Nachbarländern nicht mehr gefüllt werden konnten.
Dann errichteten sie zuerst dem Fremdenverkehrsgeldteufel ein Denkmal. Dort ließen sie Tag und Nacht die Feuer brennen und die roten Raketen losgehen. Sie feierten ihre Geldmessen, stanken nach Geld, versanken im Suff.
Erst später besannen sie sich auf die *SCHÖNHEIT*, bauten einen neuen Altar. Aber angegriffen haben sie bis in die Neuzeit nie. Und niemals hatten sie eine kriegslüsterne Obrigkeit. Sie regierten sich selbst. Nur deswegen waren sie Überlebenskämpfer in der unwirtlichsten aller Bergregionen.
Das Überleben bestimmte ihren *KULT*.
Das Beten haben sie interessanterweise nie verlernt.
Selbstverständlich pilgerten die Venter Frauen mit den Kindern nach Saisonende Sonntag für Sonntag zur Madonna in der Kaser. Selbstverständlich hat der Hans auf eigene Kosten die Bergführer-Kapelle errichtet, hat der alte Scheiber seine neue Kultstätte errichten lassen, und die Söldener Hoteliers haben ihre Klemens-Holzmeister-Kapelle errichten lassen. Mit viel Geld und Idealismus.

Auf den schon den Römern und den Völkerschaften vor ihnen *HEILIGEN BERG*, den *ROCCIAMELONE* (3 538 m), pilgern jährlich viele tausend Menschen, besonders zu Maria Schnee am 5. August. Kinder und Jugendliche halten der Madonna die Hand und stellen sich auf diese Weise in den Schutz.

Den Franzosen aus dem Oberen Maurienne-Tal ist der *Rocciamelone* mindestens genauso wichtig wie den Italienern aus Susa oder Turin. Auf dem alten Übergang und ehemaligen Salzsteig von Bessans und Bonneval, dann weiter über den Col d'Iseran ist das Massiv mit dem *Heiligen Berg* sichtbar.

Also wird sich in den nächsten vierhundert oder sechshundert Jahren an ihrem *KULT* nicht viel oder gar nichts ändern.
Ihr *KULT* ist stärker als ihre Nächtigungsrekordsucht.
Dann errichten sie instinktiv die neue Kapelle.
Der Gletscherpater wird ihnen helfen.

Beweisbares zu den Erdstrahlen?

Österreichische und andere Wissenschafter sind erstmals dabei, das Vorhandensein von Erdstrahlen wissenschaftlich nachzuweisen. Es läßt sich zweifelsfrei belegen, daß Stör- und Einflußzonen im Erdinneren die Gesundheit meßbar beeinflussen. Im Wiener TGM, in der Versuchsanstalt für Silikattechnik, sollen die sensibel zu führenden Nachweise gelingen. Viele reden davon. Einer weiß offenbar mehr als der andere. Dilletantische Laien glauben das zu erkennen, das zu wissen, was jetzt mühsam nachgewiesen wird. Institutsleiter Hugo *HUBACEK* und viele weitere Experten experimentieren und forschen. Jetzt sind etwa zwanzig Wissenschafter dabei, den Abschlußbericht zum *„PROJEKT F 1169"* der *„Forschungsgemeinschaft pathogene Standorteinflüsse"* zu erstellen. Für die Erdstrahlen soll es den wissenschaftlichen Durchbruch geben. Und damit könnte, ja müßte das gesamte Bau- und Wohnwesen grundlegend umgestaltet werden, könnten und müßten fast alle Wohnungen umgebaut werden, könnte kein Hochbau, kein Einfamilienhaus, keine Straße, keine Schule ohne diese neuesten wissenschaftlichen Erkenntnisse errichtet werden. Unabsehbare Folgen bahnen sich daraus an.
In noch entscheidender Weise müßte die gesamte Medizin umgekrempelt werden. Was durch Jahrtausende erprobt worden war, was vielen tausend Generationen mehr oder weniger selbstverständlich war, was wir seit dem 15. oder 16. Jahrhundert nach und nach verloren, vergessen haben, aufklärerisch vergessen mußten, kommt am Ende des Jahrtausends wieder zur alten Geltung. Selbstverständlich mit geänderter Praxis. Selbstverständlich angereichert und verbessert durch modernes Wissen und feinste Meßtechniken.
Wenn einmal die Ernsthaftigkeit der *ERDSTRAHLEN*, der *GEOMANTIE*, des *PENDELS* und der *RUTE* nachgewiesen ist, wird viel von ihrem Glanz verschwinden, wird vieles entzaubert. Das ist gut so.
Damit wäre nur ein winziger Teil der bisherigen Wundergläubigkeit enträtselt. Es bliebe noch sehr viel übrig für die künftigen Forscher und die Gläubigkeit der nächsten Jahrhunderte:

— das Geheimnis der *SCHALENSTEINE*, ihre Entstehung und weltweite Verbreitung, das Vorhandensein von Schalen und Schälchen auch auf schrägen und steilen Flächen.

— das letzte Geheimnis der *FELSZEICHNUNGEN*, die sich über fast die ganz Welt ausbreitende Ähnlichkeit, bei den Indianern, in Sibirien, in den Alpen,

— die weltweit ähnliche Verehrung von *STEINEN*, *QUELLEN* und *BÄUMEN* ...

Ende Juni pilgern die Pinzgauer aus dem Lande Salzburg über das Hochtor nach *Heiligenblut* in Kärnten. Bei der Gipper-Kapelle kommen sie zu einer kurzen Andacht zusammen.

Die Schar der Pilger und Wanderer beim Abstieg
nach *Heiligenblut*.

Überall werden wir in den nächsten Jahrzehnten kleine Segmente des Geheimnisses lüften können.
Umsomehr können Gläubige, Abergläubige, Anarchisten, Gottsucher, Steinverehrer, Naturheiden, Götzenanbeter und Esoteriker aller Rassen, Farben und Zungen ihre Hoffnungen, ihre Zukunft, ihre Weissagungen in das Geheimnisvolle hineinlegen, können Unbekanntes weitertradieren, sich Hilfsmittel zurechtlegen, sich Ersatz-Religionen anschaffen, Lebens-Hilfe bekommen und letztlich dem *Kult* dienen. Sicherlich so wie bisher auch in die nächsten Jahrtausende hinein.
Der Beweis für das Vorhandensein von Erdstrahlen und ihre Wirksamkeit scheint inzwischen erbracht zu sein. Mit feinen Apparaten und dem Elektrokardiogramm wurde festgestellt, daß das Herz von untersuchten Personen in Störzonen deutlich anders schlägt als in neutralen. Beschwerden treten an ganz bestimmten Orten auf. Störfelder beeinflussen das Schlafen und die Verdauung. Rutengeher und Pendelspezialisten haben das schon seit mehr als 15 000 Jahren festgestellt. Die Wissenschaft anerkennt nur, was deutlich und einwandfrei meßbar, erkennbar und nachweisbar ist.
Alte Höfe sind auf nicht belasteten Stellen errichtet worden. Es hat solange funktioniert, bis Wasserleitungen unbedacht die alten Linien durchschnitten, bis schließlich elektrische Leitungen und Apparate gänzlich das alte Gleichgewicht durcheinanderbrachten.
Können wir das reparieren, rückgängig machen?
Können wir dem *Zurück* huldigen?
Was dem Wiener Physiker Hubacek gelingt, muß auch anderen gelingen.

Die Pharma - Industrie

greift zu. Sie greift an. Sie greift die Idee und den Trend auf. Damit ist viel Geld zu machen. Einer der weltgrößten Pharmakonzerne, Hoffmann-LaRoche, baut an einem Apparat und an Meßinstrumenten zur Feststellung der Strahlen, der Erdkräfte, der bisher nicht meßbaren Ströme. Eine neue Welt bahnt sich an. Auch eine neue gigantische Angst kann sich ausbreiten: die des Mißbrauchs. Es könnte in Verbindung von Pharmaindustrie und Gen-Technologie ungeahnte Manipulationsmöglichkeiten geben. Nichts wäre dann leichter, als an allen Kreaturen die perfekteste aller Torturen und Manipulationen vorwegzunehmen, die perfekteste Gehirnwäsche anzuwenden.
Hier haben wir uns weit von Kult und Mythos entfernt.
Die Pharma-Giganten scheinen stärker zu sein.

„Radiästhetische Untersuchungen an Kirchen und Kapellen"

Mit seiner Dissertation unter diesem Titel hat der junge Wissenschafter Jörg *Purner* aus Tirol sein Doktorat der technischen Wissenschaften in Innsbruck erworben.

„Wesentliche Hinweise, wie es zur Wahl bestimmter Orte für Altäre und Kultbauten kam, finden sich schon im Alten Testament". *(Purner)*

Äußere Zeichen der Verehrung sind oftmals Bäume, Brunnen und Steine.

Der *THRON* als Ausdrucksmittel von Macht. Oben sitzt der Herrscher. Unten erwartet das Volk Befehle, wartet auf gute Nachrichten, geht in die Knie, betet an. Zu allen Zeiten und bei allen Völkern war und ist es so. Hier auf dem Kärntner Zollfeld wurden die Herzöge von Kärnten vereidigt. „*RUDOLPHUS DUX*" steht zu lesen und „*TU DON MOJ DUH*", also „*Hier wehe mein Geist*" im Sinne vom Walten Gottes auf diesem Stuhle.
Heute ist der altberühmte *HERZOGSTUHL* eingezäunt, abgesichert und stumm.
Aber das Zeichen von Macht bleibt bestehen.

Grundlage der Wallfahrt bilden solche *„starken"* Orte.

„ ... Der Wallfahrt liegt die Voraussetzung zugrunde, daß an einem bestimmten Ort Gott mit seinen Licht- und Gnadenkräften dem hilfsbedürftigen Menschen besonders nahesteht ... "

(Lexikon für Theologie und Kirche)

„ ...Wallfahrt als rituelle Ortsveränderung und als Form religiöser Bewegung setzt voraus, daß gewisse Orte als Sammelpunkte übernatürlicher Kräfte gelten, wo göttliche Hilfe sicherer zu erlangen ist als anderswo ..."

(Wörterbuch der Religionen)

Für den Schweizer Forscher, den überaus verdienten Bischof von Chur und Verfasser des berühmten Standardwerkes *„Die verzauberten Täler"* sind diese Zusammenhänge immer und fast überall geradezu handgreiflich. Also für jemanden, der zu sehen, zu hören und zu verbinden vermag. Und dem die tiefe Einsicht gegeben ist. Der österreichische Forscher Gustav *GUGITZ* hat für die Wallfahrtsstätten Österreichs festgestellt, daß etwa 80% an Orten mit heiligen und heilsamen Quellen erbaut sind.
Mit den modernen Mitteln der Technik hat *PURNER* unter anderem das Kirchlein

St. Magdalena im Gschnitztal (Nordtirol)

untersucht. Dieser in Nordtirol vielbesuchte Wallfahrtsort wird zwar erst im Jahre 1307 erstmals urkundlich erwähnt, doch deutet vieles darauf hin, daß die heutige christliche Wallfahrt auf viel älterer Kultstätte steht.

Die Erbauer des Kirchleins mußten einen zwingenden Grund gehabt haben, ausgerechnet an diesem scheinbar ungünstigen Platz zu bauen. Es bedurfte damals größter Anstrengungen, den Felsboden zu planieren und eine Stützmauer zu errichten. Wenig weiter östlich hätte es keine Schwierigkeiten gegeben. Warum also gerade hier?
Bis zur letzten Sanierung des Kirchleins befand sich hinter dem Altar ein aus dem Fels gemeißeltes Becken, das *„auch in trockener Sommerzeit von einer nicht erkennbaren Felsritze mit Wasser gespeist wurde."* (*PURNER*, S 90)
PURNER hat das Kirchlein nach Globalstreifen, Wasserzonen, Diagonal- und Wachstumslinien sowie Mediallinien untersucht. Die Ermittlung der Reaktionsphänomene erfolgte mit einer Kunststoffrute, Durchmesser 4 mm, und einer 'Lechner'-Rute. Die festgestellten Kreuzungspunkte *„sind aus radiästhetischer Sicht als ausgesprochen 'aufbauend' und 'harmonisierend' zu beurteilen, wobei der im älteren Teil des Kirchleins liegende etwas höher einzuschätzen ist, wie jener unmittelbar vor dem jetzigen Altar"*. (S 92 f)
Insgesamt stellte *PURNER* fest, daß sich räumlich ein kompliziertes Inhomogenitätsgefüge ergibt, *„das sich in vereinfachter Form als Durchdringung und Verschränkung von vertikalen und horizontalen Reaktionszonen-Scheiben ergibt"*.(S 94)
Auf diese hier in Tirol, vor allem aber in Frankreich und Irland von *PURNER* durchgeführten Messungen müßten die vielen vielen Kirchen, Kultstätten, Heidenlöcher, Menhirstandorte, Steinkreise und Orte der Felszeichnungen untersucht werden.

Wir stehen am völligen Neubeginn.
Wir wissen – noch – nichts.

Wie seit den ganz alten Zeiten: Pilger werfen einen Stein zum großen Steinhaufen, wollen damit den gestörten Berg-Geist oder Berg-Gott beruhigen.
Hier wirft der Völkerforscher, Tibetexperte und Bergsteiger Heinrich *Harrer* den von der örtlichen Sitte vorgeschriebenen Stein.
Im *Ladakh* (wie in diesem Bild) erreichen die *Mani*-Mauern oft eine Länge von mehreren Kilometern. *„Gläubige haben sie errichtet, indem mit frommen Gebeten bemalte oder behauene Steine jahrhundertelang aufeinandergeschichtet wurden."* (Harrer)

Umso stärker lassen wir die Deutungen auf uns einwirken. Umso stärker vertrauen wir – einstweilen – dem Zug der Pilger, der Faszination solcher Orte, der Wirksamkeit auf Mensch und Tier.

Weissagungen und das Geschäft mit der Angst ...

„Ein großes schreckliches Weltereignis wird noch vor Ende dieses Jahrhunderts die Welt erschüttern! Es wird mit einer Revolution in den Ländern Westeuropas beginnen. Ihr folgt der militärische Überfall der Sowjetunion auf den Westen. Diese kriegerischen Auseinandersetzungen enden mit dem Eingreifen Gottes durch ein göttliches Strafgericht, das weltweit über die ganz Menschheit kommen wird.
Während der dreitägigen Finsternis wird die Welt gereinigt. Wann das geschehen wird?
'Wenn die Menschen vom Frieden und Sicherheit reden, dann bricht plötzlich das Verderben über sie herein wie die Wehen über die hoffende Mutter, und sie werden ihm nicht entrinnen ...'"

(1 Thess 5,3)

Mit diesen Formulierungen wurden in einem 1989 erschiene Heftchen erneut die alten Geschichten aufgewärmt, mit ein paar aktuellen Nachrichten garniert und unter pseudochristlicher Verbrämung auf die Menschen losgelassen. Vorerst in nur 20 000 Auflage für Österreich. „*Große Ereignisse stehen bevor*", heißt es in gewissen Abständen seit Nostradamus, dem Fließer Pfarrer, Alois Irlmaier, Franz Kugelbeer, Teres Musco, Pater Pio, dem Egger Gille und der „*Katharina mit dem 2. Gesicht*".
Der militärische Überfall der Sowjetunion auf den Westen gehört seit mehr als 70 Jahren zu einer der meiststrapazierten ANGST- Machereien. Darin wird auch die Öffnung seit Ende 1989 nichts ändern und nichts die Perestroika oder Glasnost, nichts die freundschaftlichen Begegnungen und Abrüstungsmaßnahmen. Die Angst bleibt. Sie wird weiter geschürt.
Christliche Seelen müssen ein Anti-Christ–Feindbild vorgesetzt erhalten.
Das „*Wetterleuchten Gottes*" steht über dem unglaublich schwarzen Himmel, drohend nähert sich „*das dritte Weltgeschehen*", denn „*die Zeit ist ernst*" und „*nur wer vorsorgt*", wer die „*Prophezeiungen*" ernst nimmt, kann „*überleben – aber wie?*" und „*wenn alle vom Frieden reden*", kommt erst recht „*das gelbe Pulver*", „*über Nacht gehts los, seht euch vor:* „*Seher warnen*" und entwerfen „*Schutzmaßnahmen*".
So sollen die Menschen zu Beginn der „*dreitägigen Finsternis*" eine Reihe von „*Schutzmaßnahmen*" beachten.

„Während des Bebens unter Türrahmen stellen,
Fenster verdunkeln,
keinesfalls während der Finsternis
(72 Stunden)
aus dem Fenster schauen:
während der Finsternis keine Milch und
Milchprodukte verzehren.
Diese absorbieren die Radioaktivität der Luft, fürchterliche Magenkrämpfe und
u.u. der Tod wären die Folge."
(IRLAIMER, WUDY)

Heilig-Kreuz im Ventertal/Ötztal, aufgenommen vor 1900.
Alles wie vor 3 000 oder 4 000 Jahren?
Jetzt werden alte Fotos herausgesucht, um auf ihnen nach Resten alter und ältester Kultstätten, nach Hinweisen auf die *eigene* Geschichte forschen zu können, heimatlich-Vertrautes zu erneuern. Auf dieser Suche stieß ich auf diese merkwürdige Mauer, diesen Kreis. Aber niemand im Ventertal/Tirol konnte mir etwas darüber sagen. Wir werden also weitergraben nach solchen und anderen Wurzel-Relikten.

Und „*das Wichtigste*": „*das Strafgericht Gottes*". Nach Franz Kugelbeer erscheint am Himmel ein Kreuz. „*Das ist das Ende der Finsternis. Die Erde ist ein Leichenfeld wie eine Wüste.*" Jedenfalls:

„*Wer ein batteriebetriebenes Tonbandgerät und Cassetten geistlicher Musik, Andachten oder gar heiliger Messen besitzt, sollte dieses unbedingt in den Aufenthaltsraum mitnehmen. Es könnten durch Anhören heiliger Messen vom Tonbandgerät regelrechte, vollgültige Gottesdienste mitgefeiert werden. In jedem Fall erleichtert das Tonbandgerät das Beten des Rosenkranzes, beruhigt die Gemüter und lenkt ab vom schrecklichen Geschehen, das sich draußen abspielt.*"

Die einschlägige Beschwichtigungs- und Horror-Literatur ist reichhaltig, garniert mit kitschigen Christusantlitzen, weinenden Souvenierkitschmadonnen. Einschlägige Publikationen, meist in kleinen Heftchen dargeboten, damit leichter und billiger zu erstehen, werden unter der Hand von Familie zu Familie weitergereicht. Das große Geschäft mit der Angst breitet sich wie eine Seuche aus. Die daran verdienen, wissen um die richtige Mixtur von Fatima, Kommunismus, Papst und primitiver Volksdümmlichkeit. Sehr geschickt werden „*moralischer Niedergang der Menschheit*", „*zunehmende Antireligiosität*", „*ökologische Verfehlungen*" wie die „*rigorose Ausbeutung der Bodenschätze, Vergiftung der Luft durch Abgase, Verseuchung der Flüsse, Seen und Meere durch Chemikalien ...*" in einen Topf geworfen mit „*kirchlichen Mißständen*" wie der „*Leugnung der Gottheit Christi, der Jungfrauschaft Mariens, der Realpräsenz Christi im Tabernakel, Einführung der Handkommunion ..., Bußandachten statt Ohrenbeichte, kaum noch Gebrauch von Sakramentalien, Leugnung von Hölle und Fegfeuer*".

Ganz im Sinne rechtsreaktionärer, überaus traditionalistischer Denkweisen, nahe verwandt dem Herrn Levebvre. So leicht geht die subtile Volksbeeinflussung. Man nehme:

1. *die Gläubigkeit der (dummen oder dumm gemachten) „einfachen" Menschen besonders in den katholischen Regionen,*
2. *die latent vorhandene Angst*
3. *die kultische Unheimlichkeit*

und mische das alles, suche sich einen katholisch verbrämten Verlag, benütze Wallfahrtsorte zur Verbreitung, umgebe alles mit Geheimnissen und setze die Kost dem gläubigen und abergläubischen Volke vor.
Dann ergibt es eine ähnliche wirksame Verblödungs-, Einschüchterungs- und Ablenkungsmixtur wie *NEW-AGE* oder *OPUS ANGELORUM*.
So einfach ist es offenbar.
Die hier aufbereiteten Fakten entsprechen haarscharf dem Bedürfnis einer sehr breiten Bevölkerungsschicht. Der rationellen, rationalistischen, technisch offenbar total vereinnahmten Welt muß eine gefühlsbeladene, emotionelle, kultische, geheimnisvolle Gegenwelt entgegengesetzt werden.
NEW-AGE, OPUS ANGELORUM und das *GESCHÄFT MIT DER WELTUNTERGANGSANGST* entsprechen voll diesem Trend. Auch die Suche nach Wurzeln und Erdstrahlen.

Stimmt es?

Ungewollt oder unbewußt werden die uralten Schalensteine im Laaser Tal (Vintschgau/Südtirol) zu zeitgemäßen Gebrauchsartikeln umfunktioniert. Hier wird den Ziegen das lebensnotwendige Salz verabreicht.

Im reichen Felszeichnungsparadies des *Monte Bego* werden seit Jahrhunderten und Jahrtausenden immer neue Zeichen angebracht. So kann es auch diese Imitationen US-amerikanischer Massenartikel auf die frei zugänglichen Felsen verschlagen.

Neben die berühmte und altehrwürdige Kostbarkeit dieser Kultfigur (links) kann auch ein zeitgemäßes Hineinritzen des eigenen Namens oder einer Widmung kommen.
Werner *Bätzing* verdanke ich diese interessante Nachricht über eine weitere *„Erneuerung"* der Felszeichnungen – mit der völligen Profanierung.

„Die flammenden Zeichen der Zeit sprechen eine deutliche Sprache"

Es bricht also über weite Bevölkerungskreise der religiöse Wahn herein, der Fließer-Pfarrer-Wahn, der Alois Irlmeier-Wahn, der allerneueste FATIMA-Wahn wegen der nicht preisgegebenen letzten Geheimnisse:

„Ein Vorläufer des Antichrist wird mit seinen Truppen aus vielen Völkern wider den wahren Christus, den alleinigen Retter der Welt, kämpfen. Er wird viel Blut vergießen und die Verehrung Gottes vernichten wollen ..."

(Fatima, 1917)

Wenn *„zahlreiche Klöster nicht mehr Häuser Gottes, sondern die Weiden des* ASMODEUS *(das heißt des Teufels der Unkeuschheit)"* sind, wird das Gericht hereinbrechen.
Alles hat wieder mit Religion, Teufel, Engel, Fatima, Mutter Gottes, Rache und Verderbnis zu tun. Immer der rächende, der strafende Gott, der Abschreckungsgott. Immer wieder die Katastrophen und wenig Chancen dagegen. Schrecklich die Prophezeiungen des Bayerischen Rutengängers, Brunnenbauers und *„Hellsehers"* Alois IRLMEIER (1894 – 1959):

Die Prophezeiung des Alois Irlmeier

Zwei Männer werden einen Großen umbringen, vielleicht auf dem Balkan –
Von Sonnenaufgang kommt der Krieg, und es geht sehr schnell –
Es kann drei Tage oder drei Wochen dauern –
Von der Goldenen Stadt wird es ausgehen –
Über die Donau wird keine Brücke mehr führen –
Gelber Staub wird fallen von der Goldenen Stadt bis ans Meer –
Die Goldene Stadt wird zu Staub –
Wo der Staub hinfällt, lebt nichts mehr –
Es ist ein gelber Strich, und er geht von unten bis oben ans Meer –
Wer über den Strich geht, stirbt –
Die Heersäulen müssen nach Norden, zurück kommt keiner mehr –
Verschließt die Fenster und Türen, und geht nicht hinaus –
Es werden nur noch Kerzen brennen –
Das Wasser wird giftig und auch die Speisen –
Der Staubtod geht um –
Die Finsternis dauert 72 Stunden –
Am Himmel wird ein Kreuz zu sehen sein –
Wenn die weißen Tauben fliegen, geht es an –
Es werden mehr Menschen sterben als in den zwei Weltkriegen –
Alles muß zu den Soldaten, die Jungen und die Alten, aber kämpfen brauchen sie nicht mehr –
Um Köln wird die letzte Schlacht sein –
Dann kommt eine Naturkatastrophe, und die Russen ziehen nach Norden –
Um die Finsternis und die Not zu überstehen, kauft Blechdosen, und tut Reis und Hülsenfrüchte hinein, die verderben nicht –
Auch das Brot und das Mehl hält sich –
Die Flüsse werden trocken, das Gras gelb –
Wasser aus der Leitung kann man nicht trinken –

Am Rhein ist ein Halbmond, der alles verschlingen will –
Um Landau gibt es nichts mehr, weitum alles gelb und vernichtet –
Nur Gott kann helfen, und die Menschen werden ihn rufen und zu ihm zurückkehren –
Ein flüchtender Papst krönt einen Kaiser –
Hinter dem Papst befindet sich ein blutiges Wasser und tote Priester mit weißen Haaren –
Der Papst flieht nach Südosten oder über das große Wasser –
Dort krönt er heimlich den Kaiser –
Viel Beten kann das Greuel abkürzen –
Die Stadt mit dem eisernen Turm wird von den eigenen Leuten verbrannt, überall ist Revoluton –
Das Meer bekommt große Löcher, und wenn das Wasser zurückkommt, reißt es die Inseln vor der Küste weg –
Drei Städte versinken im Süden, im Norden und im Westen –
Im Osten bringen sich die Großen selber um, denn dort wird eine schreckliche Revolution sein. Rot und gelb sind die Massen auf den Straßen –
Sie werden wieder zu Christus und der Gottesmutter zurückkehren, und das wird ihre Leiden abkürzen –
Wenn die Blumen blühen, wird der Papst zurückkommen und um seine Brüder trauern –
Nach der Katastrophe wird es wärmer, und bei uns werden die Südfrüchte wachsen –
Die Gesetze, die den Kindern den Tod bringen, werden abgeschafft –
Drei Kronen werden sein, und ein alter hagerer Greis wird der König –
Jeder kann siedeln, wo er will, und so viel Land haben, wie er will –
Die Welt hat die schreckliche Zeit hinter sich, und es wird Friede sein bis ans Ende –
Aber anfangen müssen die Leute wieder dann, wo ihre Ururgroßväter angefangen haben –
Bis in ferner Zeit Gott die Menschen ruft –
Wann das sein wird, weiß niemand, und niemand wird es erfahren.

Die Frommen tun sich am leichtesten. Die Frömmler sind die größten Angstmacher. Der Fließer Pfarrer droht den Weibern und Männern, *„wenn die Eitelkeit auf den Friedhof kommt, weicht das Christentum aus dem Haus", „wenn die Kinder wie Affen gekleidet sind, wird das Luthertum in Tirol einziehen ..."* Luther und Teufel sind in diesem Tirol eins: Der alte Pfarrer wird heute wieder ernster genommen als Jahrzehnte vorher. Seine und der anderen stimmungsmachenden Prophezeiungen und Verteufelungen greifen wieder die Menschen an.
Sie werden dem Luxus abschwören.
Sie werden mit der TEUFELSBAHN reiten, mit der von Maas gescholtenen, verteufelten Eisenbahn.
Sie werden – und das ist ohne prophetische Kenntnisse vorhersehbar – gewaltige Naturkatastrophen erleben:

O, ihr lieben Leute in den Bergregionen
es wird über euch kommen
daß die Berge erzittern, daß die Felsen zu Tal fahren,
daß die entwurzelten, die verfaulten Bannwaldfichten zu Abertausenden ins Tal sausen und darunter die nackte Verderbnis verbreiten:
tausend und abertausend zerschlagene Hotels, Fremdenheime, die riesigen Melkanstalten früherer Touristenmelkzeiten,
da werden sie auf den Geldsäcken

sitzen, schreiend, fluchend,
das Geld wird keinen Wert haben.
Sie aber werden in ihrer Vielfraßzeit überrascht,
in den Bars und Nächtigungsanstalten,
werden sich die fetten Gänse und den Kaviar ins Gesicht werfen,
werden heulen und quietschen vor Freude und Lust.
Bis dann der tote Bannwald über ihr Dorf kommt.
Ein guter Rat wird teurer sein als ihre 150-Bettenburgen und Neppanstalten,
ihre Sorge wird nur mehr sein,
den kostbarsten Sarg zu erkaufen,
die billigste Überfuhr zu erhalten,
das Geld rechtzeitig verprassen zu können,
den Himmel für sich selbst mit Geld erkaufen zu können,
den Speichel lecken zu können,
den Arschkriechlohn zu ergattern.
Wehe aber den Nachbarn in den Nachbarorten
im ganzen Tal und in den alpinen Nachbartälern!!!
Wehe wehe!
Keine Zehn von Tausend werden unter den Dreckmassen der herunterdonnernden Lawinen überleben.
Keine Zehn von Tausend.
Das ist grausig.
Ich sage Euch, das sind grausige Bergzeiten.

Immer in solchen Zeiten haben sie die größten Wallfahrten errichtet, die reichsten Ablässe, die fettesten Pfarrpfründe gespendet, die schönsten Kirchen gebaut. Haben sie das?

Waren es nicht vielmehr die Zeiten der Not, der Bescheidenheit, der Armut, der Beschränkung, des zufriedenen Bescheidenseins?

Haben sie nicht dann die Nähe zu Kult und Gottesfurcht verspürt?
Gleichzeitig aber, während die fetten Zeiten angesagt sind, werden es die Angstspekulanten gut haben. Werden gut verdienen und fett werden. Alle vom *Opus Angelorum* und die anderen von radikalen Ideen Besessenen …
Die Zeit des *Kultes*?

Vermarktete Wurzelkultur

Von Signalen eines radikalen gesellschaftlichen Wandels, vom *„Mutterschoß der naturreligiösen und esoterischen Bewegungen"* als *„Gegenkultur"* und was angeblich diese Kultur sein soll:

— von Le-Pen und Schönhuber zur Engelsbruderschaft,

— von der Braunfärbung unserer Grünen Mutter Erde,

— Nachrichten von den Wurzelsuchern,

— New-Age als neue Heilslehre und auch als Wegbereiter für einen neu-esoterischen Faschismus,

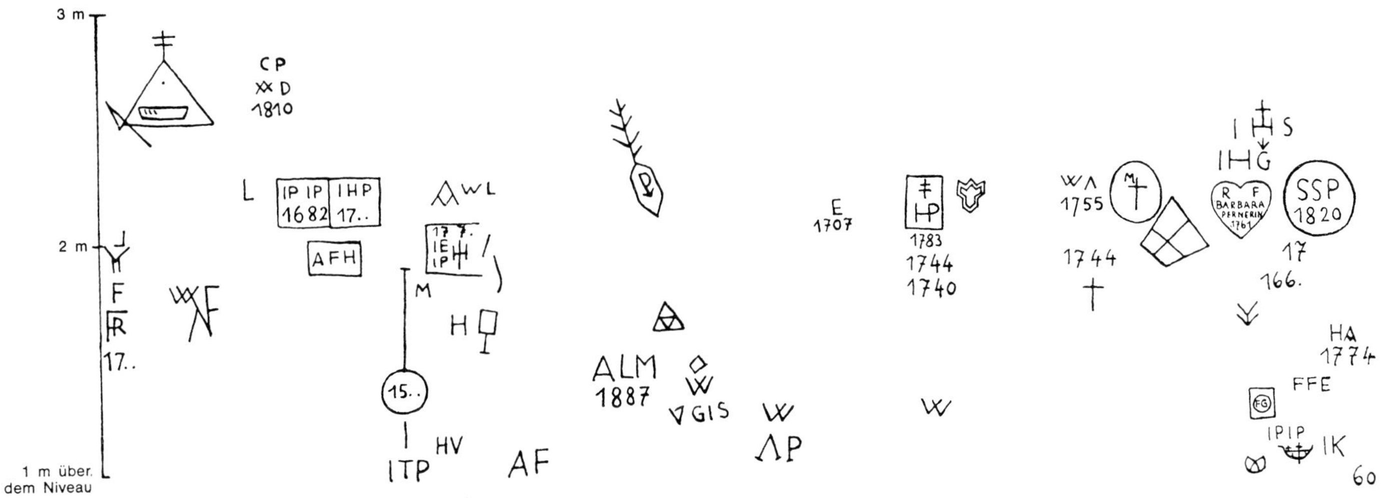

Wie sich die Bilder und Symbole gleichen! Hier die Inventarkarte zu den Inschriftenfelsen in *Traunkirchen* in Oberösterreich und unten die Bildersprache für einen Brief.

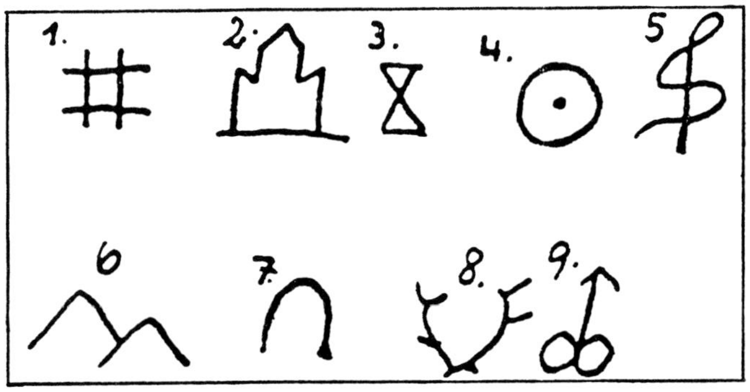

Die *Bilderschrift* aus einer der zahlreichen Fundstätten alpiner Felszeichnungen am Monte Bego oder im Val Camonica, irgendwo im Veltlin, Wallis oder im Toten Gebirge?
Es ist das „*Alphabet*" aus dem Liebesbrief eines Knechtes an seine heißgeliebte Sennerin, aufgefunden unter den Hofurkunden des Bauernlehens in der Erckerrot in Großarl im Lande Salzburg. In der heimatkundlichen Publikation „*Heimat Großarl*" ist diese höchst einfache, sehr symbolreiche Sprache dokumentiert. Dazu wird folgende Erklärung versucht:

1 Milchleiter als Symbol für Sennerin
2 Turmhaus für Kirche
3 Stundenglas für Zeit
4 der Punkt im Kreis für Sonntag
5 die Peitsche für den Hüter auf der Alm
6 zwei Winkelzeichen bedeuten Gebirge
7 das Hufeisen bedeutet Roßknecht
8 ein Hirschgeweih bedeutet Brunft
9 das Sexualsymbol ist klar

— von „*BEP*" – dem, „*Bewußtseins-Erweiterungs-Programm*" – und wie sich etliche Manager mit einschlägigen Trainingsprogrammen Millionenumsätze erwirtschaften,

— von Flucht und Heimat-Suche sowie von den Menschen, die sich in den Alpen aufgemacht haben, einen Lebenssinn außerhalb von Massentourismus, Volksdümmlichkeit und Leere zu finden.

— Schließlich auch von der wiederentdeckten, aber vielfach mißbrauchten Wurzel-Kultur.

Dafür stehen die Alpen knapp vor einer Neuentdeckung.
Also begeben wir uns auf die Suche nach den verlorenen, verschütteten Wurzeln, nach den vermeintlich unwiderbringlich verloren geglaubten Wurzeln, helfen wir mit beim Aufsuchen und Auffinden dieser vermeintlichen Wurzeln.
Dann kommen die Geschäftemacher mit den Wurzelsuchern. Dann warnen wir vor den Vermarktern im touristischen Geschäft, den Fremdenverkehrsvereinen, die gemäß dem Zeitgeist esoterische Wochen verkaufen, die sich mit verlogener Naturmystik und Spiritualität einen schönen Batzen verdienen wollen.
Also könnten wir gemeinsam mit Hans A. Pestalozzi „*gegen falsche New Age-Heilslehren und ihre Überbringer*", gegen die „SANFTE VERBLÖDUNG" vorgehen, ihr in kritischem Bewußtsein um die bisher vernachlässigten Kräfte eine neue Kraft entgegenstellen.
Es wird vielleicht auch möglich sein, eine wahrhaftige, eine dauerhafte Kraft zum Leben und Überleben in den Berggebieten zu entdecken. Vielleicht helfen diese Kräfte auch mit, das Neue Zeitalter zu erleben, mit autonomen Menschen, mit selbstbewußten Individuen. Es muß als Hoffnung gelten können, die nach alten Volksüberlieferungen verheißene Zeit des Friedens und der Gerechtigkeit zu erleben.

Einige STATIONEN auf dem Weg in die heutige Neubewertung von Kraft aus der Wurzel liegen in der Schweiz, im Waldviertel und bei den Indianern. Viele der höchst fragwürdigen Pendel- und Wünschelrutenmißbraucher, der Geomantie-Spekulanten, der Erdstrahlenpseudoexperten, der anrüchig braun-nationalistischen Forscher haben uns trotzdem ein Stück weitergebracht. Deshalb gibt es ein sehr kritisches Hinterfragen des Massenkultes um Erdstrahlen, Pendler, Kraftplätze, Hexen, Weise Frauen.
Die Amtskirche, allen voran die katholische Kirche, hat lange Zeit durch Bildersturm und Rationalität alte Wallfahrten, Prozessionen, Kulte und Volksbräuche ausgerottet oder auszurotten versucht und damit suchende Menschen den neuen „*Heils-Lehrern*" in die Fänge gespielt.
Bald nach 1945 soll es in der Schweiz Gruppen gegeben haben, die im „*Untergrund Sippen bildeten und alte heidnische bzw. volkstümliche Jahresbräuche wiederbelebten.*"

(GUGENBERGER/SCHWEIDLENKA)

Zwischen 1951 und 1953 war der große Literat und Poet H. C. ARTMANN aus Wien („*med ana schwoazzn dintn*") mehrmals in der Schweiz, „*um nach erhaltenen mystischen Überlieferungen der Alpen zu suchen. Um ihn bildete sich ein Kreis, der sich mit Hexenhöhlen und Druidenstei-*

nen befaßte. Es dürfte auch Kontakte in die USA gegeben haben, wo bereits Wanderungen zu alten Kultstätten und Vollmondritualen stattfanden."
(GUGENBERGER / SCHWEIDLENKA)

Im Sommer 1971 wurde ein *„gegenkulturelles Dorf"* im Wallis errichtet. Die dortigen Idealisten und Indianerfans erbauten sich Jurten, Hütten und Wohngruben und versuchten sich im naturreligiösen Stammesleben. Ein wirklicher Indianer, der 1973 das Dorf besuchte, warnte die Europäer davor, die Indianer zu kopieren. Sie sollten sich vielmehr mit den eigenen naturverbundenen Traditionen beschäftigen.
Vom Wallis aus ging eine Welle von Pilgerzügen zu den Kultplätzen, zu den alten Bergheiligtümern, insbesondere zu den Felszeichnungen der Val Camonica. Sergius *GOLOWIN*, einer der Alpin-Gurus, einer der in allen einschlägigen Publikationen immer zitierte Wissende um Zigeunerkultur, um Weise Frauen, um die *„Kraft der Berge"*, ein höchst amüsanter, emotioneller Plauderer und Wanderprediger, mag die nachfolgenden Wurzelsucher maßgeblich inspiriert haben. Als *PILGER ZU FELSBILDERN* war Golowin auch der Anführer. Im 1 800 m hoch gelegenen Dorf oberhalb der Waldgrenze waren interessante Persönlichkeiten, Gottsucher und andere Sucher aus allen Teilen Europas und den USA zusammengekommen.
Von solchen Gästen kam die Kunde über geheimnisvolle Felszeichnungen am Monte Bego und besonders im nahen Val Camonica. Also pilgerten sie dorthin.

„Beide Gegenden waren überdies gerade in jenen Jahren des fanatischen Suchens zu wahren Pilgerstätten der Jugend geworden. Anhänger der Theorien von Forschern wie Charroux oder Erich von Däniken schätzten diese Bilder als Beweise für höhere Wesen von anderen Sternen, die mit ihren Raumschiffen auf den Bergen gelandet seien und den Erdenmenschen vom Himmel die Kultur gebracht hätten."

So also wurden die großartigen Felszeichnungen in einem relativ kleinen Kreis von Insidern zu neuen Wallfahrtsstätten.

„Auch wir besuchten dann 1971, mitgespült von der damaligen Welle der Neuentdeckung der Alpenkulturen, das Camonica-Tal ... In jenen Jahren des Pilgerns zu den Sagenplätzen der Alpen erkannten wir aber etwas, das uns viel erstaunlicher schien als die Möglichkeit irgendwelcher vorgeschichtlicher Raumfahrer, durch unvorstellbare Weiten des Einstein-Universums überlichtschnell zu reisen: in den Steinkreisen der neuen Jugendbewegungen in den Walliser Höhen und denen im Camonica- Tal erschien die Zeit, ganze Jahrtausende gleichsam aufgehoben. Für Amerikaner oder Mitteleuropäer von Amsterdam bis Bergamo wurden in den Nächten unter dem Sternenzelt die urältesten Märchen und Zeichen seltsam lebendig und damit ahnungsweise verständlich."
(S 107, 108 *GOLOWIN*, Die Weisen Frauen)

Von diesen – noch überwiegend emotionellen – Suchaktionen ging es schnell hinüber zur gewinnträchtigen Veranstaltungs- und Vermarktungskultur.
Auf drei *SCHAMANENTREFFEN* in den Jahren 1982, 1983 und 1984 im tirolischen Alpach folgte das nicht mehr vermeidbare Groß-Spektakel um Druidenkult und

Zu den Abbildungen auf den Seiten 224 und 225:
Die uralte *Rutschbahn* von *Castelfeder*, der *„Krone aller Südtiroler Schloß- und Kirchenhügel, aller vor- und frühgeschichtlichen Siedelstätten ...“*, oberhalb von *Auer* im Bozner Unterland. Sie ist ca. zwei Meter lang. In der Mitte ist ein kleines Kreuz eingemeißelt, wohl ein vergeblicher Versuch, dem fruchtbarkeitsfördernden Rutschen über den Stein eine christliche Wendung zu geben. Wie aktuell dieses Rutschen ist, hat Gianni *Bodini* festhalten können. Ist der alte Ritus zum Kinder-Rutschen *„abgesunken“*? Oder kommen Frauen auch heute noch (heimlich) zum Felsen?

Keltenromantik im *Waldviertel* in Niederösterreich im Jahre 1984, einberufen vom Münchner Dianus-Trikont Verlag, persönlich initiiert von der dort wohnenden, aus Frankreich stammenden Schloßherrin. Viel Prominenz bemühte sich um das keltische Bewußtsein, seine Wurzeln im Waldviertel, tummelte sich beim Sommernachtstraum, zahlte und ging wieder. 300 Gäste waren zusammengepfercht auf kleinem Raum, Gäste des *„Chemie-Feuerwerkes"* bei der Ruine Lichtenfels. Das Stift Zwettl und der Österreichische Rundfunk hatten brav mitgespielt.
Dieser Druidenzauber hatte in der Folge nicht unwesentlichen Anteil an der Vermarktung und mitunter zweifelhaften Popularität des neuen Kelten-Bewußtseins, aber auch am Erstarken esoterischer Strömungen, an der Ausbreitung von New-Age, von gutem, weniger gutem und viel falschem Zauber.

Im Jahre 1985 erschien *„Die sanfte Verblödung"* von Hans A. Pestalozzi zum ersten Mal; 1988 bereits in sechster Auflage. Diese notwendige Abrechnung *„gegen falsche New-Age-Heilslehren und ihre Überbringer"*, vom Autor als Pamphlet deklariert, gibt sich sehr angriffslustig und wurde recht populär durch etliche starke Sprüche:

„Ich werde das Gefühl nicht los, daß New Age ein superraffinierter Trick jener Kreise ist, die ihr Möglichstes tun, um die sich anbahnende Rebellion der Basis des Volkes zu unterlaufen ... Wenn die Manager, Dozenten, Experten scharenweise in die New Age-Veranstaltungen laufen, dann weiß ich, daß sich nichts ändern wird."

(S 56 u. S 60)

In weiten Bereichen der sogenannten Erwachsenenbildung grassierte und grassiert dennoch die New-Age-Welle, maßgeblich bereichert aus katholischen Kreisen. *„Dann weiß ich, daß sich nichts ändern wird"*, nichts zur gesellschaftlichen Veränderung, nichts zum engagierten Kampf gegen Baumsterben, gegen parteipolitische Korruption und andere Mißbräuche, nichts zur Solidarität mit Bürgerinitiativen und zum Protest gegen massentouristischen Ausverkauf, gegen riesige Transitbelastung und die Qualen an Brennerautobahn, Gotthardstraße und Fernpaß.
Massenmedien benützen die Welle der Verflachung. Wenige kritisch eingestellte und wache Bürger spüren es. Der Kult gebärdet sich anheimelnd. Viele fallen darauf herein. Wenige setzen sich zur Wehr:

„Den heiligen Plätzen droht ein weiterer Mißbrauch: New-Age-Manager vermarkten sie geschickt für esoterische Seminare, als würde ihnen die Energie dieser Orte gehören ... Die Haltung des Nehmens überschattet weiterhin die Weisheit des Gebens", schreibt Roman Schweidlenka in der Folge 53 der Zeitschrift *„Alternativ-Magazin"* vom Herbst 1989. *„Heilige Plätze zwischen Mythos und Politik"*.

Inzwischen werden die Regale in größeren Buchhandlungen mit dem Fachbereich *Esoterik* immer länger und umfangreicher. Fast wöchentlich taucht ein neues Buch auf über Geomantie, Erdstrahlen, Erdkräfte, Pendel, Wünschelrute, Starke Plätze und Kult-Plätze. *„Ein Führer zu den alten Opferplätzen, Heiligtümern und Kultstätten in Deutschland"* erschien bei Hoffmann und Campe. Dieses *„Kultplatz-Buch"* beschreibt nach 30 000 Kilometern im Ge-

Feuer- und Fruchtbarkeitskult sind wie eh und je aktuell.
Im *Vintschgau*, im Tiroler *Oberinntal*, im *Engadin*, in *Vorarlberg* und anderen Regionen werden hauptsächlich am ersten Fastensonntag die *Funkenfeuer* entzündet. Hier werden hohe Stangen mit Stroh umwickelt und entzündet.

Oberhalb von Schlain im Obervintschgau.

ländewagen durch das Land rund 240 Naturheiligtümer, erklärt Platz für Platz *„mit einer minutiösen Zugangsbeschreibung"*. Alle Hobbyforscher und Wurzelsucher können sich *„endlich"* ihren Kultplätzen nähern, können sich an Wochenenden unter die Scharen der Suchenden mischen. Das große Suchen und Finden kann also beginnen. Bestgehütete Geheimnisse wird es bald keine mehr geben. Sensible Plätze sollten rechtzeitig und radikal geschützt und gegebenenfalls abgesperrt werden. Oder wird dadurch der Reiz des Geheimnisvollen erhöht?

Wir gehen neuen Kultplatz-Suchereien entgegen.

Auf Schritt und Tritt mehren sich die Entdeckungen.

Es wird in Kürze geführte Kultplatzwanderungen, Kultstättenerforschungen, Abenteuerklettersteige zu Felshöhlen und Felszeichnungen geben. Ein wahrer Kultplatzboom wird ausbrechen und touristisch ausgeschlachtet werden. Wohl dann dem Ort, der *„seinen"* Kultplatz, seinen Menhir, seinen Steinkreis aufzuweisen hat ...

Auf dem Weg dahin möchte ich zumindest zu allerhöchster Sensibilität aufrufen.

Ich werde mitschuldig sein, weil ich dieses Buch schreibe.

Umsomehr erforsche ich den Mißbrauch.

Auf die touristische Welle von Hallenbad um jeden Preis, dann um Tennishalle um jeden Preis, zuletzt in den Jahren 1989 und 1990 um eine Kunstschnee-Anlage mit Schneekanonen und Schneegarantie um jeden Preis kommt der Menhir so hoch als möglich, der Schalenstein so teuer als möglich. Die neuen Prospekte nach 1994 werden voll sein davon.

Es wird unermeßlich ins Kultische wachsen. Profit und Kult werden eins sein wie nie zuvor. Ganze Wallfahrtszüge und Busreisen werden organisiert, Wunder werden an den Kultsteinen geschehen.

Politiker werden an den Steinen gesalbt, Frauen werden organisiert über die Rutschplatten geschickt, der Reiz des kultisch-Nackten wird alle Scheu überwinden lassen.

Wer betet, der betet am Stein, entzündet das Öllicht, verrichtet seine Andachten und läßt sich vom Reisebus um ein Uhr in der Nacht bei Kerzenschein und Gruselgefühl in die Herbergen zurückführen: Wer nicht dabei ist, ist nicht dabei – bei der Gesellschaft anno 1995.

In den Jahren nach 1998 wird der Stein, Wasser- und Schneekult ins Gigantische anwachsen. Die religiös-esoterischen Fanatiker werden die alten Dorfkirchen besetzen, werden sie umfunktionieren zu alt-heidnischen Kultstätten. Und darüber werden sie riesige Neon-Beleuchtungsanlagen installieren, Nacht für Nacht beleuchtet, und die amerikanischen Micky-*MÄUSE* werden überdimensional weitere Felsen, Gletscherschliffe und Hotelwände zieren, eingeritzt mit Laserstrahlen, erhärtet und kultisch sanktioniert mit dem Blut der Opfernden, aufgeschnitten an Handflächen und Fußsohlen. Alles wird dem neuen Supergott opfern, dem Schneegott, dem weißen Keltengott.

Immer weiter aber werden die Kult-Weiber ihre alten mutterrechtlichen Vorrechte zurückerobert haben. Sie werden mit den Murmeltieren zusammenleben, tief in den ausgesprengten Berghöhlen, wo einstmals ihre Vorgängerinnen, die *SALIGEN*, gehaust haben, dorthin, wo sie die wildjagenden Dorfjünglinge ehemals

Die „*Lärmstange*" oberhalb des Ägidius-Kirchleins von *Kortsch*.
Dieser fruchtbarkeitsfördernde Feuer-Brauch ist in vielen Dörfern des Tales überaus lebendig und aktuell.
Heute scheint es nicht anders zu sein als in alten und ältesten Zeiten, fast immer im gleichen Ritus und mit denselben Erwartungen für ein fruchtbares Jahr, für das Gedeihen der lebensnotwendigen Früchte.

hineingelockt und mit himmlischen Gesängen bezirzt haben. Die Dorfjünglinge werden dort gehalten als Sklaven, als Wäscher und Köche, und sie müssen den Kult-Weibern tagtäglich die langen, unendlich langen blonden Haare kämmen. Der Liebesdienst ist auf die alten Rauhnächte beschränkt, und allüberall werden neue Sagen und Märchen erfunden in den Hotelbars und Diskotheken. Es wird ein neues altheidnisch-kultisches Nudistenleben einsetzen.
Jeder in diesen Bergtälern wird sich in völliger Freiheit entfalten, wird alles haben und besitzen, und es wird die *NEUE VERHEISSENE* Zeit des Friedens und der Freiheit anbrechen.
Vielleicht tritt das alles aber erst im Jahre des Schneegottes anno 2095 ein.
Wir werden abwarten.

Schneekult & Schneegötter

Unsere alpine Sonderform neuer Religion in Wintersportzentren ist der Schnee und nichts anderes als der Schnee, dieser weiße Geldbringer als Naturschnee und Kunstschnee, als Pistenschnee und Abfahrtsschnee, als Schneealtar und Schneebar. Überall sitzen die neuen Götter, auf Liftsesseln, in Schischaukeln, in Betriebsdirektionszimmern und Chefetagen, auf Pistenpflegegeräten und Wallfahrtsschneisen. Sie wedeln, vermarkten, beten, sie prostituieren, scheffeln, bauen und beten immer wieder und weiter so. Neuerdings ersetzen sie altes religiöses Brauchtum durch den Schneekult. Landesoberhoheiten und Pfarrer machen mit. Selbstverständlich fehlen weder Götterbilder noch blutende Madonnen.

„Österreichs Heiligtum ist der Schnee. Die Wallfahrer jedoch sind nur Scheinheilige":

überschrieb ich ein älplerisches Zeremoniell im Jänner 1990 und illustrierte den Schneekult als wahrhaftigen Religionsersatz am Beispiel des Jubiläums-Hahnenkammrennens in Kitzbühel:

Mit etlichen Millionen haben sie den heißgeliebten Schnee aus abgelegenen Hängen, Talfurchen, Schattenlöchern und Schneewinkeln herbeigeschleppt, in riesigen Lkw-Fuhren, über die zusammengekratzten, zusammengebaggerten Schneebrocken auf den Siebeneinhalb-Tonnern, allesamt Richtung Streif, Ganslarn, Imster Putzenwald, Sölder Innerwald, ins Österreicherloch, die gefährlichen Mausefallen verdeckend, geldverschlingend über Sailerhocken, Schranzenlöchern und Wahnsinnsbuckeln. Etliche Millionen hat der KITZKIRI-Wahnsinn verschlungen, umwegrentabilitätsargumentierend, dahinter, verlogen ihrem Schneekult huldigend, die Massen, schreiend an den trockenen Futtertrögen. Armes, fehlgeleitetes Schneehirn, ausgestopft mit Kunstmasse und der Sucht nach noch mehr Unfällen, Beinbrüchen, Schreien und dem KITZKIRISKI-Wahnwitz der allermiesesten Schlager, die in den letzten Monaten auf die Hörer losgelassen wurden, preisgekrönte, vom medial auf-

geteilten ORF-Tirol pausenlos, tagtäglich gesendet, bis zum Erbrechen erbärmliche VolksDÜMMlichkeit. Jetzt haben sie ihren 50fachen Rekordwahnsinn, und wieder ist es zu keinen tödlichen Stürzen gekommen, zu keinen nervenkitzelnden Ausblutungen und Massenschlachtungen. Sie haben ihren jubilierenden Wahnsinn hinter sich gebracht. Die tausendfachen Hubschrauberfliegereien über den Häusern und Höfen haben sich – so wird mit Umwegrentabilität argumentiert – gelohnt; der Lohn ist groß. Im Himmel, im ORF-Studio, bei den Nächtigungszunahmen und im Himmel. Die allerberühmteste Schneewahnsinnigkeit dieses Jahrzehnts ist wieder einmal zum Exempel gemacht worden.
Es ist der weiße Schneewahn. Es sind die kultisch, abgöttisch verehrten Schneeseppln, Pistentonis, Ganslarnhuren und Mausefallenhelden. Es ist der weiße Schneekult, hochgelobt und gebenedeit von allen Medien, stundenlang, aus allen denkbaren Kanälen und Berieselungsinstrumenten, dieser widerliche Schneekult größenwahnsinniger, verirrter Schneenarren und Schneeverehrer. An solchen Schneekult-Tagen sehe ich sie ihre gotischen Flügelaltäre ausräumen, sehe ich ihre Engerln und Barockfiguren an den Pisten aufgestellt, die entweihten Altäre dem weißen Wahn geopfert, die geheiligten Pistenwächter zu diesem widerlichen Treiben mißbraucht, Pfarrer lesen Schneemessen, Bischöfe greifen segnend ein, Weihrauch und Geld einträchtig im HEILIGEN LAND TIROL, umgeben von der weltweiten Medienwelt.
Jaja, immer diese Schneetage, diese weißen Schneetage, alles voller Schneetage und die Schneeheiligen am Abend in der Bar, rundherum diese gemästeten Pistenpatrone, die Heinis und Tonis und der mißratene Haufen rundherum.
Olm lei sella schneatooge, olles lei sella schneatooge, ummedum lei sella weiße scheinheilige schneatooge ummedumm sella gemäschtate söschtelen und töttelen und ollan vöeron is greaschte töttele.
Unser Heiligtum. Unsere Rettung. Die Abschöpfer und Zureicher sind wieder einmal dabeigewesen, die Geldbringer, die Angeber mit dem größten Kitzschmäh, die über alle Kämme hinaus aufgeschwollenen Hahnenkämme der Eitelkeiten. Und alle sind gekommen zur großen Huldigung: Landeshauptmann und Ehrenpräsident, Landeszuhälter und Finanzkämmerer, Bundesgottheiten und ihre Vasallen, alleröberste Intendanten und gleichermaßen erprobte Intriganten, käufliches Wählervolk und im Sonnenschein dieses Wählervolkes sich sonnende Politikergattinnen in Nerz und Leder, Tracht und Loden. Dieses einzigartige Herzeigspektakel hat uns erobert.
Und die PROTESTE?
Kultur sagen sie dazu. Der Rundfunk, das Fernsehen hat einen Bildungsauftrag. Bildung sagen sie dazu. Kultur und Bildung also; Kult, Wahnsinn und Degeneration.
Dann war der Traum zu Ende. Sie zerschlugen ihre Barockengerln an den Pisten, stellten die gesamten Monstranzen des Bezirkes auf ihre Schneealtäre, ließen die obersten Schneepriester zu sich kommen, erbauten einen weit über Horn und Hahnenkamm hinausragenden Schneeturm, immerwährend kunstbeschneit, immerwährend und vorzüglich präpariert und immerwährend die Wallfahrten aus allen Alpenländern betend und hurend den Berg hinansteigend. Knapp vor ihrem Tod."

(erschienen in der „*WOCHENPRESSE*"/Wien, in der Ausgabe vom 9. Februar 1990)

Meine vermeintlich als Visionen aufgefaßten Schilderungen werden ununterbrochen überboten, von der Realität Tag für Tag eingeholt. In den lebhaftesten Phantasiebeschreibungen kann es nicht drastischer dargestellt werden, wie es Woche für Woche die Tatsachen beweisen.

Snow - Kult auf 3 440 Meter

Da wurde also im Dezember 1989 die neue Seilbahn auf die 3 440 m hohe Spitze des Hinteren Brunnenkogels in den Ötztaler Alpen eröffnet, eingeweiht, der schifahrenden Welt zur Verfügung gestellt. Diese als neue und zugleich höchste Seilbahn Österreichs gefeierte Anlage wurde Gegenstand besonderer Verehrung.
Es sollte also das komplette Zeremoniell ablaufen, wie es ansonsten und bisher üblich bei kirchlichen Dorffesten besonderer Art geübt wurde, etwa bei einer Kircheneinweihung, bei der Installierung eines neuen Pfarrers, bei der Weihe einer neuen Kirchenfahne, beim Jubiläumsfest eines altgedienten Pfarrers. Kult und Zeremonie im Dorf sind Zeichen lebendiger Tradition im religiösen Bereich.

Vorhergehende Seite:
Die Kontraste im gleichen Jahr, bei fast denselben Menschen (den Tirolern bzw. Tyrolern). Der *SNOW-KULT* pervertierter und verkommener Älpler auf der einen Seite und der uralte *FEUER-KULT* beim Abbrennen der strohumwickelten Kreuze im Vintschgau (Schlanders). Durch den nächtlichen Himmel ist die Bahn einer glühenden Holzscheibe erkennbar.

Zeichen der gewandelten Zeit, Symbol eines durch und durch degenerierten, geradezu mutierten Völkleins in den Bergen ist also die Eröffnungsfeierlichkeit am *BRUNNENKOGEL*, rundum in der weißen Pracht der Gletscher und im Angesicht der allerschönsten, der 3 774 Meter hohen Wildspitze.
Auf christkatholisch-älplerisch-tirolerisch-folkloristische Weise konnte als das Zeremoniell ablaufen. Dazu sei aus der Regionalzeitung wie folgt zitiert:

„Ein EHRENSALUT der SCHÜTZENKOMPANIE St. Leonhard begrüßte den LANDESHAUPTMANN, dessen Stellvertreter Hans TANZER sowie zahlreiche weitere EHRENGÄSTE auf 2 480 m. Für die musikalische UMRAHMUNG des FESTAKTES sorgten die MUSIKKAPELLEN aus Zaunhof und St. Leonhard. Die SEGNUNG der neuen Anlage nahm PFARRER Paul Grünerbl vor, als TAUFPATIN fungierte Elisabeth Zwilling, die Mutter des ehemaligen Abfahrtsweltmeisters. KAISERWETTER ermöglichte den Gästen bei der Auffahrt mit der Pitz-Panoramabahn einen herrlichen Ausblick auf die Pitztaler Bergwelt."
(Blickpunkt, 2.11.1989, Hervorhebungen durch den Autor Hans Haid)

Aus volkskundlich-wissenschaftlicher Sicht sind alle wesentlichen Elemente eines religiös-kultisch geprägten Festes vorhanden. Der Ablauf ist korrekt und zeremoniell perfekt. Mit Ehrensalut, Schützen, Musikkapelle, Segnung und Taufpatin sind alle *HEIMATSCHÜTZLERISCHEN* Religio-Elemente vereinigt. Mißbraucht sind dabei Schützen, Musikkapelle, Pfarrer und Heimatschützer. Rundum wird in berechtigter Sorge um Naturerhaltung jede weitere Gletschererschließung als grobe Naturzerstörung angeprangert. Es werden sogar von offiziell zuständigen Politikern sogenannte Denk-

pausen für drei Jahre überlegt. Immer und überall haben die einsichtigen und weitsichtigen Natur- und Heimatschützer berechtigte Sorgen angemeldet. Hier aber, mitten in der Gletscherwelt, mitten in der alten Pracht der *Heiligen* Berge von ehemals, werden alle Maßstäbe durchbrochen, dort wird brutal erbaut, *„erschlossen"* und zugrundegerichtet. Also *Segnet* der gröblich in den Dienst der Tourismus-Lobby gestellte Dorfpfarrer das Naturzerstörungswerk. Er macht mit. Er stellt sich in den Dienst der neuen Religion. Es können also die Sektflaschen an der segnenden Monstranz zerschellen. Es darf also die *Heilige Gletscherkommunion* empfangen werden.
Das ist nur der Anfang einer kultischen Zeremonie. Jetzt tritt noch der Landeshäuptling auf, er erhebt seine ebenfalls von der Massentourismuslobby gezüngelte Zunge, und er ruft es laut hinaus:

„Die Gletscher sind die Weizenfelder des Tiroler Oberlandes."

Und er kann nicht aufhören im Lobpreisen der Naturzerstörung allergrausigsten Art. Also ruft er noch einmal aus:

„Der Gletscher ist ein Segen für das ganze Tal."

Der Landesherr beschwört den *Segen*. Der Pfarrer weiht. Der *Schneealtar* ist errichtet. Gottes Segen ist der *Geldsegen*. Der *Schnee* ist ihr Gott. Der Mythos Berg ist in sein Endstadium getreten.
Für das nächste Jahrtausend soll eine neue, die ganze Berggebiete umfassende neue Berg-Kultur vorhergesagt werden.

Findige Tourismusmanager, gegängelte Pfarrer, in den Schneedienst gestellte Politiker werden sich noch vielerlei einfallen lassen. Wir gehen offenbar dem neuen *Götzen-Zeitalter* entgegen.
Bergheil. Vergelts Gott. Verschone uns o Herr. Wöll wöll und laß keinen Ausbaustop auf uns kommen.

Gelobt gebrochen gelobt und wieder gebrochen ...

Da kam das große Wasser und da donnerten die Muren ins Tal, verschütteten das Dorf, und die Leute waren ratlos. Sie gelobten also, zur Abwendung weiterer Wasser- und Murenschäden, alljährlich Messen zu feiern, Bittgänge abzuhalten und mit inbrünstigem Eifer zu beten. Also geschah es anno 1702 in Längenfeld und es hätte mehrfach an vielen Orten der Alpen geschehen können, in Plangeroß und in Feichten, in Kurzras und Schönau. Dieses aber geschah beispiel- und modellhaft in diesem Ötztaler Ort. Sie gelobten also feierlich, am 26. Juli (Annatag) eine Bittprozession zur Maria-Hilf-Wallfahrtskirche in Gries mit *„Creiz und Fähnen in volckhreicher Versammlung und inbrinstigen Eifer und Gebett"*. Und das hielten sie durch alle die nachfolgenden Generationen. Und dann kam wieder einmal der wilde Bach und die Sturzflut aus dem Sulztal heraus, und nach diesem großen Schaden vom Jahre 1965 erneuerten und bekräftigten sie in feierlicher Form das Gelöbnis und das lautete also:

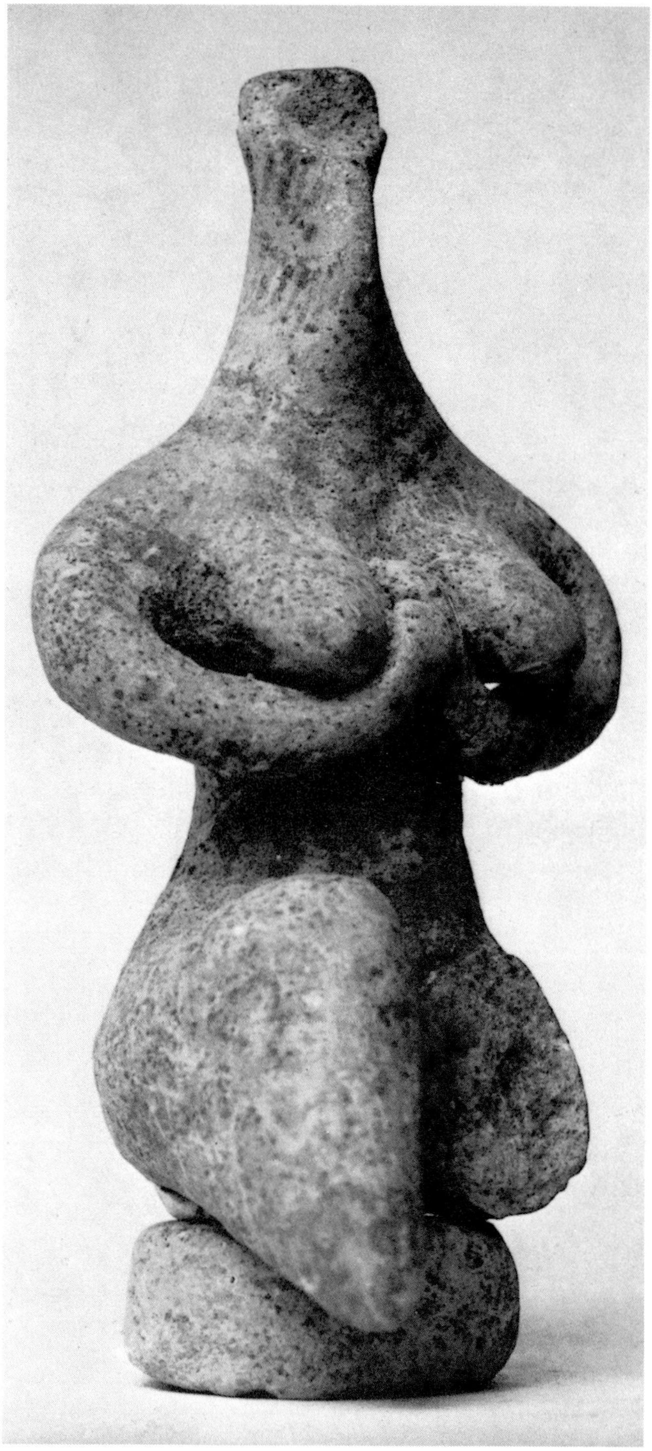 

Weitere, immer wiederkehrende Darstellungen von *Fruchtbarkeit* zur Beschwörung von fruchtbarem Weiterleben. So und ähnlich ist es weltweit verbreitet. Nicht erst durch die letzten Jahrzehnte oder Jahrhunderte. Ob bei der Venus von *Willendorf*, der Frauenstatuette von *Falkenstein* (Niederösterreich, Abbildung rechts), der neolithischen Figur aus *Tal Chagar Bezar*, Mesopotamien, oder beim Bronzewagen vom *Strettweg* (Steiermark).

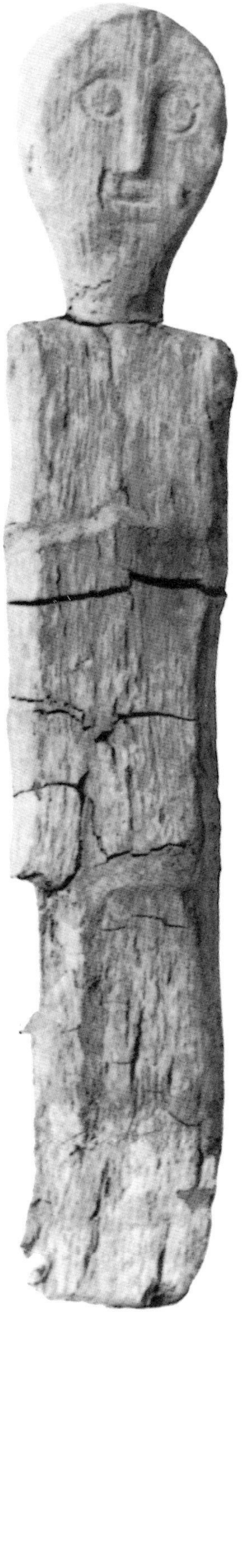

Weihefiguren aus Holz, Stein, Bronze, Gold oder anderen Materalien gehören zum gemeinsamen Erbe aller Völker in den Erdteilen.
In einem Quellheiligtum bei *Monbouy* in Frankreich wurden diese beiden Figuren gefunden. Sie erinnern an einfache Volkskunst auf Borneo und bei Hirten in den Alpen, an Brunnenplastiken der Gegenwart und gleichermaßen der weiteren Zukunft.

Zwischen dem verwitterten Bildstock (Seite 238) aus Südtirol und der modernen Plastik des aus den Dolomiten stammenden Künstlers Adolf *Vallazza* scheinen sich die Unterschiede zu verwischen. *Vallazza* hat dies und viele weitere *Totem*-Figuren aus Holz geschaffen.
Widerspiegelung des eigenen Lebens in der Figur.
Naive Volkskunst und höchste Kunst knapp nebeneinander. Immer wieder geboren und erneuert, angezündet und bestimmt vom *Glauben*, von der *Religio*, vom *Kult*.

„Die seinerzeit von unseren Vorfahren zur Abwendung von Wassergefahren durch den Fischbach gelobten drei Tage, nämlich Gründonnerstag, St. Johannstag und St. Annatag, in der letzten Zeit gehalten am Karfreitag von 12 Uhr mittags an, Pfingstsamstag und Annatag mit verlobten Bittgang nach Gries, werden neuerdings als verlobte Feiertage für die ganze Pfarrgemeinde Längenfeld gelobt und zwar als Bitte an den Allmächtigen, daß er die Pfarrgemeinde in Zukunft vor allen Wasser- und Murenkatastrophen verschonen wolle ..."

Unterzeichnet wurde vom Pfarrer, Pfarrkirchenrat und für die Gemeinde vom Bürgermeister, genehmigt wurde vom Bischof. Ein frommes Volk, voll Vertrauen und ganz im Sinne der vorher geschilderten Charaktereigenschaften, der *„Liebe zu altem Brauchtum"*, *„das im großen und ganzen noch tiefen Glauben hat"*, *„treue Söhne der katholischen Kirche"*. Im Jahre 1973 hat auf Drängen des örtlichen Wirtschaftsbundes der Gemeinderat beschlossen, den Anna-Tag als verlobten Feiertag aufzuheben. Der Bischof gab die Erlaubnis dazu.

„Dank des Entgegenkommens unseres Herrn Pfarrers, sowie des Einverständnisses des Gemeinderates mit dessen Vorsprache beim Herrn Bischof ist es uns gelungen, diesen Feiertag aus der Hochsaison heraus in die Vorsaison, mit nachfolgender Regelung zu verlegen."

(Schreiben des Wirtschaftsbundes vom 10. Mai 1973.)

„Anstatt des Annatages wird der Samstag vor Pfingsten als Feiertag begangen ... Mit dieser Neuregelung ist das frühere Fischbach-Gelöbnis mit seinen früheren Verpflichtungen erloschen",

schreibt dazu der Bischof von Innsbruck am 29. März 1973.

Dann gaben alle Bäche und Murstriche Ruhe. Die Natur war offenbar beruhigt. Gebet und Prozession hatten gewirkt. Auch als dann im denkwürdigen August des Jahres 1987 auf der Strecke von Umhausen nach Längenfeld kilometerlang die Straße weggerissen wurde, als in Aschbach ein ganzer Hof zerstört wurde, als in den reißenden Fluten der Ötztaler Ache dreizehn Menschen, darunter neun Einheimische, umkamen, und als dann im Maurach eine kleine Kapelle errichtet und feierlich eingeweiht wurde, schien sich nichts zu ändern. Ich lobte die frommen Seelen und staunte immer wieder, daß an der neuen Kapelle immer viele Lichter brennen und immer wieder Fromme betend dort verweilen. Und so war ich langsam versöhnt und der für mich unfaßbare Beschluß von 1973 zur Abschaffung des Annatages *„aus der Hochsaison"* heraus geriet (fast) in Vergessenheit. Dann kam der März 1989 und ein neuer Gemeinderatsbeschluß.

„Jetzt, nach knapp 25 Jahren wurde dieses Gelöbnis gebrochen. Laut Bürgermeister Wili Kuen sei es wirtschaftlich nicht mehr tragbar, an diesen drei Tagen Geschäfte und Betriebe geschlossen zu halten. Der Gemeinderat plädierte daher mit 14:1 Stimmen für die Auflösung der verlobten Feiertage ... als einziger Gemeinderat hat Gerhard Prantl (SPÖ) gegen die Aufhebung der Feiertage gestimmt ..."

(Tirol aktuell)

Somit ist der Schlußpunkt gesetzt.

Zwischen 750 und 400 v. Chr., ca. 8 cm hoch, Bronze.

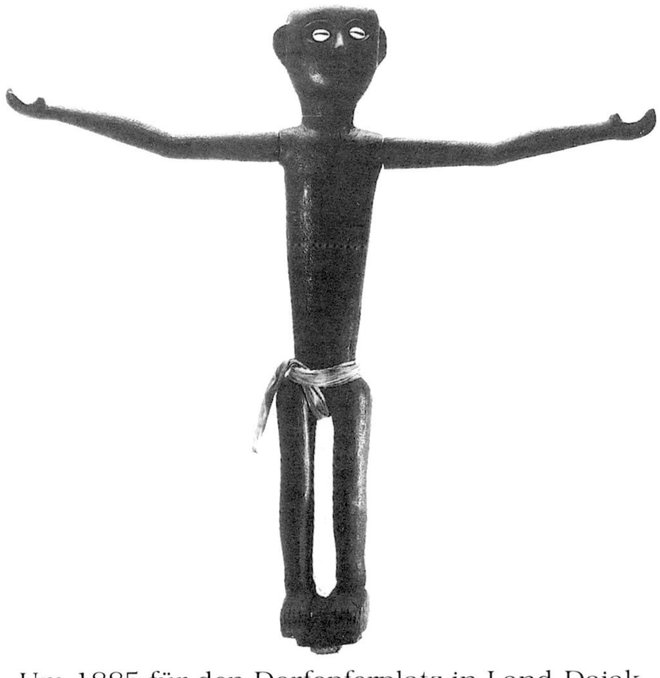

Um 1885 für den Dorfopferplatz in Land-Dajak, Borneo entstanden.

So sei also noch das Kultfigürchen von der PARZINN-Alm in Tirol neben das Pantak-Bildnis eines Ahnen aus dem fernen Borneo gestellt. Beide haben segnend und beschwörend ihre Arme ausgebreitet:

Parziner Kultfigürchen

schwerbeladen
über die jöcher
die heimliche gier
kultobjekt
senner & hirten
miteinander
figürchen schnitzen
in bronze gießen
begreifen
antasten
den KULT treiben
abreagieren
aufrichten
vielleicht zum GEBET
zur unzucht
in der steinhütte
der Alte & der Junge
versteckte gier
schuld & reue
figürchen
bronze & KULT
auf der ALM
seelenangst
leibesnot
abreagieren
& büßen
schwerbeladen
zurückwandern
über jöcher
& sünden
& büßen
(Hans HAID)

vrgalts-gött wöll töll völl olle kirchen
und olles völl a güete saison
und koane müeren mea ummha
wöll wöll und haufn Galt
vrGaltsgött getrüilach

Der Herrgott vergelte es ihnen und es sind alle Kirchen noch da und alle Saisonbetten sind voll und es gibt wieder eine gute Saison und es sind keine Muren weit und breit zu sehen und jawohl: eine Menge Geld ist vorhanden. Vergeltsgott!

Es bahnen sich zweierlei Extreme an. Zuerst ist es die weitere Mutation und Degeneration des Älplers, die folkloristisch-touristische Raffgier, das weitere Erbauen von Aufstiegshilfen in die höchsten und schönsten Gebirgsregionen, *„das Erschließen"* letzter Ferner-Schönheiten, das geistige Verkümmern der massentouristisch begrenzten Hoteliers-Hirne, das Dahinweichen des Geistes und der Poesie sowie das erschreckende Zunehmen der neuen *„Kulte"* in den Alpen mit *Snow*-Mythos und Betten-Wahn, allesamt eingebunden in eine neue Sehnsucht des Menschen nach Wurzeln und Geborgenheit, nach der Wiedergewinnung der eigenen Überschaubarkeit und Gestaltbarkeit. Wehe aber diesen *Snow*-Helden und miserablen Heimatzerstörern!
Wehe diesen Götzenketzern mit den geschrumpften Hirnen! Es ist erschreckend, wie in diesem einen Teil alpiner Kult- und Kulturentwicklung das herkömmliche christlich-katholische Leben verkümmert, wie weiterhin aus alten gotischen Kapellen und Kirchen neue Dorfmuseen und Folklore-Zoos gemacht werden, wie ganze Landstriche mit 300 bis 500 000 Menschen Jahr für Jahr nicht einen einzigen frommen Neupriester oder irgendwelche Klosterschwestern zustande bringen.
Diese Zeit wird durch weiteren Betten-Boom und *Snow*-Kult gekennzeichnet sein.
Was wird dem allen gegenüberstehen?
Ein intensives Wurzelsuchen, ein beständiges Nachforschen, ein Wiederentdecken alter Steine, Mahnmahle, Bergweisheiten, Kräuterkundigkeiten und Überlebensmöglichkeiten.
Es wird sich ein ungeheures Anwachsen der *Kultur-* und *Bürgerinitiativen* ergeben, zwangsläufig, wegen der notwendigen Konfrontation mit den uneinsichtigen Brutalzerstörern.
Diese über die ganzen Alpen und solidarisch in alle Urlaubsländer sich wie im Schneeballsystem ausbreitende *Mündigkeit & Emanzipation* wird immer mehr erstarken und wird etablierten Organisationen nach und nach den Garaus machen. Tausende junger Menschen werden wurzelsuchend die *starken Plätze* der Regeneration und des Krafttankens aufsuchen, werden sich hundertfach zusammenschließen und ein neues Leben erproben: auf Almen beim Käsemachen und Geistergeschichten erzählen; beim Tanz um Mythos und Schalenstein. Und es kann von dieser postmateriellen Denkweise und von diesem *anderen Leben* eine neue Kraft ausgehen.
Wir stehen am Beginn einer Entwicklung.
Wenn unsere Wälder und Bergtäler, Almen und Alpenrosensträucher, Farne und Arnikawiesen tot sind, ökologisch tot und vergiftet, wenn unsere Parade-Tourismus-Folkloreälpler ebenfalls tot sind, also hoffnungslos degeneriert, geistig-musisch tot, dann ist die Chance gekommen für *Mythos & Kult* in den Alpen.
Wir erleben eine neue Zeit.

Nachwort

Das Buch ist persönlich gefärbt. Es ist keineswegs objektiv. Die Auswahl ist willkürlich. Die Beispiele sind aus einer ungeheuren Fülle fast beliebig herausgenommen. Einige Regionen sind überbewertet, aus persönlicher Kenntnis und Anschauung. Andere Regionen sind kaum oder gar nicht vertreten. Südtirol kommt viel zu gut weg. Das liegt am Material. Denn keine Region der Alpen konzentriert auf kleinem Fleck alle wichtigen Formen und Kulte, vereinigt so die alpinen Kulturen, Ethnien und Landschaften. Also ist Südtirol auch exemplarisch für die anderen Paradekulturregionen, das Engadin, die Surselva; Veltlin und die lombardischen Täler einschließlich Val Camonica, Wallis, Val Pelice und Ligurien, Maurienne und rund um den Monte Bego, Friaul und die slowenischen Bergtäler in Italien, Jugoslawien und Österreich, Totes Gebirge und Salzkammergut, rund um den Gardasee. Oberbayern, Salzburg, Steiermark, Allgäu, Friaul, Slowenien und viele andere sind eindeutig zu kurz gekommen.
Mythos & Kult in den Alpen ist eine der Überlebens-Formen im höchst sensiblen, ökologisch und kulturell gefährdeten Alpenraum. Für ein Leben und Überleben, für eine kulturelle Entwicklung und für eine umfassend humane Entwicklung garantieren genauso die alten (aber erneuerten) Kulte wie die wachen, in hunderten Kultur- und Bürgerinitiativen zusammengeschlossenen Menschen. *Kult & Kultur* sind das verbindende Element.
Selbstverständlich gestehe ich ein, kein vollwertiges wissenschaftliches Werk geschrieben zu haben. Um auch nur ansatzweise dem Thema gerecht werden zu können, hätte ein Wissenschafter-Team mit einem vielköpfigen Expertengremium jahre- und jahrzehntelange Forschungen anstellen müssen, und dann hätte es ungelöste Fragen auf Schritt und Tritt geben müssen. So habe ich mich als engagierter Volkskundler, als Poet, Heimatdichter, Bergbauer, Initiator und Motor in Bürgerinitiativen und neuen Kulturprojekten dem Thema zu nähern versucht, habe mutige Interpretationen in den Raum gestellt, habe mich deutend weit vorgewagt, habe Neugier geweckt, habe allzustrenge Analytiker erschreckt. Vielleicht ist es mir gelungen, mich diesem gewaltigen, diesem faszinierenden, diesem höchst vielfältigen, spannenden, für die Kultur höchst wichtigen Thema lesbar und nachvollziehbar zu nähern.
Hoffentlich sind kleine, verwundbare Geheimnisse nicht preisgegeben worden und hoffentlich läßt sich der alpine Kult-Rummel – verbunden mit vielfacher Zerstörung – dennoch vermeiden.

Hans *Haid*, am Annatag 1990

Toumbaren i casei di vilage

Toumbaren i casei di vilage
Sle mountagne abandouná
Un al bot senzo tapage
I casei dle nostre ruá.
Bouch d'erbo biancho, bossou sarvage
Enfoungaren le bianque rei
Ai pe da cles muraies
Esquiapá da l'auro e dal soulei
Per chucchar i-umour
Amar dle nostre grime
Di nostri sudour.
Fraire sien d' batu!
En bram perdù
La saraio d'uno storio doulourouso
Troup d'sarvan lou sero
Saiaren da i soucciere tenebrouse
Per viroundar si quintanes silenziouse
Ad escoutar i vous misteriouse
Que dousse ancaro dapè i lindal
Desert di meisoun
Countaren le storie di minà.
Entant' que la serp estremà
Durmarè sout le peire
Rousse di fouier tupì
e i-oss jaoun di Reire
Spouncharen a l'albo
Dai muret deschaousa d' i-ort.
Laisà fraire la terro di paire
Scapà fraire da la terro di mort
A sudar val pus la peno
A piourar sier pus a gnente.

(Piero Raina)

Cadranno i casolari dei villaggi

Cadranno i casolari dei villaggi
Sulle montagne abbandonate
Una alla volta senza rumore
I casolari delle nostre borgate.
Cespi d'azzenzio, roseti selvaggi
Affonderanno le bianche radici
Ai piè di quelle mura
Spaccate dal vento e dal sole
Per suggere gli umori
Amari delle nostre lacrime
Dei nostri sudori
Siamo dei vinti, fratelli!
Un grido perduto
La chiusa d'una storia dolorosa.
Torme di Silvani la sera
Usciranno dalle ceppaie tenebrose
Per aggirarsi sui vicoli silenziosi
Ad ascoltare le voci misteriose
Che soavi ancor presso le soglie
Deserte delle case
Racconteranno le favole di bimbi.
Intanto che l'aspide nascosta
Dormirà sotto le pietre
Rosse dei focolari spenti
E l'ossa gialle degli Antenati
Affioreranno all'alba
Dai muretti scalzati degli orti.
Lasciate fratelli la terra dei morti.
A sudare non val più la pena
A piangere non serve più a niente.

Toumbaren i casei di vilage/ Cadranno i casolari

Die Hütten in den Dörfern werden zerfallen
eine nach der anderen, lautlos,
an den verlassenen Hängen,
und in den Weilern die Höfe.

Büschelgras und Heckenrosen
werden Wurzeln am Fuß
jener von Wind und Sonne
zerspaltenen Mauern schlagen,
um die Bitternis unserer Tränen,
unseres Schweißes aufzusaugen.
Wir sind Besiegte, Brüder!
Ein verlorener Schrei,
das Ende einer leidvollen Geschichte.

Am Abend werden Scharen von Silvanen (Waldgöttern)
aus ihren dunklen Strünken kommen,
um durch die stillen Gassen zu streifen,
um den geheimnisvollen Stimmen zu lauschen,
die sanft noch auf verlassenen Schwellen
den Kindern Geschichten erzählen.

Während verborgen die Natter
unter den geröteten Steinen
der toten Feuerstellen schläft
und die gebleichten Gebeine
unserer Vorfahren
am Morgen aus den schiefen Mauern
der Gärten ans Licht kommen werden.

Verlaßt den Boden der Väter,
flieht vor der Erde der Toten,
Brüder!
Vergeblich ist jegliche Mühe
Umsonst schon ist jegliches Weinen.

Übersetzung: Xaver Remsing

Literaturverzeichnis

ABSAM/TIROL:
Umständlicher Bericht von dem Bilde der göttlichen Mutter Maria zu Absam. Absam 1801.

ALTERNATIV-MAGAZIN:
diverse Nummern, Linz.

ANDREE, RICHARD:
Ethnografische Parallelen und Vergleiche. Stuttgart 1878.

ANDRIAN, FERDINAND VON:
Höhencultus asiatischer und europäischer Völker. Wien 1891.

ARROWSMITH, NANCY:
Die Welt der Naturgeister. Handbuch zur Bestimmung der Wald-, Feld-, Wasser-, Haus-, Berg-, Hügel- und Luftgeister aller europ. Länder., München 1897.

ASSMANN, DIETMAR:
Die bedeutendsten Wallfahrtsorte Österreichs und Südtirols. Österr. Volkskundeatlas, 6. Lieferung 1979.

ASSMANN, DIETER:
Die Wallfahrt zu 'Unserer Lieben Frau im Walde' in Landeck. In: Volkskundliche Studien. Wagner, Innsbruck 1964.

BAUMGARTNER, AUGUSTIN:
Maria, Mutter der Gnaden. Wallfahrtsstätten in Österreich und Südtirol. Carinthia, Klagenfurt 1989.

BÄTZING, WERNER:
Grande Traversata delle Alpi GTA Teil 2 – der Süden – Weitwanderer. Oldenbourg 1989.

BEERLI, ANDRÉ:
Graubünden. Grischun. 42 Reisevorschläge. Touring Club. Zuoz o. J.

BERNARDINI, ENZO/LEVATI, OMBRETTA:
Lungo le Starde del Sale dal Mar Ligure a Genevra. Genova 1981.

BÜCH, ERNST:
Über den Kult der heiligen drei Jungfrauen von Meransen und seine Beziehungen zu Worms. In: Der Schlern, 45/1971, Heft 5-6, Bozen.

BÜCHI, ULRICH UND GRETI:
Die Megalithe der Surselva, Graubünden. Bände I-VI,. Eigenverlag, Laax, 1987 und folgende Jahre

BÜCHLI, ARNOLD:
Mythologische Landeskunde von Graubünden. Ein Bergvolk erzählt. Desertina-Disentis 1989.

BURGSTALLER, ERNST:
Felsbilder in Österreich. Katalog. Linz 1972.

BURGSTALLER, ERNST:
Felsbilder in Österreich. Österr. Felsbildermuseum. Spital 1989.

BURGSTALLER, ERNST/LAUTH, LUDWIG:
Felsgravierungen in den österreichischen Alpenländern. OÖ Musealverein. Linz 1965.

CAMINADA CHRISTIAN:
Graubünden. Die verzauberten Täler. Die urgeschichtlichen Kulte und Bräuche im alten Rätien. Desertina-Disentis 1986.

CHARPENTIER, LOUIS:
Les mystères de la Cathedrale de Chartres. Laffont, Paris 1966.

CHIRICO, JAKOB DE:
Ausstellungskatalog. Bozen1988.

DEMBECH, GIUDITTA ANSANTE:
Musinè Magico. Archeologia e leggenda in Val Susa. Bancarella, Torino 1976.

DILLIER, JULIAN:
Mändschä sind mängisch wie Gärtä. Rothenburg ob der Tauber 1978.

DOLLINGER, INGE:
Tiroler Wallfahrtsbuch. Tyrolia-Athesia, Innsbruck-Bozen 1982.

DOLLINGER, INGE:
Unsere Liebe Frau von Tirol. Tyrolia, Innsbruck 1987.

EPPACHER, WILHELM:
Berg- und Gipfelkreuze in Tirol. Wagner, Innsbruck 1957.

FILLIPETTI, HERVÉ/TROTEREAU, JANINE:
Zauber, Riten und Symbole. Magisches Brauchtum im Volksglauben. Bauer, Freiburg 1987.

FINK, HANS:
Verzaubertes Land. Volkskult und Ahnenbrauch in Südtirol. Tyrolia, Innsbruck 1969.

FRANCIA, LUISA:
Mond, Tanz, Magie. Frauenoffensive, München 1988. (3. Auflage 1988)

FRANZ, LEONHARD C.:
Heilendes Wasser. In: Der Schlern, 47/1973, Heft 10, Bozen.

FRASS, HERMANN/RIEDL FRANZ H.:
Heilbäder und Heilwässer in Südtirol. Athesia, Bozen 1979.

GERGELY, STEFAN M.:
Beweis für Erdstrahlen. In: Profil, Wien, 12. März 1990.

GERNDT, HELGE:
Vierbergelauf. Gegenwart und Geschichte eines Kärntner Brauchs. Geschichtsverein, Klagenfurt 1973.

Gipfelkreuze auf unseren Bergen:
In: Tiroler Bauernzeitung, Innsbruck, 8. Juni 1989.

Gipfelkreuze im Bezirk Nenzing:
In: Bergfreund. ÖAV-Vorarlberg, Juli/August 1988.

Golowin, Sergius:
Die weisen Frauen. Die Hexen und ihr Heilwissen. Goldmann, München 1987.

Golowin, Sergius:
Magier der Berge. Lebensenergie aus dem Ursprung. Sphinx, Basel 1984.

Graichen, Gisela:
Das Kultplatzbuch. Ein Führer zu den alten Opferplätzen, Heiligtümern und Kultstätten in Deutschland. Hoffmann und Campe, Hamburg 1988.

Graves, Tom:
Pendel und Wünschelrute: Radiästehsie. Theorie und praktische Anwendung. Goldmann, München 1987.

Gruber, Hans/Griessmair, Hans:
Südtiroler Wallfahrten. Athesia, Bozen 1989.

Gruber, Karl:
Aubet-Cubet-Quere. Die Wallfahrt zu den heiligen drei Jungfrauen von Meransen. Arunda Nr. 6, Schlanders 1978.

Gugenberger, Eduard/Schweidlenka, Roman:
Mutter Erde. Magie und Politik zwischen Faschismus und neuer Gesellschaft. Verlag für Gesellschaftskritik, Wien 1987.

Gugitz, Gustav:
Österreichs Gnadenstätten in Kult und Brauch. Hollinek, Wien 2. Auflage 1983.

Haid, Gerlinde:
Mia ziachns den Fodn wohl umadums Haus. In: Österr. Musikzeitung, Heft 9, Wien 1987.

Haid, Hans:
Kleine Kulturgeschichte einer Wallfahrt – Gries im Ötztal ... In: Tiroler Heimatblätter, Heft 2, Innsbruck 1973.

Haid, Hans:
Kommet und erbrechet euch. In: Wochenpresse, Wien, 17.11.1989.

Haid, Hans:
Schneekult, Schneetod & Schneewahnsinn. In: Wochenpresse, Wien, 9. 2. 1990.

Haller, Franz:
Die Sonnenkultstätte am Pfitscher Sattel nördlich von Meran. In: Der Schlern, 46/1972, Heft 5, Bozen.

Handbuch der Geo- und Baubiologie:
Münchener Gesellschaft für Geo- und Baubiologie. München 1988.

Handwörterbuch des deutschen Aberglaubens.
Reprintausgabe Gruyter, 10 Bände. Berlin/New York 1987.

Harrer, Heinrich:
Ladakh. Götter und Menschen hinter dem Himalaya. Ullstein, Frankfurt 1988.

Harrer, Heinrich:
Borneo. Mensch und Kultur seit ihrer Steinzeit. Pinguin, Innsbruck 1988.

Heiltum und Wallfahrt:
Tiroler Landesausstellung 1988. Katalog. Wilten und St. Georgenberg-Fiecht.

Hell, Bodo:
666 Erzählungen. Droschl, Graz 1987.

Hemma von Gurk:
Fb. Gurker Konsistorium. Klagenfurt 1879.

Histoire et Civilisations des Alpes:
Publie sous la direction de Paul Guichonnet. Lausanne 1980.

Höhne, Ernst:
Auf alten Spuren. Bergwanderungen zu historischen Zielen. Berg, München 1989.

Höllhuber, Dietrich/Kaul, Wolfgang:
Wallfahrt und Volksfrömmigkeit in Bayern. Carl, Nürnberg 1987.

Hoppe, Alfred:
Des Österreichers Wallfahrtsorte. Norbertus, Wien 1913.

Hüttl, Ludwig:
Marianische Wallfahrten im süddeutsch-österreichischen Raum. Böhlau, Köln-Wien 1985.

Jäger, Hans:
Passion in der Landschaft. Selbstverlag „Galerie zum Alten Ötztal", Ötz 1990.

Jorio, Piercarlo:
La Migrazione. In: Riccardo Petitti: Sentieri perduti, Quaderni di cultura alpina. Ivrea 1987.

Jorio, Piercarlo:
Il magio, il divino, il favoloso nella religiosità alpina. Quaderni di cultura alpina, Nr. 8, Ivrea 1983.

Jorio, Piercarlo/Burzio, Giorgia:
Fra streghiere possibili santi improbabili montagne vere. Quaderni di cultura alpina, Nr. 24, Ivrea 1988.

Just, Renate:
Das Andechser Gewühl. In: Zeit-Magazin, Hamburg, 12.Mai1989.

Kaltenbrunn/Tirol:
Der marianische Wallfahrtsort Kaltenbrunn im Oberinntal. Selbstverlag, Kaltenbrunn 1969.

Kapfhammer, Günther:
St. Leonhard zu Ehren. Patron der Pferde. Legende und Verehrung. Rosenheimer, Rosenheim 1977.

Keller, Raffaela Poggiani:
Valtella e mondo alpino nella preistoria. Panini, Milano 1989.

Kiessling, Franz:
Über heidnische Opfersteine. Wien1972.

Kindl, Ulrike:
Kritische Lektüre der Dolomitensagen von Karl Felix Wolff. Institut Ladin. St. Martin 1983.

Kriss, Rudolf:
Moderne Wallfahrten. Aus: Wallfahrt in Geschichte und Leben. Düsseldorf 1934.

KÜHN, HERBERT:
Die Felsbilder Europas. Stuttgart, 3. Auflage 1971.

LAGO, BRUNA DAL:
Storie de Magia. Errabonda cultura Lunare fra le custodi del tempo promesso nelle valli Ladine. Roma1979.

LAGO, BRUNA DAL:
Il regno dei Fanes. Roma 1989.

LOERZER, SVEN:
Visionen und Prophezeiungen. Die berühmtesten Weissagungen der Weltgeschichte. Pattloch, Augsburg 1990.

LOOSE, GISELA/VOGT, RAINER:
Tessin. Kunst und Landschaft zwischen Gotthard und Campagna Adorna. DuMont, Köln 1986. (3.Auflage 1988)

LUKAN, KARL:
Wanderungen in die Vorzeit. Kultstätten, Felsbilder und Opfersteine in Österreich. Jugend & Volk, Wien 1989.

LUKAN, KARL:
Alpenwanderungen in die Vorzeit. Schroll, Wien 1965.

LUKAN, KARL:
Herrgottsitz und Teufelsbett. Wanderungen in die Vorzeit. Jugend & Volk, Wien, 1979.

LUNZ, REIMO:
Steinzeit-Funde von der Seiser Alm. Bruneck 1982.

LUNZ, REIMO:
Archäologie Südtirols. Bruneck 1980.

LUNZ, REIMO:
Venosten und Räter. Bruneck 1981.

MAASS ALOIS SIMON:
Pfarrer von Fließ in Tirol. Stift Stams 1989.

MANDL, FRANZ:
Felsritzbilder des östlichen Dachsteinplateaus. Trautenfels 1988.

MANTL, NORBERT:
Vorchristliche Kultrelikte im Oberen Inntal. Wagner, Innsbruck 1967.

MAZZONI, GIANPIERO/SPINI, GIULIO:
Sopravvivenze. Tipolitografia Mevio Washington & Figlio 1985.

MENARA HANSPAUL:
Südtiroler Urwege. Ein Bildwanderbuch. Athesia, Bozen 1984. (2. Auflage 1984)

MERISIO, PEPI:
Leben zwischen den Bergen. Menschen in den italienischen Alpen. Text von Wolftraud de Concini. Atlantis, Zürich 1979.

MERHART, NENNA VON:
Bauerndökter und Heiler in Tirol. Tyrolia, Innsbruck 1988.

MICHELL, JOHN:
Die Geomantie von Atlantis. Wissenschaft und Mythos der Erdenergien. Dianus1969, Goldmann, München 1986.

MICHELL, JOHN:
Die vergessene Kraft der Erde. Ihre Zentren, Strömungen und Wirkungsweisen. Mutter Erde, Warburg 1981.

MILFAIT, OTTO:
Vergessene Zeugen der Vorzeit. Seltsame Steine aus dem Unteren Mühlviertel. Gallneukirchen 1988.

MITTERER, FELIX:
Die Wilde Frau. Theaterstück. Innsbruck 1986.

MORTON, FRIEDRICH:
Hallstatt und die Hallstattzeit. 4000 Jahre Salzkultur. Hallstatt 1986.

MORTON, FRIEDRICH:
Viertausendfünfhundert Jahre Hallstatt im Bilde. Hallstatt 1959. (erw. 1981)

MORTON, FRIEDRICH:
Salzkammergut. Die Vorgeschichte einer berühmten Landschaft. Hallstatt 1956.

MÜNCHNER GESELLSCHAFT FÜR GEO- UND BAUBIOLOGIE:
Handbuch der Geo- und Baubiologie. München, o.J. (1988)

NELH, GEORGES:
Pierres a cupules et roches Gravées en Savoie. Chambéry 1983.

NEMEC, HELMUT:
Zauberzeichen. Magie im volkstümlichen Bereich. Schroll, Wien 1976.

NEMEC, HELMUT/BIRKHAN, HELMUT:
Irland-Insel der Heiligen. Edition Tau, Mattersburg–Katzelsdorf 1989.

NEUGEBAUER, JOHANNES-WOLFGANG:
Österreichs Urzeit. Bärenjäger, Bauern, Bergleute. Amalthea, erweitere Auflage 1990.

OBERMAUERN/TIROL:
Pfarramt Virgen 1989.

OROPA/PIEMONT:
Die Wallfahrtskirche zu Oropa. Biella 1963.

OTTO, GEORG:
Erdstrahlen. Auswirkungen auf unsere Gesundheit. Hugenduber, München 1986.

PACHOUD, ALBERT:
Pèlerinages en Savoie. Société Savoisienne, Chambery 1988.

PARCO DELLE INCISIONI RUPESTRI DI GROSIO E LA PREISTORIA VALTELLINESE:
Sondrio 1988.

PATURI, FELIX R.:
Zeugen der Vorzeit. Auf den Spuren europäischer Vergangenheit. Econ, Düsseldorf-Wien 1976.

PAULI, LUDWIG:
Die Alpen in Frühzeit und Mittelalter. Die archäologische Entdeckung einer Kulturlandschaft. Beck, München 1979.

PENNICK, NIGEL:
Einst war die Erde heilig. Die Lehre von den Erdkräften und Erdstrahlen. Hübner, Zürich 1987.

PENNICK, NIGEL:
Das kleine Handbuch der angewandten Geomantie. Neue Erde, Amrichshausen 1985.

PESTALOZZI, HANS A.:
Die sanfte Verblödung. Gegen falsche New Age-Heilslehren und ihre Überbringer. Hermes, Düsseldorf 6. Auflage 1988.

PETITTI, RICCARDO:
Sentieri perduti un sistema celtico di allineamenti. Quaderni die cultura alpina, Nr. 21, 1987.

PFISTER, PETER/RAMISCH, HANS:
Marienwallfahrten im Erzbistum München und Freising. Pustet, Regensburg 1990.

PIEPER, WERNER:
Starke Plätze. Orte, die zum Herzen sprechen. Der Grüne Zweig, Löhrbach o. J. (ca. 1988).

PLECHL, PIA MARIA:
Gott zu Ehrn ein Vaterunser pett. Herold, Wien 1971.

PLECHL, PIA MARIA:
Wallfahrtsstätten in Niederösterreich. St. Pölten 1978.

PÖLT, EDWIN:
St. Georgenberg im Stallental und der geschriebene Stein im Viggartal. In: Tiroler Tageszeitung, Innsbruck, 29.10.1988.

POHL, ERWIN:
Große Ereignisse stehen bevor. Prophezeiungen über die Zukunft der Menschheit. Mediatrix, St. Andrä 1989.

PRIULI, AUSILIO:
Le incisioni rupestri di Monte Bego. Quaderna di cultura alpina, Nr. 10, Ivrea 1984.

PRIULI, AUSILIO:
Incisioni rupestri della Val Camonica. Quaderna di cultura alpina, Nr. 11, Ivrea 1985.

PRIULI, AUSILIO:
Incisioni rupestri dell'Altopiano de Sette Comuni. Quaderna di cultura alpina, Nr. 7, Ivrea 1983.

PRIULI, AUSILIO:
Felszeichnungen in den Alpen. Benziger, Zürich 1984.

PRIULI, AUSILIO:
Preistoria in Valle Camonica. Itinerari illustrati dei siti e dell'Arte Rupestre. Museo Didattico, Capodiponte 1979.

PURNER, JÖRG:
Radiästhetische Untersuchungen an Kirchen und Kultstätten. Diss. Innsbruck 1979.

PURNER, JÖRG:
Radiästhesie – Ein Weg zum Licht? M & T, Zürich 1988.

RE/LOMBARDEI:
Eine kurze Geschichte des Wunders von Re. 1981.

REDEN, SIBYLLE VON:
Die Megalith-Kulturen. Zeugnisse einer verschollenen Urreligion. DuMont, Köln 1960.

SALVAT, R.:
Notre-Dame des Voirons. Boege 1981.

SAN ROMEDIO/TRIENT:
San Romedio, einer der eindrucksvollsten Wallfahrtsorte Europas. Val di Non. Selbstverlag, o. J.

SAVLI, JOZEF/BOR, MATEJ:
Unsere Vorfahren ,Die Veneter. Veneti, Wien 1988.

SCHILLING, BEA:
Alpwesen, Unwesen und andere Wesen. Zytglogge, Bern 1989.

SCHLERN:
Diverse Jahrgänge, Stichwortverzeichnis der Jahrgänge 1920-1987, Bozen.

SCHÖNWIES:
Gemeinde Schönwies 1988.

SCHWEIDLENKA, ROMAN:
Heilige Plätze zwischen Mythos und Politik. In: Alternativ-Magazin, Folge 53, 3/89, Linz.

SERFAUS/TIROL:
Die Wallfahrt zur Mutter voller Gnaden. Bozen 1865.

SPEKTRUM DER WISSENSCHAFT:
Siedlungen der Steinzeit. Heidelberg 1989.

SPILKA, FRANZ:
Rätsel der Heimat.Verschiedene Jahrgänge. Eggenberg.

ST. LEONHARD/STEIERMARK:
Festschrift zum 550-jährigen Kirchenjubiläum. 1958.

STADLER, FRANZ:
Salzerzeugung, Salinenorte und Salztransport in der Steiermark. Linz 1988.

STEIRISCHES SALZ:
Ausstellungskatalog. Trautenfels 1975.

TORBRÜGGE, WALTER:
Europäische Vorzeit. Kunst im Bild, Holle, Baden-Banden, 1968.

TRAFOI/TIROL:
Die Marienwallfahrten zu den hl. Drei Brunnen in Trafoi. Selbstverlag, Trafoi o. J.

UND WENN SIE NICHT GESTORBEN SIND:
Historische und gegenwärtige Aspekte der Volkserzählung in Tirol. Institut Volkskunde, Innsbruck 1988.

URBAN, OTTO:
Wegweiser in die Urgeschichte Österreichs. Bundesverlag, Wien 1989.

VALAZZA, ADOLF:
I totem. Baldini, Milano 1984.

VAL MADRIS:
Erschießen-ertränken-erhalten. Val Madris-Curciusa, Juf 1988.

VEILLETET, PIERRE:
Wenn der Mond mit uralten Riesen spielt. In: GEO Nr. 10, Oktober 1989.

WAGNER, CHRISTOPH U. A.:
Bildstöcke, Wegkreuze, Kapellen. Bildzeugnisse österr. Kultur. Brandstätter, Wien 1988.

WALKER, BARBARA G.:
Die weise Alte. Kulturgeschichte-Symbolik, Archetypus. Frauenoffensive München 1986.

WALTHER, CHRISTIAN:
Brunnen und Quellen in Graubünden. Grischuna, Chur 1988.

WIORA, WALTER:
Alpenmusik. In: Die Musik in Geschichte und Gegenwart.

WIRZ, AUGUST:
Der Betruf auf den Obwaldner Alpen. Engelberg und Basel 1953.

WOLFF, KARL FELIX:
Dolomitensagen. Tyrolia, Innsbruck 1981.